燕子号与亚马孙号

探险系列

SWALLOWS AND AMAZONS

ARTHUR RANSOME

燕子号与亚马孙号

［英］亚瑟·兰塞姆——著　安琪——译

人民文学出版社
PEOPLE'S LITERATURE PUBLISHING HOUSE

图书在版编目(CIP)数据

燕子号与亚马孙号/(英)亚瑟·兰塞姆著;安琪
译. —北京:人民文学出版社,2023
(燕子号与亚马孙号探险系列)
ISBN 978-7-02-017620-5

Ⅰ. ①燕…　Ⅱ. ①亚… ②安…　Ⅲ. ①儿童小说-长
篇小说-英国-现代　Ⅳ. ①I561.84

中国版本图书馆 CIP 数据核字(2022)第 224289 号

责任编辑　**朱卫净　周　洁　杨　芹**
装帧设计　**汪佳诗**

出版发行　**人民文学出版社**
社　　址　**北京市朝内大街 166 号**
邮政编码　**100705**

印　　刷　**凸版艺彩(东莞)印刷有限公司**
经　　销　**全国新华书店等**

开　　本　**720 毫米×1000 毫米　1/16**
印　　张　**27**
字　　数　**296 千字**
版　　次　**2023 年 1 月北京第 1 版**
印　　次　**2023 年 1 月第 1 次印刷**

书　　号　**978-7-02-017620-5**
定　　价　**88.00 元**

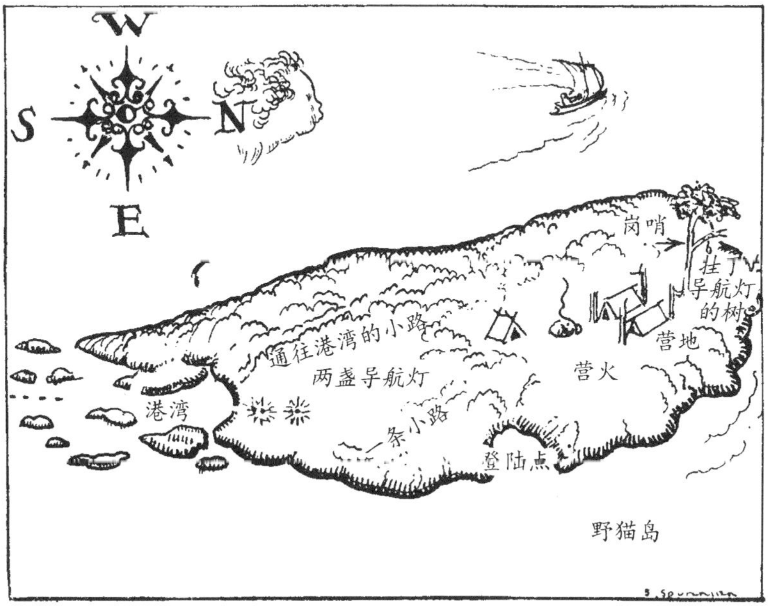
W
S
N
E
岗哨
挂了导航灯的树
营地
营火
通往港湾的小路
两盏导航灯
港湾
一条小路
登陆点
野猫岛

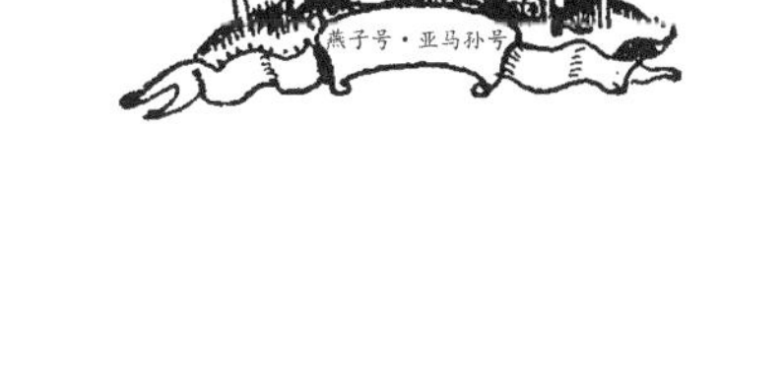
燕子号·亚马孙号

目 录

第一章

达里恩峰

或如勇敢的斯科特，

用雄鹰般的眼睛凝视着太平洋的时候，

而他的勇士们面面相觑，满腹狐疑，

在这静默的达里恩峰上。

七岁的罗杰已经不是家里最小的孩子了。此刻，他正以“之”字形路线奔跑在一条小径上，穿过一片地势陡峭的田野。田野一端是湖泊，另一端连着霍利豪依农场。每年暑假，他们总会在这里消磨一段日子。罗杰一路向着小径旁的篱笆跑去，就在快要到达目的地的时候掉转方向，朝田野另一端的篱笆撒腿奔去。接着他又一次转身穿越田野，每一次穿越，都让他离农场更近了一些。风迎面而来，他一路逆风而行，向着农场奔跑，妈妈正在大门口耐心地等着他。但是他不能直接迎着风跑，因为他是一艘正在航行的帆船，并且还是闻名遐迩的快速帆船卡蒂萨克号。他的哥哥约翰早上才说过，蒸汽船不过是在锡盒子里安上了几台发动机而已。可是帆船就是帆船，尽管速度慢了点，但是罗杰仍鼓足了风帆，“劈涛斩浪”地驶过田野。

快来到妈妈身边的时候，他看见她的手里拿着一只红色的信封和一张小小的白色信纸。是封电报，他立刻就猜到了。有一瞬间，他真想径直向妈妈飞奔而去，因为他知道这封电报肯定是爸爸发来的，而且是给妈妈、约翰、苏珊、提提和自己的回信。他们都问了爸爸同一个问题，只是方式不同而已。他的信十分短小：“求你了，爸爸，能不能让我也去？爱你的罗杰。”相比之下，提提的信可就长多了，甚至超过了约翰的。苏珊虽比提提年长，却没有亲自动笔，而是在约翰的信上加上了自己的名字，于是那封信就变成了他们两个人共同寄出的。妈妈的信写得最长，可是罗杰不知道她在信里都说了些什么。所有的信一同寄出，历经千山万水，去往爸爸的身边。爸爸奉命前往香港岛，当时正乘船航行在马耳他境内。此时此刻，妈妈手里的红色信封终于带回了爸爸的回答。罗杰真想直接向她跑去。可是帆船就是帆船，不能像蒸汽船那样可以高速行进，于是罗杰又一次按照帆船的航向继续前进，也许离风更近了些，最后他终于迎风而上，移动得越来越慢，直到在妈妈身边停了下来，又后退了几步，突的一下抛锚入港了。

“这是爸爸的回信吗？”与逆风搏斗了那么久，他气喘吁吁地问道，“他答应了吗？”

妈妈微微一笑，将电报大声读了出来：

淹死也比做傻瓜强，但如果不是傻瓜就不会被淹死。

“这么说他同意了？”罗杰问。

“我想是的。”

“他也同意让我去了？”

“是的，如果约翰和苏珊愿意带上你，而你答应对他们言听计从。”

“万岁！”罗杰欢呼雀跃，顿时忘了自己是一艘帆船，正停泊在平静的港湾里。

“其他人在哪儿？”妈妈问。

“在达里恩。”罗杰说。

“在哪儿？”

“在达里恩峰。那是提提给它取的名字。从那里我们能看见小岛。”

在霍利豪依农场，田野的尽头有一座小港湾，那里有一座船库和一个码头。可是从农场看不到湖泊，因为港湾的两侧矗立着高高的岬角。田野间的一条小径连接着农场和船库。走到一半还有一扇大门，进入那扇大门，有另一条小径通向一片松树林。松树林覆盖着南面高高的岬角，那条小径便隐没在林中，不见了踪影。可是两周前，就在他们初来乍到的那个夜晚，孩子们想办法穿过了树林，来到了岬角的最远端。那里的地势直落而下，犹如悬崖一般，底下就是湖泊。站在这岬角的顶端，广阔的湖面尽收眼底，湖水蜿蜒绕过南面低矮的丘陵，消失在北方的高山之中。就在那时候，他们第一次站在悬崖上，眺望这碧波万里的湖水，提提给这个地方取了个名字。她曾听人在学校大声念过一首十四行诗，诗歌的内容记不清了，唯独记得一张描绘探险者们第一次看到太平洋时的图片，所以她为岬角取名为达里恩。他们在最高点搭建了露营地，接着罗杰把大家留在那里，独自一人起航回家，就在穿过树林跑向田野的时候，在大门口看到了妈妈的身影。

“你愿意把回信捎给他们吗？”

“并且告诉他们我也能去了？”

“是的，你一定要把电报交给约翰，得让他知道你可不是傻瓜。”

妈妈把电报放进红色信封，把它交给了罗杰。她吻了吻这艘依然停泊着的小船，说：“晚饭七点半开始，别迟到，进门的时候不要吵醒维姬。”

“遵命，船长。”罗杰说完，双手交替拉起了船锚，重新开启航程，与此同时，他在思量着自己该如何宣布这个消息。

妈妈开怀大笑。

“喂，船儿！”她说。

罗杰停下脚步，回头张望。

“你来的时候是逆风而上，”她说，“现在是顺风了，你不用再避开风头航行了。”

“没错，”罗杰说，“现在顺风航行。我是一艘双桅纵帆船，我的两侧都有风帆，可以用鹅翼形角帆航行。”他展开双臂，以此作为船帆，从田野一路跑向大门，进入松林之中。

当他离开田野进入树林的时候，他不再扮演帆船了。毕竟没人能在松林中航行。他变成了一名探险者，落后于大部队，正沿着他们的足迹穿越森林，并且时刻保持着警惕，以免自己被藏在树后的野蛮人射出的毒箭击中。他攀缘而上，向着岬角顶端进发。最后他终于走出树林，来到了一片散布着裸岩和石楠花的小小的开阔地带。这里就是达里恩峰。周围林木环绕，可是透过林木之间依然能看到清亮的湖水。一块岩石的凹陷处燃烧着一小堆篝火。约翰正在添加柴火，苏珊正往面包上涂抹果酱，提提坐在悬崖边的两棵树中间，下巴支着膝盖，凝望着小岛。

约翰抬头看见了电报，一下子跳了起来。

“电报？”他问。

“是爸爸的回信，”罗杰说，“他答应啦，也答应让我去，只要我服从命令，你和苏珊就得带上我。而且既然爸爸同意我去，那么一定也答应了提提。”

约翰接过电报。提提从地上爬了起来，跑到他们跟前。苏珊原本正忙着往面包上涂抹果酱，此刻也停下了手里的活儿。约翰打开信封，拿出白色的信纸。

“大声读出来。”苏珊说。

约翰读道：

淹死也比做傻瓜强，但如果不是傻瓜就不会被淹死。

“爸爸万岁！”他高呼。

“这是什么意思？”苏珊问。

“意思是他答应了。”提提说。

“意思是说爸爸觉得我们谁都不会被淹死，要是真有人被淹死了，那也是一种解脱。”约翰说。

“可是，如果不是傻瓜那又是什么呢？”苏珊问。

“爸爸不是这个意思，”提提说，“爸爸说的是，如果我们是傻瓜，那我们还不如被淹死。然后爸爸停顿了一下，又说我们不是傻瓜……”

一封信！

“他加了‘如果’。”约翰更正。

“如果我们不是傻瓜，我们就不会被淹死。”

“爸爸这么说是为了安慰妈妈。”苏珊说。她又抹起了果酱。

“我们立刻出发吧。”罗杰说。可就在这时，水壶传出另一种声响。它刚刚已经咕嘟咕嘟地响了几次，此刻却发出微弱而持续的嘶嘶声，一大股蒸汽从壶嘴里喷吐而出。水开了。苏珊将水壶从火堆上移开，在壶里放进了一小袋茶叶。

“无论如何，我们不能今晚就走。来喝杯茶，把需要的物品列张清单。”

“我们去能看到小岛的地方喝茶吧。”提提说。

他们拿着各自的杯子、水壶和堆满了抹好果酱的厚面包片的锡盘往悬崖边走去。

小岛位于湖泊南端离岸一千多米的地方，岛上的树木倒映在明净的水面上。整整十天，他们一直观察着这座小岛，可是手中的电报让一切变得前所未有的真实。就在妈妈带着大家来到农场借宿的那晚，从提提的达里恩峰望出去，他们还一度以为这片湖泊是内海。后来他们在湖上发现了这座小岛。一时间，他们四个人的脑海中闪过同一个主意，它不应该只是一座普通的小岛，而是一座属于他们的小岛，正等待他们去一探究竟。眼前有这样一座小岛，谁还会满足于生活在陆地上、夜晚睡在床上呢？他们跑回家去，把这个发现告诉了妈妈，恳求第二天全家离开农场，去岛上安营扎寨。可是家里还有小维姬。她是个胖嘟嘟的小宝宝，模样就像照片里垂暮之年的维多利亚女王，需要无微不至的照料。妈妈不能带着维姬和保姆去露营，即便是去这座最棒的无人岛也不行。可是，没有爸爸的允许，她也不会让他们自行前往。尽管约翰和苏珊都能够熟练驾驶帆船，但提提和罗杰是在一年前爸爸休假回家的时候才开始学习航行的。农场下方的船库里停放着燕子号。那是一艘体积很小的帆船，旁边还有一艘又大又沉的划艇。可是只要驾驶过帆船，就没有人会对划艇感兴趣了。要是没有小岛，没有帆船，湖泊不是如此广阔，孩子们一定会兴高采烈地在船库旁的港湾里划着划艇，玩个痛快。可是湖泊好像一片海洋般宽广，一艘四米多长、扬着棕色船帆的小船正在船库里蓄势待发，那座郁郁葱葱的小岛正等待着探险者们踏足，再也没有比一次航海探索之旅更激动人心的了。

于是孩子们提笔给父亲写信，同时，每日白天在达里恩峰露营，晚上回农场过夜。在此期间，他们也跟妈妈一起乘着划艇外出过，不过为了不破坏首次登岛的探索之旅，他们总是往相反的方向划。可是从信件寄出的那天开始，回信的希望似乎变得越来越渺茫。小岛变成了火车车窗外的景色之一，总与你擦身而过，并不属于你的生活。而现在，突然之间，美梦成真了，小岛终于要属于他们了。他们被允许自行驾船出港了。他们终于可以驶出小小的避风港，绕过岬角，驶入湖泊，向着小岛进发。他们终于可以登上小岛，一直待到开学。这真是个天大的好消息，以至于大家都变得严肃起来。所有人一声不吭地吃着果酱面包，未来的日子太壮丽了，令他们无暇闲聊。约翰思考着关于航行的种种，怀疑自己是否真的记得去年学到的所有知识。苏珊在想物品储备和伙食的事。提提一心只想着岛上的珊瑚、宝藏和沙滩上的脚印。罗杰在想自己终于不用留守在家，可以跟大家一起出海了。他第一次发现，不做家里最小的孩子还是有好处的。现在老幺变成了维姬。维姬会待在家里，而罗杰，作为船员之一，将驶向一个未知的世界。

最后，约翰从口袋里拿出一张纸和一支铅笔。

“让我们来拟定‘船员雇佣合同’吧。”他说。

面包和果酱已经被消灭光了，于是他把盘子翻了过来，把纸头铺在上面，自己则趴在石头上。他写道：

> 燕子号帆船
>
> 出发港：霍利豪依
>
> 船主……

“船主是谁？”

“反正在假期剩下的这些日子里，它是我们的。”苏珊说。

“那我就写‘沃克有限公司’吧，这样我们大家都是船主了。”

他接着往下写：“船主：沃克有限公司。”另起一行，他又写道：

> 船长：约翰·沃克
>
> 大副：苏珊·沃克
>
> 一等水手：提提·沃克
>
> 实习水手：罗杰

正在拟定“船员雇佣合同”

“现在，”他说，“你们都要在自己的名字后面签字。”大家一一签名。

“对了，大副小姐。”约翰说。

“船长，请说。”苏珊聪明伶俐地回答。

“你觉得我们最快何时能起航？”

“只要一起风就出发。”

“你觉得你的水手们怎么样？”

“是我遇到过的最棒的。”

“他们会游泳吗？”

“一等水手提提会，实习水手罗杰有一只脚还得经常踩着水底。”

“他必须学会游泳。”

“我也不总是一只脚踩着水底。”罗杰说。

“你必须尽快学会游泳。”

“好吧。”罗杰说。

“这么说不对，罗杰，”提提说，“你应该说：‘遵命，船长！’”

“我经常这么说，”罗杰为自己辩解，“我对妈妈就这么说的。”

“你必须这样回答船长和大副。或许对我也要这么说，可是考虑到船上只有两个水手，我们之间就不用这样了。”

“你们还有纸吗？”苏珊问。

“只有电报背面能写。”约翰回答。

“妈妈不会介意我们在背面写字的。”苏珊说，“你知道，我们不可能真的一起风就出航，我们还有很多物品需要准备。我们来列一张物品清单吧。”

“指南针。”约翰第一个发言。

“水壶。”苏珊紧接其后。

“一面旗帜，”提提说，“我来做一面吧，上面画上燕子。”

“帐篷。”罗杰发表意见。

“望远镜。”约翰说。

“炖锅、水杯、刀叉、茶叶、糖、牛奶。”苏珊一边说一边用最快的速度记了下来。

“勺子。”罗杰说。

他们不停地开动脑筋，偶尔也会卡壳，然后又想到更多的东西，直到电报纸背面被写满了。

“我没有纸了，”约翰说，“连‘船员雇佣合同’的背面都写得密密麻麻。列清单太麻烦了。我们去问问妈妈，能不能把船库的钥匙给我们。”

可是，当他们来到霍利豪依农场的时候，妈妈在门口跟他们撞了个正着，并且示意他们小点声。

“维姬睡着了，”她说，“进来的时候轻一点。晚饭刚做好。”

第二章

整装待发

我为何在乎我的鹅毛床，

就因为床单太过华丽？

今晚我要睡在这寒冷空旷的田野里，

与衣衫褴褛的吉普赛人相伴！

“船员雇佣合同”虽然要紧，但对一次探索之旅而言远远不够。要做的事情还多着呢。幸运的是，妈妈差不多已经把帐篷做好了。他们刚把信寄给爸爸，她便知道，只要爸爸允许孩子们去岛上探险，就一定需要帐篷。要是爸爸不答应，那么退而求其次，妈妈也会带着孩子们去岸上露营。于是她买来了薄帆布，每天趁着胖乎乎的维姬睡觉、其他孩子去船库旁钓鱼或是去达里恩峰露营的时候，她便忙着做帐篷。那天晚上，约翰船长、苏珊大副和船员们睡觉以后，妈妈就把两顶帐篷都做好了。

第二天一早，吃过早餐，约翰和苏珊在妈妈的帮助下将其中一顶帐篷搭在了霍利豪依农场的两棵树中间。在搭建的过程中，提提一直在旁边看着，罗杰帮了不少倒忙。帐篷是最简单的款式，每一顶帐篷都是三角形的侧面，同两边的倾斜面缝合在一起，一条粗绳作为屋脊缝在帆布的内部，绳子的两端被绑在两棵树上，于是帐篷便撑起来了，一根帐篷杆都不需要。在侧面和倾斜面的底部有几只大口袋，那是用来装石头的。

如果是岩石地面，没法在地上钉帐篷桩的时候，这些大口袋就派上了用场。妈妈在帐篷的前部做了一幅松松垮垮的门帘，这样就能像船上的收缩帆一样，用两根带子把它卷起或放下。

“其实，”约翰说，“我们不用带帐篷。帆桁[①]可以作屋脊梁，只要把船帆挂在上面，一顶帐篷就做成了，四边各用一支船桨支撑就行了。可是一顶帐篷不够大，要做两顶的话，我们就需要八支船桨、两张船帆，要大的。燕子号只有一张小船帆、两支船桨。这样看来还是这些帐篷更好。”

“只要不遇上强风，我做的帐篷够结实了，”妈妈说，“你爸爸和我年轻的时候经常住在这种帐篷里面。”

提提神情黯淡地看着妈妈。

“您老了吗？”她问。

“好吧，还没那么老，”妈妈说，“可是，我那时候更年轻。”

妈妈为两顶帐篷各买了一块防潮垫。大家把其中一块铺在已经完工的那顶帐篷里。

“你们小心些，”妈妈说，“要把防潮垫的边缘全都塞进帐篷里，否则下雨的时候你们就会发现自己睡在水坑里了。”

所有人一起挤进帐篷里坐下。提提从保姆那里抱来了胖嘟嘟的维姬，把她也带进了帐篷。苏珊从帐篷里面放下了门帘。

“有了帐篷，我们什么地方都能去啦。”提提说。

---

① 帆桁，伸长状，用来固定支撑主帆底部。

“我们下回搭帐篷的时候，就应该在小岛上了。”约翰说。

“床垫带了吗？”妈妈问。

“我们有毯子。”约翰船长回答。

“那可不够，”妈妈说，“除非你们愿意和那位跟衣衫褴褛的吉普赛人私奔的姑娘一样死于感冒。”

“那首歌不是这么唱的，”提提说，“歌词只说她不在乎。”

“那么，不在乎的后果是什么？”

“结局悲惨。”罗杰说。

“露营的时候得了感冒就意味着悲惨的结局，尤其是在一座荒岛上。”妈妈说，“不行，我们必须去找几只大袋子，往里面塞满干草，让你们当床垫用。只要你们把它们放在防潮垫上，这样躺在上面睡觉，再盖上毯子，就平安无事了。”

约翰船长迫不及待地想驾驶燕子号试试水。

“我们去港口检查一下船只吧，”他说，“我们现在可以驾船出发了，是不是，妈妈？”

“是的。可这是你们第一次独立驾船，我要陪你们一起去。”

“来吧，您就是伊丽莎白女王，正在格林尼治登上即将起航去印度的船只。”

妈妈被逗笑了。

“您没长着红头发也无所谓。”提提说。

“好的，”妈妈说，“可我觉得，我们得让维姬跟保姆留下。”

于是他们钻出帐篷。胖嘟嘟的维姬被交还给保姆，而“伊丽莎白女王”则同燕子号船长约翰、大副苏珊、一等水手提提以及实习水手罗杰一起向船库进发。罗杰手里拿着船库的大钥匙，跑在最前面。

船库是座石头建筑，一座狭窄的码头沿墙而建，小小的栈桥将码头与湖泊相连。

尽管同生锈的门锁艰难搏斗了一番，罗杰还是在大家抵达时成功地打开了大门。此刻，他已经走进了船屋，正居高临下地瞧着燕子号。燕子号是一艘张帆小游艇，适合航行在退潮时分会露出沙滩的浅水河段。绝大多数张帆小游艇都安装有活动船板①，可以通过移动龙骨②降下船板，使船只在逆风航行时更加平稳。燕子号却没有这种装置，不过它的龙骨比大多数小船的更长。燕子号有四米左右长，空间十分宽敞。桅杆安安静静地躺在船舱里，旁边依次整齐排列着帆的吊杆、帆桁、船帆和一对短桨。它的名字“燕子号”，被漆在船尾。

约翰船长和水手们含情脉脉地看着它，这是属于他们的小船。

“你们安装桅杆的时候，最好把它拖到外面，泊靠在栈桥上，”“伊丽莎白女王”说，“要是在船屋里装桅杆，就没法把船驶出去了。船屋的横梁太低了。”

约翰船长登上了他的船，苏珊大副解开缆索，两人合力将燕子号拖出了船屋。接着，苏珊将缆索系在栈桥尽头的一只铁环上，随后也登上了燕子号。

---

① 可以绕枢轴扯起，以减少船在浅水区的吃水深度。

② 移动龙骨，船体的基底中央连接船首柱和船尾柱的一个纵向构件，位于船的底部。在龙骨的上面有横过的船肋加固。主要作用是承重，是船舶特别是小型船舶的最重要的承重结构。

"我能上船吗?"罗杰问。

"你、提提和我等到他们张开船帆以后再上去,""伊丽莎白女王"说,"给他们足够的空间。要是现在上船,我们会碍事的。"

"喂,"约翰说,"船上有一根小旗杆,杆上还有帆旗升降索。"他举着一根小小的旗杆,上面飘扬着一面蓝色的三角旗。

"我要为燕子号做一面更漂亮的旗帜。"提提说。

"最好拿上蓝旗,以确保你做的旗帜跟它的大小一样。""伊丽莎白女王"说。

尽管约翰和苏珊有丰富的航海经验,但是面对一艘从未驾驶过的船,总有些需要学习的地方。一开始他们把桅杆装错了方向,可是很快纠正了过来。

"燕子号似乎没有前桅支索[①],"约翰说,"船首也没有放升降索的地方。"

"让我瞧瞧,""伊丽莎白女王"说,"小型船只通常都没有支索。你们安装桅杆的时候,有没有在横座板下面看到一只楔子?"

"有两只。"约翰一边仔细寻找一边回答。桅杆就安装在前横座板上的一个洞眼里,即靠近船首的座位处。这块空间有十分之一平方米的大小,正好卡在内龙骨上的一个狭槽里。

"把船帆升起来吧,一定要绑紧了,看看燕子号是不是都准备好了。""伊丽莎白女王"说道。

① 前桅支索,连接船头和桅杆顶端的绳索或钢丝。

“我怀疑真正的伊丽莎白女王是不是真的对船只这么了解。”提提说。

“那位伊丽莎白女王可不是在悉尼港附近长大的。”妈妈说。

苏珊准备好了船帆。帆桁上有一个绳套（其实就是一个环）挂在桅杆一侧的钩子上，这个环叫“旅行者”，因为它可以在桅杆上上下移动。升降索穿过“旅行者”直达桅杆顶端，又穿过一只滑轮（就是一个洞，里面有一只小轮子），然后滑下来。约翰将皮带勾在“旅行者”上，使劲拉升降索，直到“旅行者”几乎抵达桅杆顶端，棕色的船帆也就升了起来。接着约翰将升降索固定在楔子上。楔子其实就是支撑桅杆的横坐板下的一根木钉。

“看上去像那么回事，”“伊丽莎白女王”站在码头上说，“可是要正确安装船帆，首先得把帆的下桁放下来，这样就能把船帆上的皱褶抚平了。”

“那些滑轮有什么用处？桅杆附近的内龙骨上有个圆环，是要挂在上面吗？可是它们全都乱七八糟的。”

“帆的下桁下面、靠近桅杆的地方是不是还有一个圆环？”“伊丽莎白女王”问。

“找到了，”约翰船长说，“一只滑轮挂在帆的下桁下面的圆环上，另一只挂在船底的圆环上。这样就能轻而易举地把帆的下桁放下来了。怎么样？”

“现在船帆皱皱巴巴的。”苏珊大副说。

“不要紧，”“伊丽莎白女王”说，“一旦起航，大风就会吹平这些皱褶。我能上船了吗，‘德雷克船长’？”

“请吧，”约翰说，“只不过从现在开始，您不再是伊丽莎白女王了。”他很快就要首次驾驶燕子号出发了，除了女王，他还有许许多多需要考虑的事。

提提、罗杰和妈妈从栈桥登上了燕子号。小船安静地停泊着，准备扬帆起航。

“我解开缆绳的时候，您能来掌舵吗？”约翰船长问。

“不行，”妈妈说，“无论是不是女王都不行，我只是一名乘客，而且我想看看你们是否能靠自己。”

“好吧。”约翰船长说，“大副，请你解开缆绳，让船员们待在船舱里，叮嘱他们小心点，别让帆的下桁撞到了脑袋。”

“遵命，先生，”苏珊大副回答，“你们两个去船舱。”一等水手和实习水手小心地避开船舷，躬身走进了船舱。约翰手握船舵，苏珊解开缆索，将绳索的末端穿过圆环，攥在手里。

“准备完毕。”她说。

“起航。”船长宣布，话音刚落，燕子号便开始在水面上移动了。

“我们现在就去小岛吗？”实习水手问。

“不，”妈妈说，“去那儿的话，往返路程太长了。要是你们打算明天一早出发，那么今天还有许多事情要做呢。就让燕子号迎风航行一小段吧，我们得赶紧回去准备干草袋和必需品，还有旅途中需要的其他东西。”

于是燕子号的试航十分短暂。约翰驾着小船迎着风，沿“之”字形路径航行，就像前一天罗杰在田野上翱翔一样。接着他们调转方向，往家的方向驶去，一路乘风破浪。

“你的船没问题，约翰船长。”妈妈说。这时，他们又一次停泊在栈桥边，苏珊和约翰正忙着收起船帆、卸下桅杆，好把燕子号拖进船库。

“它真漂亮。”约翰说。

这一天余下的时间里，大家忙得马不停蹄。妈妈一针一线地将粗麻布缝成了干草袋。提提把那根小旗杆带回了农场，用做帐篷余下的帆布裁了一面三角旗。妈妈在纸上画了一只燕子，提提用一条旧灯笼裤的蓝色哔叽布比照着剪下了图案。接着她将图案放在白色旗帜上，剪出了个合适的形状来缝合它。然后她沿着蓝色燕子的边沿，把它缝在白色旗帜上的这个位置。于是，一面漂亮的白色旗帜做好了，上面有一只展翅高飞的蓝色燕子，而且无论旗帜的正面还是反面，都能看见这只蓝色燕子。接着，她将旗帜固定在小金属旗杆上原本挂蓝旗的地方。一切准备就绪，小旗很快就能升上桅顶了。

约翰船长和大副正在收集至关重要的物资，并且判断哪些东西可以从物品清单中剔除。昨天晚饭后，清单上的内容又增加了许多。罗杰一直往返于农场和船库，搬运各种大家一致认为必不可少的东西。

大副的当务之急，是在杰克逊太太的帮助下准备好船上的一应厨房用品。杰克逊太太是农场主的妻子，所有东西都是向她借的。

“首先你需要一只水壶，这很要紧。”杰克逊太太说。

“还得有一口炖锅和一口煎锅，”苏珊大副看着自己的清单说，“我最擅长做黄油煎蛋了。”

“真的吗？”杰克逊太太说，“大多数人只会煮鸡蛋。”

“哦，好吧，我觉得那是小菜一碟。”苏珊说。

接着，她们又想起了刀叉、盘子、杯子和勺子，还有能装食物的大罐子，以及用来装茶叶、盐和糖的小罐子。

“我们需要一只大容器来装糖，是不是？”罗杰走进屋，正等着带些什么去船库。

“你们又不烤面包，应该不需要吧。”杰克逊太太说。

“没错。”苏珊大副赞同地说。

随着苏珊把清单上的内容逐一划去，厨房桌上的东西越堆越多。

约翰和提提过来向她展示新做的旗帜，同时想看看她的进展如何。

“谁来做医生？”她问。

“是船医，”提提纠正道，“船上只有船医。”

“你来做，”约翰说，“你是大副，这是大副的工作。船医得踏着舞步去看病人：‘那么，现在你的胳膊、腿、肝、肺，还有骨头的感觉如何？’你还记得那首歌怎么唱的吗？”

“那我应该带上一些绷带、药品和诸如此类的东西。”

“哦，不用，”提提说，“在荒岛上，人们都是用草药治病的。我们会得各种疾病和瘟疫，还可能会发烧，甚至染上无药可医的顽疾，我们就用原住民教给我们的方法，用草药医治。”

正在这时，妈妈走进来，解决了这些问题。“不用带药品，”她说，“谁要是生病了，就马上回家。”

“要是真的很严重呢？”提提说，“我们可能真的会染上瘟疫或发烧，或一下子把两种病都得了。”

约翰突然说："航海图带了吗？"

提提说鉴于那片海洋从未被探索，因此也就没有航海图。

"可是所有振奋人心的航海图或地图都有标注'未探索区域'啊。"

"那也没什么用啊。"提提说。

"我们需要一张这样的航海图，"约翰说，"上面的信息可能全是错的，也可能没有准确的地名。当然啦，我们要自己给这些地方取名字。"

最后他们在当地旅游指南上找到了一张不错的地图，上面标注了这片湖泊。提提说这并不是真正的航海图。约翰认为它会派上用场的。杰克逊太太也说他们应该带上它，只是得当心，别让它沾水。这便意味着他们还需要一只锡盒来放那些不能弄湿的东西。他们把旅游指南和写航海日志的练习本、写家书的信纸放在了一起。他们把要带上船的书也一并收纳在了那只盒子里。提提在客厅的书架上找到了一本某个来访者留下的德语词典。"这里面都是外语，"她说，"跟原住民交谈的时候用得上。"不过，最后词典还是被留在了农场，因为它又大又重，或许语种也不对。取而代之的是，提提将《鲁滨孙漂流记》带上了船。"它会告诉你如何在岛上生存。"她说。约翰拿的是《海员手册》和《波罗的海航海记》中的第三册。这两本书都是他爸爸的，可是就连假期里，约翰都随身带着它们。苏珊大副选的是《小家庭简易菜谱》。

最后，当所有的东西都被堆在船屋里的时候，就在罗杰和提提上床睡觉前，所有船员一起经小径穿过松林，来到达里恩峰，再一次眺望小岛。夕阳西下，万籁俱寂。他们遥望小岛和静谧的湖泊，湖面没有一丝涟漪，一直延伸至远方。

"真不敢相信，我们就要登上小岛了。"提提说。

"明天只有等起风后我们才能出发，"约翰船长说，"我们一起吹口哨召唤风的到来吧。"

提提和罗杰如约定的那样，一路吹着口哨回家。当他们抵达农场时，头顶的山毛榉树叶突然颤动了起来。

"快看，"提提说，"有风了。明天早点起床，早餐前再多吹会儿口哨吧。"

第三章

小岛之旅

三个来自布里斯托城的水手

驾船出海；

他们先往船上装了

牛肉、饼干和腌猪肉。

——萨克雷①

当他们在船库的码头上把所有物资运上船后，燕子号已被挤得满满当当。在主横座板的下面有一只大锡盒，里面装着书本、信纸和其他诸如睡衣之类绝对不能受潮的东西。盒子里还有一只小型无液气压计。这是约翰在学校里赢得的奖品，无论去哪里他都带着它。在前侧的横座板下面，桅杆的两端各有一只大罐子，里面装着面包、茶叶、糖、盐、饼干、压缩牛肉干罐头、沙丁鱼罐头，以及许多鸡蛋。为防止被打破，每一颗鸡蛋都被独立包装了起来，还有一块大香籽蛋糕。右前方，桅杆前面，除了船锚还有一长卷结实的草绳，不过大家发现只要努力一下，还是能在船头为实习水手罗杰找到望哨的地方。对了，还有两张防潮垫，里面藏着折叠起来的帐篷和搭帐篷所需的绳索。这些东西都堆在船尾的

① 威廉·梅克比斯·萨克雷（William Makepeace Thackeray，1811—1863），十九世纪的英国作家，代表作《名利场》。

桅杆处。船舱剩余的空间都被两大袋毯子填满了。除了以上提到的这些东西以外，船上还有一些没法打包的东西，只能零零散散、见缝插针地四散在各处，比如炖锅、煎锅和水壶，还有一盏农场里常用的大提灯。差点忘了，还有一篮杯子、盘子、勺子和刀叉呢。除了四位船员，船上再也塞不下任何大家伙了，可是码头上还有农场主杰克逊先生的杰作——四只大干草袋，是用来充当床垫的。

“我们得分两次才能把东西运完。”约翰船长说。

“也许要三次，”苏珊大副说，“即便燕子号上什么都没有，最多也只能放三只干草袋。”

一等水手提提有个好主意。“我们能不能找个原住民，用他们的小划艇来运送呢？”她问道。

约翰回头望向船库，视线落在农场的大划艇上。他知道妈妈会在天黑前来看看他们是否安顿妥当，只不过这是妈妈私下的计划，大家都不知道。他还知道，这个计划就是由农场主杰克逊先生提出的，到时候他会划船送妈妈过来。杰克逊先生真是个心地善良的原住民。

妈妈和保姆带着维姬，正穿过田野向他们走来。

约翰跑去迎接。妈妈答应稍后会请原住民用划艇送去干草袋。

“你们确定没有忘带任何东西吗？”妈妈站在码头上，看着整装完毕的燕子号说，“长途旅行时，很少有人能把东西带齐呢。”

“凡是我的清单上有的，我们都带上了。”苏珊大副说。

“所有的都带齐了？”妈妈问。

“妈妈，您背后藏着什么？”提提问。妈妈拿出一只袋子，里面装着十几盒火柴。

“天哪，千万别轻易说‘齐了’，”约翰说，“没有火柴，我们永远也生不了火。”

他们在码头上告了别。

“你们如果准备好了，那就出发吧。”妈妈说。

“准备出发，大副。”约翰船长说。

“全体水手上船。”苏珊大副发号施令。

罗杰站在船头的岗哨上。提提坐在中间的横座板上。约翰将帆桁挂在桅杆的“旅行者”上，然后升起小小的棕色船帆，之后拴紧吊索。提提做的那面缝着深蓝色燕子的白旗早已飘扬在桅顶。吃完早餐，大家刚刚将桅杆安装完毕，提提便亲自完成了升旗。约翰向船尾的船舵走去。苏珊放下帆的下桁，并且系紧，完成了安装船帆的最后一道工序。

天空刮起了一阵轻微的西北风，毫无疑问，正是船员们急切的口哨声召唤了它。妈妈攥着系船索的一头，小船帆被风鼓满后，她将船索抛向罗杰，由他将船索卷好放在脚下。于是，燕子号以极其缓慢的速度滑离了码头。

“再见，妈妈。再见，维姬。再见，保姆。”

“再见，再见。”码头上传来告别的声音。

妈妈和保姆挥舞着手绢。维姬挥着她那胖嘟嘟的小手。

燕子号上的船员们同样挥手告别。

“让我们为待在家里的人们欢呼三声。”约翰船长号召。

大家齐声欢呼。

旅途开始了

“我们应该唱首《西班牙女郎》。”提提建议。于是大家唱道：

再见了，美丽的西班牙女郎，
再见了，西班牙女郎，
我们奉命航向古老的英格兰，
永别了，美丽的女郎。
我们咆哮，我们怒吼，就像真正的英格兰水手。
我们跨越浩瀚的海洋，
从韦桑岛到锡利群岛，走过千山万水，
直到抵达古老的英格兰海峡。

“当然，我们其实是去别的地方，”苏珊说，“不过这无关紧要。”

燕子号慢慢地驶出港湾。起初，它没有发出一丝声响，船行之处也不曾留下一丝痕迹。接着，当它驶近港湾的北面，风势比刚刚略大了一些，船头传来欢快的拍水声，与此同时尾流渐渐拉长，泛起了泡泡。

位于霍利豪依港湾南面的达里恩峰比北面的岬角更长一些，而约翰船长依然不愿冒险。因为在达里恩峰的末端或有岩石也未可知。他沿直线驶出港湾，直到能从船的外侧看到港湾内部为止。此时，顺着湖面向远方望去，小岛现出了它的身影。小岛的距离似乎要比从达里恩峰顶望出去的更远。最后约翰松开主帆索，抬高舵柄。帆的下桁摆动了起来，燕子号转起了圈，调了个头，借着船尾刮来的风，约翰驾着小船径直向小岛驶去。

妈妈和保姆带着维姬依然站在码头上。她们最后一次挥手告别。燕子号的船员们同样挥手致意，过了一会儿，他们便看不到港湾内的情景了。港湾被藏在了达里恩峰的后面。山峰出现在他们的上方，正是在那里，他们第一次看到了小岛。山峰似乎比印象中的低了一些。除了湖泊，万物似乎都缩小了，而湖面变得前所未有的广阔。

“我们现在顺风转向没问题吗?”苏珊大副问，她想起了一年前的一次悲惨经历。当时她坐在另一艘小船上顺风航行，帆的下桁突然调转方向，重重地打在她身上，使她痛了好长一段时间。

“看那面旗，”约翰船长说，“它随风飘扬的方向跟船帆一致。只要风向不变，转向就没有问题。”

尽管风不大，风向却很稳定。第一次驾驶燕子号去往小岛，船上还满载着物资，约翰对目前的状况已十分满意了。要知道，收帆可是件麻烦事，尤其又是这样一艘装满了帐篷、大罐子和各种烹饪器具的船。不仅如此，眼前的情景同从达里恩峰眺望的模样还有很大不同。

小岛并不在湖泊中央，而是更靠近东岸，与霍利豪依农场和达里恩峰位于同一侧。沿着湖岸线，小小的岬角鳞次栉比。湖泊连接着田野，不过接壤处几乎被浓密的树林覆盖了。有房屋错落其间，只是数量不多，树林上方则是被石楠花覆盖的山坡。

当他们经过达里恩峰旁的第二个岬角时，哨兵罗杰指着湖岸，报告说发现了一艘船。那艘船在罗杰的这一侧，因此他是第一个看见的。在岬角后的港湾里，停泊着一艘怪模怪样的深蓝色船。它的船身又长又窄，舱顶很高，侧面是一排玻璃窗。它的船头是老式的快速帆船的式样，船尾又像一艘汽艇。船上没有可以称之为桅杆的东西，不过在原本应该矗立桅杆的地方倒是有一根旗杆，就竖立在玻璃船舱的前面。后甲板上搭着一顶雨篷，下面的帆布躺椅上坐着一个大块头的男人，正在写着什么。这艘船被系在一只大浮标上。

“这是一艘船屋。”约翰说。

“什么是船屋?”提提问。

“就是可以替代房屋的船，可以居住。法尔茅斯就有一艘，人们一年四季都住在上面。”

“真希望我们一年四季都能住在船上。”苏珊说。

“我总有一天会的,”约翰说,“还有罗杰。爸爸就住在船上。”

“没错，可是那不一样。驱逐舰不是船屋。”

“住进去都一样。”

“是的，可你不会停留在一个地方。船屋就像一座船库，总是驻扎在一个地方。我也记得法尔茅斯的船屋,”苏珊说,“一整户人家都住在里面。我们过去常常看到他们早晨的时候划船上岸取牛奶，屠夫和面包师也经常和他们打招呼，好像那就是一座房子似的。岸上的人时不时会跑到岸边，高呼‘啊嘿，船屋!’，然后那船屋的男主人或女主人就会划船来到岸边，购买肉和面包。当心，约翰!”

约翰船长全神贯注地看着船屋，把掌舵的事忘得一干二净，缝着蓝色燕子的白色小旗在桅杆的一侧飘动，离船帆越来越远。就在苏珊大喊的当下，帆的下桁眼看就要摆动起来了，幸好约翰立刻放下舵柄，没有让船帆改变方向。此后，他只敢用眼角的余光瞥了船屋几眼。现在风势小多了，船帆转向已经没有多大问题，只是仍有打到大家脑袋的风险，约翰不敢再大意，因为若真如此，就说明他掌舵水平不佳，会在他的船员们面前树立一个坏榜样。

一等水手提提为了安全起见，挤在船舱里的两捆帐篷中间，还把一只装餐具的篮子抱在怀里。她只能从船舷上沿往外看。

“我在想，”她说，“不知道船屋上的那个男人是不是有家人跟他住在一起。”

“他是一个人。”罗杰说。

“其他人可能在船舱里煮饭。”苏珊说。

“他或许是一名退隐的海盗。”提提说。

就在这时，湖面上传来一声刺耳的尖叫，他们这才注意到有一只绿色的大鸟原本栖息在船尾的围栏上，此刻正扑扇着翅膀飞来飞去。

“他就是个海盗，”罗杰说，“这是他的鹦鹉。”

没等他们再多看两眼，下一个岬角就将船屋挡住了。这对他们来说也许还是件好事，因为如果约翰船长继续关注那只鹦鹉的话是掌不了舵的。

“后面有艘汽船正开过来。”苏珊大副报告。

一艘长汽船出现在达里恩岬角的旁边，离燕子号的船尾尚有一段距离。这种汽船一天会在湖上往返两三次，途中除了会在一个距离霍利豪依农场一千多米远的小镇停留，还会停靠一两座栈桥。小镇在旅游手册上有另一个名字，不过燕子号的船员们很久以前便替它取名叫里约镇。汽船在里约港停靠后，径直驶向湖的另一端，只是偶尔在码头上放下一名乘客，或在有人示意要上船的时候靠岸搭载。汽船的航线距离小岛很近，不过从现在的位置看，更靠近对岸。汽船很快便追上了燕子号，然后超越了他们。汽船在湖面上掀起一波尾流，令小小的燕子号一阵摇晃，茶壶、炖锅和煎锅在船舱的地板上叮当作响，一等水手提提不得不紧紧抱着怀中的篮子。很快，视野中的汽船就变成了一个冒着白烟的小点，驶过小岛，越开越远。

接着远处传来一阵轰鸣，而且声音很快变得越来越大。汽船附近出现了一个白色的光斑。它滑过湖面，离燕子号越来越近。原来是辆摩托快艇，速度比汽船快得多，发出的动静也比汽船响好几百倍。它咆哮着穿过湖面，很快超越了燕子号九十米，接着它的船尾便消失在达里恩峰的后面。湖岸附近，四处可见划着划艇的渔夫，但要是没兴趣，压根儿没必要注意这些事情。燕子号载着船员们平稳地向着南面浩渺的“大海”驶去，这批水手就是第一批来到此地的白人。

他们离小岛越来越近了。

“密切注意，寻找一处理想的登陆地点。”约翰船长下令。

“还得留心野蛮人，”提提说，“我们还不知道那里究竟是否有人居住，必须多加小心。”

“我会在小岛和湖岸之间航行，然后再绕到小岛的另一边，这样我们就可以选择一个最佳的停靠点了。”约翰船长说。

小岛上绿树成荫，在橡树、榛树、山毛榉和花楸中间有一棵高高的松树，大有鹤立鸡群的气势。从前，他们常常站在达里恩峰上通过望远镜看它，这棵高大的松树长在靠近小岛北端的地方，下方有一面小小的峭壁，垂直到水面。岸边岩石遍布，几乎没有可以登陆的地方。

“现在，大副，”约翰船长说，“我们必须仔细观察。”

“要是你看见水面下有石头就大声报告，罗杰。”大副说。

约翰驾船从小岛和陆地之间驶过，同时避免离小岛太近，以防失去风力。尽管有足够的风力推动燕子号缓慢行驶，可仍有那么一两次，它失去了动力，仅靠惯性，在毫无波澜的水面上滑行。小岛东岸沿线超过三分之一的地方有一座极小的港湾，连接着一片鹅卵石遍布的石滩。后面的树林中似乎有一处开阔的空地。

“真是个露营的好地方。”苏珊说。

“也是一个理想的登陆地点，”约翰说，“可要是风从这边吹过来的话就不行了。我们还是先绕小岛一圈，看看还有没有更好的登陆点。”

“前方有礁石！”罗杰指着露出水面的东西大喊。于是约翰把船开得离岸边更远了一些。

小岛的这一边被岩石覆盖，地势陡峭。看来那座小港湾似乎是唯一一个可以停泊船只的地方了。岛上有不少像达里恩峰一般的岩石峭壁，只是个头要小得多，上面生长着石楠和在逆境中拼命求生的小树苗。小岛南端的岩石变小了些，突然一座光秃秃的岬角又矗立在面前。从南面望过去，这座岛屿似乎被分割成数座小岛。约翰继续航行，直到将这些小岛远远抛在身后，接着他开始一边用力拉横帆脚索，一边放下舵柄，使燕子号绕过小岛。

“我们最先发现的那个地方，是那一侧唯一理想的登陆地点。”苏珊说。

“我们从这一侧抄近路逆流而上，好好看看那座港湾。”约翰船长说。他又将横帆脚索拉低了一些，驾着燕子号迎风而上。他一直把船开到离小岛三十多米远的地方，让燕子号保持右舷受风。接着说：

“准备转向。”

苏珊低下脑袋。坐在船舱里的提提早已弯下了身子，不过她也一样把头低了下来。罗杰站在桅杆前面，完全不受影响。

约翰将舵柄放低，燕子号迎风前行，帆的下桁和棕色船帆转了向，重新在新的航向上鼓足了风帆，而燕子号随着湍急的水流向着小岛的西岸驶去。这里没有裸露的岩石，然而地势十分陡峭，像面墙壁似的直入水中。

“看到湖底的时候就大声报告，罗杰。”苏珊大副喊道。

“遵命，长官。”罗杰拼命看向深绿色的湖水。

“我们真应该带一台水深探测仪。”苏珊说。

“它在这里没什么用处。”约翰说。

他们继续航行，一直来到距离岸边不到五米的地方，可是湖水依然深不见底。约翰不敢再靠近了。

“准备转向！”他大声下令。

他们靠近石壁下方，可还没来得及调头，罗杰便大喊道：“我看见湖底了。”这一侧的湖水清澈见底，小岛像是从深水中冷不丁冒出来似的。

苏珊连忙低下头，提提也依样画葫芦，尽管她完全没必要这么做。燕子号轻轻摇摆了几下，变换了航向。约翰没把船开出多远，就再次发出“准备转向”的指令，于是燕子号又一次面向小岛。他们前后移动了几次，每一回都离小岛的北面更近了一些。

西岸同样也有一堵陡峭的石壁直入水中，根本没有可以登陆的港湾。

“另一侧的那个地方是唯一一个登陆点。”苏珊说。

“但是，那并不是一个理想的避风港，”约翰船长说，“不过要是我们别无选择，就停在那里吧。我们可以把船拖上岸。”

终于把小岛北端摸索得一清二楚了，于是约翰最后一次改变船行的方向，离开湖岸，向湖面驶去。他驾船经过此地，刚一看清岩石地带，便大喊一声：

“转帆啦！”

苏珊大副以最快的速度用力拉拽横帆脚索。约翰抬高舵柄。燕子号又一次转向南面，帆的下桁在他们的头顶旋转，苏珊看准了时机，及时松开了横帆脚索，于是他们又一次沿着东岸航行。就在那座鹅卵石湖滩的港湾再次出现在视野中的时候，约翰大喊：

“准备收帆。放下帆篷！”

苏珊大副早已手握升降索了。她小心翼翼地松开绳索，不让它离手。船帆被放了下来。“抓住帆桁，罗杰！”

罗杰牢牢地将它抓住。

苏珊松开“旅行者”，接着和罗杰一起收起船帆和帆桁。为了不挡道，提提拿着装满餐具的篮子靠边待着。他们的速度奇快，非语言能够形容。收起船帆后的燕子号还有好长一段距离才能滑进湖滩。

“小心，罗杰。”苏珊大副说，同时一脸不安地望向船头。

“右舷船首有岩石。”她大声说。

约翰轻轻转动了一下舵柄。

燕子号在平静的水面上向港湾驶去。

“好了。”苏珊说完，越过了脑袋刚从船帆下冒出来的提提，爬向船尾。苏珊去船尾是为了减轻船头的重量。她才到达目的地，就传来轻轻的嘎吱声，燕子号的船头碰到了鹅卵石湖滩。还没等她的手指触到系船索，约翰就抓着它跳上了岸。

第四章

隐秘的港湾

苏珊是第二个上岸的。提提拿着她的餐具篮子紧随其后。约翰则留在燕子号上往外运送储备品。先解决塞在各处的零散厨具，接着是卷在防潮垫里的两顶帐篷、大罐子，最后是那只沉重的锡盒，里面装着书本、航海图和其他必须保持干燥的物品。船一下子变轻了，苏珊大副和一等水手又把燕子号往岸上拉了一段，于是将那一大包毯子运上岸的活儿就变得轻松了一些。所有东西都被堆在干燥的鹅卵石湖滩上。

“现在，大副，”约翰船长说，“让我们出发去岛上探险吧。”

“当务之急，”苏珊说，“是寻找一个最适合扎营的地方。”

“看起来不太容易呢。”提提说。

“我们要找一片平坦的土地，周围还得有用来支撑帐篷的树木。”约翰说。

“还要找一个能生火的地方。”苏珊说。

“把东西留在这里安全吗？”提提问，“说不定会发生十几米高的海啸，将所有东西席卷一空。”

“没那么严重，”约翰说，“果真如此的话，整座小岛都会被淹没的。”

“喂，我们的实习水手在哪儿？”大副问道。实习水手罗杰已经开始了探索之旅。就在这时，他在他们近旁的灌木后发出一声大叫。

“以前有人在这里生过火。”

其他人赶紧从湖滩跑了过去。在登陆点和那棵松树所在的高地之间，有一片开阔的圆形空地。地上苔藓遍布，周围树木环绕，最中间有一块圆形地面的草皮已被清除干净。罗杰站在那里，正盯着整齐摆放在地上的一圈石头，它们形成了一个野外炉灶，里面尚有上次生火之后的灰烬。石头炉灶的两边各有一根粗树杈插在地上，周围压着一些大石头；另一根长树枝架在两根树杈的岔口上，横跨炉灶，这样在上面挂只水壶就能烧水了。炉灶附近有一堆码放整齐的干木柴，全都被切成了一样的长度。有人曾在这里生过火，而且还会再来。

“是原住民。”提提说。

“也许他们还在岛上。”罗杰说。

“来吧，”约翰船长说，“我们到处看看。”

岛上实在没有太多可以探索的东西。很快，燕子号的船员们便确定，尽管有人来过岛上，可是现在这里只有他们四个。他们来到小岛的北端，站在大树旁的高地上眺望湖面。接着，他们又来到小岛的南端，发现这里岩石遍布，石楠和矮小的灌木丛长得密密麻麻，简直无路可走。这里也有树，只是不像长在北边的树一样高大。然而这里没有人的踪迹，也没有适合生火的地方。他们又回到了石头炉灶那儿。

“原住民知道如何选择合适的地点，”苏珊说，“这个炉灶搭得挺不错的。”

“现在岛上没有原住民了。”罗杰说。

“他们可能被其他原住民杀了。”提提说。

“无论如何，这里是扎营的绝佳地点，”约翰说，“我们赶紧搭帐篷吧。”

于是他们着手搭帐篷。他们将帐篷卷从登陆地点搬上岸，并且一一打开。他们在篝火边选了离大松树最近的四棵树木。

“这片高地可以保护我们免受来自北面的原住民的攻击。”约翰说着，爬上了一棵树，来到离地面两米高的位置，将帐篷绳的一端系在了树干上。苏珊拿着绳子的另一端，等到他爬上另一棵树以后，才把绳子交给他，绑在同一高度的位置。毫无疑问，绳子的中段便荡在空中了，这样搭成的帐篷只有一米多高。约翰并没有把绳子绑得太紧，因为夜晚的露水会让它缩短。现在帐篷垂挂在绳子上，就像一条晾在绳子上的床单。接下来要做的就是在帐篷的口袋里塞满石头。一旦帐篷前后左右底部的口袋里有了石头，就能很轻松地将原本团在一起的帐篷完全打开。于是为了确保帐篷足够牢固，他们从湖滩搬来了许多石头，还在树下捡了不少，于是帐篷的两个倾斜面和侧面的口袋里都放了一排石头，帐篷也就完全撑开了。

“妈妈做的这种帐篷真是太棒了，”苏珊说，“地上到处都是石头，我们连帐篷钉都不用。”

接着要做的就是把防潮垫拖进帐篷铺好。完工以后，他们全都挤了进去。

“不错，”苏珊说，“从里面刚好能看见篝火。”

他们又如法炮制，搭好了第二顶帐篷，然后将剩余的储备品全都运上了岸。苏珊大副开始考虑晚饭的事。一等水手提提和实习水手罗杰被派去捡柴火。林子里到处都是干树枝。不知道为什么，没有人愿意用篝火的上一任主人留下的那一小堆码得整整齐齐的柴火。事实上他们也压根用不着。不一会儿，黑乎乎的灶头里便燃起了火苗。苏珊在登陆的湖滩旁找了个地方，只需要站在两块石头上，就能轻松打上一壶干净的湖水。她提着水壶回到营地，把它挂在篝火上的树枝上。

“除了登陆地点，”约翰船长说，“诸事完美。因为陆地上的每个人都能看到它，而且要是风从东面吹过来，对燕子号来说就会十分不利。我要找一个更好的地方。”

“没有别的登陆点，”苏珊说，“我们都已经围着小岛转了一圈。”

“不管怎么说，我还要再去看看。”约翰船长说。

“可是我们都已经绕着小岛找了个遍。”苏珊说。

“小岛的南端我们还没去过呢。”约翰说。

“但那里都是岩石。”苏珊说。

“也许吧，但我想去看看。”约翰船长说。留下大副和船员们准备晚饭，他独自一人向小岛的南端走去。他知道小岛的北端和西面都不是理想的港湾，因为那里的岩石像石墙似的直入水中。东面除了现在的登陆点以外，其余地段的情况一模一样。可是在小岛的南端，说不定有机会找到理想的避风港。小岛在那里被湖水分成了几座更小的岛屿，裸露的岩石突出水面，一些岩石分布在湖泊深处，当他驾着燕子号经过的时候，曾一度认为靠近这些地方不太安全。

他穿过灌木和小树丛，选择了一条最快的捷径。一路上，他总觉得有人来过这里。他径直走向目的地。当他们第一次探索小岛时，他曾隔着一两米的距离观察过这个地方。然而他要找的地方实在过于隐蔽，当时被他忽略了，而这一次他差点掉了下去。这是在岛屿一端的一小片湖滩，环绕着一座极小的港湾。茂密的榛树层层叠叠，要是不拨开树丛，根本不会发现它的存在。越过港湾，小岛的西南角延伸入水近二十米远，一面高达两米的狭窄的岩壁拔地而起，又逐渐下降，同样从东南方向保护着这里。这里有块大岩石，是这座岛屿的一部分，更远处还有一串略小一些的石头。怪不得当他们从外围驾船经过这里的时候，以为这里除了石头什么都没有呢。

“或许它只不过是一个水洼，根本没法进去。”约翰自言自语。

他爬上大岩石顶端。这里生长着石楠，约翰趴在上面，俯视着下方的小水塘。他发现水塘另一侧的水下有些大石头，可是这一边的湖水十分清澈。尽管西北边依然微风习习，由于受到小岛的庇护，这里的水面十分平静。看起来似乎可以驾船穿过岩石间的狭窄通道，驶入这里，可是毫无疑问，水下一定还有他看不到的岩石。

他爬下岩石，匆匆跑回营地。

“我找到了一个好地方，”他大喊，“至少我这么觉得。”

“找到什么了？”苏珊问。

“一座属于燕子号的真正的避风港。不过我现在还不十分确定，得先驾船过去绕一圈，看看有没有路进去。你们要一起来吗？”

“我们正在煮饭呢，不能扔下不管啊。”苏珊说。

“好吧，我必须带一个船员，”约翰说，“你能把一等水手让给我吗？”

“去吧，提提。”大副说。

“我也去。”罗杰自告奋勇。

“只能去一个，”约翰说，“不过要是成功了，我们就吹哨子，然后你们再过来。能把你的哨子借给我吗，大副？”

苏珊把自己的哨子给了他，约翰和提提赶去登陆点，发动了燕子号。

“我来划船吧，”他说，“要是上帆，不一会儿还得放下，白费力气。”

当他划船的时候，提提在船尾坐了下来。要把燕子号划起来可不是一件轻松的事，因为它的龙骨和压舱物使它更适合扬帆航行。约翰划船绕过了最远端的岩石。

“现在，”他说，“我们要试着驾船进去。我会去船尾划桨，你拿着另一支桨去船头，要是看到水下有岩石，就用桨把它挡开。”

“我最好到桅杆前面去，就像罗杰那样。”提提说。

“没问题，只要有空间。”

燕子号船尾的横梁上有一个半圆形的缺口，就像一只被咬了一口的黄油面包。这处空间只能容纳一支船桨，于是要让船往前走只能用一支桨在两侧划水。许多人不知道如何在船尾划船，可要是你知道窍门，其实做起来十分简单，很久以前在法尔茅斯港，约翰就跟爸爸学会了这一招。唯一的问题就是船头会有些摇摇晃晃。

约翰船长卸下船舵，把它放在小船的底部。接着他开始在船尾用船桨驾驶小船，没花多大力气，却足以让燕子号慢慢地朝着那一片岩石滩驶去。提提拿着另一支桨已在船首准备就绪了。

“两边的水下都有石头。”提提说。

“前方有任何情况就大声报告，”约翰说，“尽量避免让船撞到岩石。”

他一路向前划去。燕子号在与水面齐平的适淹礁之间前进。接着，旁边出现了一些露出水面的石头，它们的体积更大。很快，隐藏在湖泊

摸索着驶入了隐秘的港湾

东面的高大岩石也进入了视野，与此同时，西岸便被矗立在岛上的一长片岩石地带挡住了。这种感觉就好像走在两堵墙壁之间。约翰一边在心里回想自己当时爬上大石头时看到的景象，一边尽可能地将燕子号驶近东边的石墙，而提提则用船桨挡开离船体太近的石头。要是像平常那样一边一支船桨地驾船，那么他们的船桨在左右两边都会碰到石头。燕子号在清澈的湖面上缓缓前行。

绿树终于近在眼前，燕子号也安全地进入了小港之中，船头仰靠在湖滩上，北面的树林遮蔽着它，而石墙又将风阻挡在外。

“真是个好地方，”一等水手赞叹，“我猜几百年前就有人隐居在这座小岛上，当时一定也把船停在这里了。”

“这是座完美的港湾，”约翰说，“我们吹哨子把他们俩叫来吧？”

他用尽所有的力气吹响哨子。他熟练地把船桨放回原位，带着船索上了岸。提提已经在岸上了，正奋力穿过榛树丛与苏珊和罗杰会合。他们很快就来了。

“瞧，”约翰船长说，“这座港湾怎么样？”

“我们经过的时候怎么会没发现它呢？”苏珊问。

“岩石分布的范围太大了。”

“船停在这里，谁都发现不了。”苏珊说。

“而且要是我们被敌人打败，我们就能逃到这儿来，”提提说，“这里太隐蔽了，就算站在岛上也看不见。再没有比这里更理想的港湾了。”

“我们可以把船索系在那只树桩上，”约翰船长说，“然后再从船尾拉一根绳子拴在那棵长在石头上的灌木上，这样我们就能让船漂浮在水面上了。这个办法要比把船拖上岸更好。”

“能让我来做这项工作吗？”罗杰问。

约翰将船索交到他的手里。

“你在树上画的这个‘十’字是派什么用场的？”罗杰问。

“什么‘十’字？”约翰问。

“这个。”

在树桩面向湖水的那侧、接近树桩顶端、离地一米多高的地方，有一个白色的“十”字，看起来画了有些日子了，已经褪色不少。约翰和提提都没有注意到，当时他们满脑子想的都是岩石，压根没有留意这些树木。

“不是我画的，”约翰说，“它一定是早就在这儿了。”

“又是原住民干的，”提提忧心忡忡地说，“也就是说，有别的人知道这座港湾。”

“我猜，就是生火的那些人。”苏珊说。

就在这时，苏珊大副想起自己还在煮饭呢。

“水壶里的水就要开了，”她大叫起来，“要是开水溢出来，会把火浇灭的。而且你们吹哨子的时候，我的鸡蛋才刚做好。”

她拔腿往营地跑去。

其他人则把燕子号停好后才离开。约翰船长将一条备用绳的一端系在船尾的系缆墩上，一等水手提提手拿绳子的另一端爬上了岩石。罗杰拿着船索，跟着约翰走上了岸。提提拉了拉绳子，将绳子牢牢地绑在长在岩石上的一株小花楸上。罗杰和约翰将船索绑在画有白色“十”字的树桩上，于是燕子号首尾系泊地停在小港湾中央一两米深的湖水中，周围有树木和岩石庇护着。

约翰船长自豪地看着他的小船。

“这世上再也没有比这里更好的港湾啦。”他说。

“要是没人知道有这个地方就更好了。”提提说。

接着，他们急忙跑回营地。

现在营地已经颇具规模了。两顶帐篷搭在四棵树木之间。大副和一等水手睡一顶，另一顶归船长和实习水手。树下的空地上，篝火的火苗欢快地跳跃着。水壶里的水已经烧开了，不断地往外冒着蒸汽。苏珊正在煎锅里融化一大块黄油。她旁边的布丁盘里盛着六只生鸡蛋。她在杯沿上敲破鸡蛋壳，把鸡蛋打在盘子里。空蛋壳在火苗上噼啪作响。四只杯子在地上排成了一列。

“今天没有小盘子，”苏珊大副说，“我们就用大盘子吃。”

“可这不是大盘子，”罗杰说，“这是煎锅。”

“管他呢，反正我们就用这个吃。鸡蛋这玩意儿真讨厌，太容易粘在盘子上了。”

她把生鸡蛋倒进嗞嗞作响的黄油里，撒上胡椒粉和盐，然后把它们搅拌在一起。

“快煳了，”提提在一旁仔细看着，“等它们开始变成薄片的时候，你一定要把它们从锅底刮下来。我看见杰克逊太太就是这么做的。”

“炒好了，”苏珊说，“过来吃吧。”

她把煎锅放在地上，给每人一把勺子。船长、大副和燕子号的船员们围着煎锅蹲作一圈，狼吞虎咽地吃着烫嘴的炒鸡蛋。苏珊大副还准备了四大片夹了黄油的黑面包，让大家就着鸡蛋一起吃。然后，她又把四只杯子里的茶水倒掉，换上牛奶。“今天瓶子里的牛奶够你们喝了，”妈妈当时说过，“可明天要喝牛奶，你们就得找一家附近的农场，霍利豪依农场离你们太远了。”接下来的一道菜是一大块米布丁。来的时候，他们把它装在一只大罐子里，放在随船物品的最上面。如今他们直接在罐子里吃了起来，就像在煎锅里吃鸡蛋一样。然后每人又吃了一块厚厚的香籽蛋糕。最后每人还分到了一只苹果。

第五章

岛上的第一夜

当他们把鸡蛋、米布丁、黄油黑面包、香籽蛋糕和苹果都消灭干净以后，大副和一等水手负责洗碗。得把勺子洗干净，煎锅得刷干净，杯子和布丁盘也得放在湖里好好洗洗。船长和实习水手带着望远镜，在小岛北端、营地上方的高地上找到了一个好地方。在那里，他们可以趴在岩石的凹陷处，藏在石楠丛中观察四周，而不被任何人发现。那棵他们在达里恩峰时就曾见过的高大松树就在他们身后不远处。

约翰船长仰面躺在石楠丛中，看着大松树。

“或许，”他说，“我们应该在树顶插一根旗杆。”

“派什么用呢？”罗杰问。

“这样我们就可以升面旗帜当作信号。比如我们两个去钓鱼，只留下苏珊和提提的话……”

“可是我们没带钓竿。”罗杰说。

“明天就能带来。”约翰说，“如果我们都去钓鱼，而那些生火的原住民又回来了，我们只要看到松树上升起了旗帜，就知道出事了，就能赶紧回来帮忙。而且，还能当灯塔用。我们中要是有人天黑后驾船回家，留在岛上的人可以在树上挂一盏提灯，把大松树变成一座灯塔，那样的话，无论天有多黑都能找到小岛了。”

“可是苏珊、提提和我都爬不上树。树干上没有可以攀爬的树枝。”

同大多数松树一样，这棵树的树干离地五六米都是光秃秃的。

“要是我能爬上最底下的树枝，我就能在那里挂一根绳子，再把绳子的两端都放到地上。这样你们都不用再爬树了。任何人都可以把提灯系在绳子上，然后把它拉上树。只要把绳子的一端系在提灯顶端的圆环上，另一端放在树下，我们就能把灯拉上拉下，而且还十分稳当。”

“我们还有多余的绳子吗？”罗杰问。

“我们的绳子不够细。锚索太粗了，备用绳又不够长。我明天去弄些细绳来。幸好我们来这儿之前我刚刚过了生日，生日得的五先令[1]可以买很多绳子呢。”

就在这时，苏珊大副和一等水手提提也加入了他们，大家一起躺在石楠丛中。

“过夜的准备工作一切就绪，”苏珊说，“只剩下床了，原住民不把干草袋送来，我们就没法铺床。”

提提突然一跃而起。“有艘船过来了。”她说，“罗杰，你是不是睡着了？不然怎么会没看到那艘船？”

“我没打瞌睡，”罗杰说，“我没注意。你清醒的时候，也会一不留神错过某样东西的。”

约翰船长坐了起来，举起望远镜。

“是原住民，”他说，“妈妈也在船上。”

“把望远镜给我看看。”提提说。约翰把望远镜递给她，她举到眼前。

“妈妈也成了原住民。”她最后说。

① 英国旧时的一种货币单位。

“让我看看。”罗杰说。

他透过望远镜，朝湖面看去。

“我什么都看不见，”他说，“漆黑一片。”

“你把镜头盖合上了，”对望远镜无所不知的提提说，“把它转一下，就能打开。”

“看见啦。”罗杰说。

所谓的原住民就是霍利豪依农场的杰克逊先生，他正稳稳地划船前行，船儿经过之处在湖上留下一道长长的水波。远远看来，小船就像一只水蜘蛛似的。可是通过望远镜，小船一目了然，还能看见船上的几只大干草袋和坐在船尾的妈妈。

随着小船越来越近，罗杰和提提轮流拿着望远镜观察。船长和大副则回到营地，做好有客来访的准备。船长把他的大锡盒放在帐篷的中间。他从里面拿出那张小航海图，把它挂在盒子的扣钩上。除此以外，帐篷里空无一物，显得十分整洁。而提提和苏珊则把她们的帐篷布置得像家一样。帐篷中间是大罐子，里面装着食物，同时又能充当两个座椅。帐篷的两边，是要放床铺的地方，她们已整整齐齐地铺了毯子。烹饪用具整洁地收纳在帐篷的一个角落里。帐篷外面，用来固定帐篷的绳子上晾着两条毛巾。约翰船长检查了提提和苏珊的帐篷后，回到了自己的帐篷，学着她们俩的样子将自己和罗杰的毯子铺好。这么一来，帐篷看起来便充满了家的味道。而且这样一来，等干草袋到了以后，只需要往毯子下一塞就行了。苏珊大副又往篝火里添了些柴火，让火烧得更旺一些。做完这些以后，他们跑去跟提提和罗杰会合。

“原住民快到了，”提提说，“我们要不要带他们参观一下港湾？”

“不行，”约翰船长说，“原住民让人捉摸不透，即便看上去对我们友好的也不例外。我们得把燕子号藏好。要是只有妈妈一个人，倒是可以带她去看看。”

“更何况，”苏珊说，“他们是来送干草袋的，而登陆点离营地又很近。要是再去小港湾，还得抱着东西穿过灌木丛，太麻烦了。”

于是，燕子号的船员们都站了起来，手指向小岛东部。妈妈，也就是坐在划艇船尾的女原住民，为了表明已明白他们的意思，也往小岛与东部大陆之间指了指。她对那个划桨的原住民说了些什么，他回头瞥了一眼，接着用力往左边划了一两下，改变了前进的路线。

他们已经过了岛尖。罗杰早已动身跑向登陆点了，燕子号的其他船员紧随其后。当原住民将船靠上湖岸的时候，全体船员已经在岸上待命了，准备帮忙把船拉上岸。

“你们把船停哪儿了？”妈妈问，“燕子号在哪儿呢？”

“啊啦哔啦库啦，”提提说，“这句话的意思是，因为您是原住民，所以我们不能告诉您……当然了，您是个漂亮的原住民。”

“卟咯哎呀扑通，”妈妈说，“意思是，只要它好好的，我不在意它在哪里。”

“它在一个极好的地方。”约翰船长说。

“要我为您翻译吗？”提提轻声问。

“事实上，”妈妈即女原住民说，“因为要跟你们谈话，我自学了很多英语，不过要是你们乐意，我也可以说‘哔啦库啦哔啦’原住民语。”

“要是您会说英语，那就没必要说原住民语了。”约翰说。

“格鲁克，”女原住民说，“意思是，好的。现在，我希望你们能让我们看看你们的营地，我们好帮忙把干草袋运过去。”

霍利豪依农场的杰克逊先生把四只干草袋都从船上卸了下来。他是个强壮有力的原住民，一下子就提起三只干草袋扛在肩上。约翰和苏珊抬着剩下的那只。罗杰拉着女原住民的手，提提则在前面带路。

“哎呀，你们的营地真漂亮。”女原住民称赞道。

“可不是！”苏珊说，“想进帐篷看看吗？”

女原住民弯腰走了进去。杰克逊先生放下了干草袋。

“快点，罗杰，”约翰说，“趁她还没过来，我们快把帐篷收拾好。”

约翰拿着干草袋的一头，罗杰搭了把手，两人合力把两只干草袋运进了帐篷。他们把两只干草袋分别放到帐篷的两侧，又一阵拍打把袋子弄平整，然后铺上叠好的毯子。接着，他们在各自的床铺上躺了下来。

与此同时，苏珊和女原住民正在另一顶帐篷里整理床铺。杰克逊先生则回到了他的船上。

不一会儿，女原住民就把脑袋伸进了船长的帐篷里。

“看起来还挺舒服的，”她说，“可是天黑了怎么办呢？”

“我们应该带两盏提灯才对，”约翰说，“我把这事给忘了。整座营地一共只有一盏大提灯。”

“我给你们带来了两盏小蜡烛灯，一顶帐篷一盏，不过你们必须保证小心使用，可不能失火。用来点大提灯的油在哪儿？”

“就在帐篷外面。”约翰说。

“你们应该把它放在一个安全的地方，离营地和篝火远远的。”

就在这时，那个强壮的原住民杰克逊先生拿着一大包东西回来了。

“都出来吧，”女原住民说，“我得走了，杰克逊先生得赶回农场，可还有几件事情得安排妥当。首当其冲的就是牛奶。你们岛上没有奶牛，所以你们得去陆地上弄牛奶。我已经跟那边的迪克逊农场说好了，你们每天早上可以过去取一夸脱[①]牛奶。要是晚上还想要，迪克逊太太也会给你们。可是每天早上你们必须过去取牛奶。他们的登陆点就在一棵大橡树旁边。谢谢您，杰克逊先生。”

强壮的原住民放下了一只大篮子。里面是一只牛奶罐，还有其他一些东西。女原住民就像从礼物袋里往外掏礼物似的，把东西一样一样地拿出来。

“这是给你们的牛奶罐，”她说，“白天的时候要尽量让牛奶保持低温。别让它晒到太阳，记得取牛奶之前要把罐子洗干净。我给你们带了块肉饼，是杰克逊太太今天做的，给你们留到明天吃。你们很快就会厌倦咸牛肉罐头的……”

“是压缩牛肉干。”提提说。

“压缩牛肉干，”女原住民说，“我要是你们的话，只有在不做饭、没东西吃的时候才会打开一听压缩牛肉干罐头。对了，主厨是苏珊，对吗？”

“是的。”约翰船长说。

① 英国常用的容量单位，1 夸脱约等于 1.1 升。

“那我就把储备食物交给她。这是馅饼。我还带了一盒能量棒给你们当早饭。早晨就算不用煮麦片粥，苏珊也有的忙呢。”

“我喜欢烹饪。”苏珊大副说。

“要是你想继续保有这个爱好，”女原住民说，“听我的话，让其他人负责洗碗。”

杰克逊先生又拿着一大包东西从船那边过来了。

“杰克逊太太真是好心，连枕头都替你们带来了，”女原住民说，“我知道没有枕头你们也能睡觉，可是有只枕头就会舒服许多。我敢肯定克里斯托弗·哥伦布一定常常带着他的枕头出航。”

大家接过枕头，各自放进帐篷里。

“您看到那个养鹦鹉的海盗了吗？”提提放好枕头，迫不及待地跑出帐篷问。

“什么海盗？”女原住民问。

“就是住在船屋里的那个人。我们看见他了，还有他的鹦鹉。”

杰克逊先生哈哈大笑起来。“原来你们这么称呼他，”他说，“你们说得一点都没错。”

“我看见那艘船屋了。”女原住民说。

“那是特纳先生，”强壮的原住民说，“夏天他常常住在船屋里。今年他不允许任何人靠近他。去年他的外甥女布莱克特家的姑娘们经常跟他在一起。她们就住在湖的另一边。今年她们倒是没出现。今年夏天，特纳先生一直孤身一人。没人知道他在那儿干什么，可大家都说，他的船屋里有值钱的宝贝。”

“那是他的宝藏，”提提说，“我就知道他是个退隐的海盗，他当然不会让人靠近。”

“维姬要找我了，”女原住民说，“我得走了。况且我知道，你们也不喜欢周围有太多原住民出没。天快黑了，如果我是你们，就早点去睡觉，不然明天一早就算鸟儿不把你们吵醒，太阳也会把你们弄醒的。”

“谢谢您送来了那么多东西。”苏珊说。

“尤其是提灯。”提提说。

“格鲁克，格鲁克，格鲁克。”女原住民边说边往登陆点走，“噢，我想今天我就不留下喝茶了，谢谢你们。你们已经享用过茶点了吧，天色也不早了。哦，对了，”她补充道，“我差点忘了一件事。”她走进船长的帐篷，出来的时候脸上挂着微笑。接着，她边走向小船，边对约翰说：“我不会常常过来打扰你们的……”

“一点都不打扰，妈妈。”约翰说。

“放心吧，我不会常来的，不过每两三天你得给我报个信——要是你愿意的话，也可以更勤快一些 让我知道你们一切都好。而且你们一定会需要补给品，我们这些原住民可以提供，所以你要时常回霍利豪依农场，好吗？”

“我明天就回去一趟。”约翰一口答应。

“好的，我也想知道你们第一晚过得怎样。”

“您刚刚进我帐篷干吗，妈妈？”约翰问。

“你回去就知道啦。”

女原住民登上小船，走到船尾坐了下来。强壮的原住民杰克逊先生跪在船舷上，将船推离湖岸。小船一进入湖泊，他便拿起船桨，将船划入夜色之中。

“再见，再见，再见，妈妈，”燕子号的船员们齐声大喊，“再见，杰克逊先生。”

“嘟噜噜，”女原住民回应，“意思是晚安，好梦。”

“嘟噜噜，嘟噜噜。”他们大声回答。

他们又跑去小岛的岛尖，跑向大松树下的岗哨，向载着原住民、渐渐没入暮色之中的小船挥手告别。过了很久，小船已经消失在他们的视野中，但依然能看见船桨在湖面激起的白色浪花。又过了很久，连浪花也看不见了，他们依然能听见划船的声音，渐行渐远。

“我们最好赶在天彻底黑下来之前上床睡觉。”苏珊大副说。

“半小时内熄灯。”约翰船长说。

“可我们还没点灯呢。”罗杰说。

“我们这就去。”约翰船长说着打开提灯，划亮一根火柴。尽管树下还余有一丝天光，帐篷里却已经漆黑一团了。约翰点亮他的提灯，带着它走进帐篷，再把提灯放在锡盒上。他已经把盒子挪到了帐篷中央，这样就不用担心烧着帐篷了。就在这时，他想起女原住民走之前进过他的帐篷。他环顾四周，想看看妈妈到底做了什么。就在他床头的帐壁上钉着一张纸条，上面写着：

不是傻瓜就不会被淹死。

“爸爸知道我们不是傻瓜。”约翰自言自语。

苏珊把她的提灯放在了其中一只罐子上。她和提提正忙着把床铺得舒舒服服的。

两顶帐篷就好像树下的两只闪闪发亮的大纸灯笼，里面人影晃动。第一次躺在干草袋上睡觉，总需要些时间才能适应，然后就传来了说话声：

“你还好吗，提提？”

“很好，长官。”

“实习水手怎么样？”

“他很好，大副。做好熄灯的准备了吗？”

“是的。”

“熄灯！”

两盏提灯熄灭了，白色帐篷融入了黑夜之中。此刻，除了篝火的余烬散发出的微光，四周一片漆黑。“晚安！晚安！晚安！”此刻，除了湖水拍打湖岸的声音，四周万籁俱寂。不一会儿，船长、大副、一等水手、实习水手便沉入了梦乡。

第六章

岛上生活（一）

第二天是忙碌的一天。大家一大早就起床了。洒进帐篷的阳光要比透进屋子里的更刺眼。第一个醒来的是提提。她躺在床上看着阳光从枝叶摇曳的树梢洒进帐篷，斑驳的光点和阴影在白色的帐壁上嬉戏。接着她爬到帐篷门口，探出脑袋，用力呼吸着清晨潮湿的空气，聆听树叶发出的沙沙声和潺潺的湖水声。就在这时，她听到另一顶帐篷里有动静。原来他们也起床了。

“约翰。”

“怎么啦?”

“我们在岛上呢。”

“当然啦。你难道不知道?”

“我都睡迷糊了，醒了才发现。”

“喂，”提提说，“早上好。”

“早上好。”

“早上好。”

约翰和罗杰爬到帐篷门口，也问好。

“苏珊呢?”罗杰问。

“还睡着呢。”

“没有，她已经醒了。”苏珊说着在干草袋上翻了个身，揉了揉眼睛，“几点了？是不是该去取牛奶了?”

约翰赶紧看了眼手表。现在约翰已经是一船之长了，于是他管手表叫“计时器”。

“六点五十七分。”他说。他一度考虑是否要换算成船上时间，但他得花一两分钟才能算出来。

“不知道他们是不是已经挤完奶了。”苏珊说。

“我去取牛奶。”约翰说。

“等等，”苏珊说，“这是第一次，我们大家一起去吧。这样我们都能认认路，对方也能认得我们所有人，以后谁都可以去取牛奶啦。”

大家穿戴整齐，又去登陆点洗脸、洗手、刷牙，简单洗漱了一番。接着全体船员穿过灌木丛，向小岛南端的隐蔽港湾走去。他们的小船安安静静地停在那里，一切跟他们离开时一模一样。尽管沐浴在清晨的阳光下，小船的划手座上依然沾着露珠。大家用手绢把要坐的地方擦干，然后驾船驶过岩石地带，升起潮湿的棕色船帆，向橡树旁的渡口驶去。他们在那里将燕子号的船头拖上湖岸，将船索系在一块大石头上。然后他们一起向迪克逊农场走去。

迪克逊农场离湖边不远，同霍利豪依农场一样，掩映在一片李子树之间，脚下是一片地势陡峭、绿意浓浓的牧场。他们还在苦恼不知该如何介绍自己的时候，迪克逊太太打消了他们的顾虑。一看到他们，她就说：“你们一定是来取牛奶的吧。我看见你们自己带了罐子。他们正在挤牛奶呢。”她接过了罐子。当罐子还到燕子号船员手上的时候，里面装满了冒着泡泡的新鲜牛奶，而且还是温的。“拿着。”她说，“记住，想要什么别的东西，尽管说，别客气。”就在说话的当口，又高又瘦的迪克逊先生走了过来。“今天天气真好。”还没等人回答，他又走开了。

这一回，他们把船驶回了登陆点而非港湾。“现在吹的是西北风，”约翰船长说，“登陆点吹不到风。”接下来就该生火做早餐了。这项工作由苏珊大副负责，可是大家都已经饥肠辘辘了，于是全都围坐在火边，等着吃早饭。吃完早饭，他们又在岛上走了一圈，可是没有什么新发现。然后，苏珊大副和一等水手提提在营地里忙活，船长和实习水手则回霍利豪依农场送信。这封信写得极短——直到他们快起航了，提提才想起写信这件事。要不是早餐后风大了起来、约翰船长决定收起船帆，她写信的时间会更紧张。就在船长教实习水手如何收帆的时候，提提忙着写信。她在信中写道：

亲爱的妈妈：

我们从一座荒岛上向您传达爱意，希望您一切都好。我们一切顺利。

爱您的，

一等水手提提

“可是妈妈昨天才来过，”约翰船长说，“今天不用给她写信。”

“反正我已经写好了。”提提说。

于是，燕子号载着家书向霍利豪依农场驶去。

风真的好大，小船在呼啸的大风中勇往直前，湖水差点漫过船舷，激起的浪花洒在实习水手和船长的身上。风是从西北方向刮来的，要抵

用营火做早饭

达霍利豪依农场，他们不得不迎风而上。小小的燕子号在湖面上左摇右摆，每一次改变航向都会引得船身一阵颤抖，棕色的船帆被劲风吹得鼓鼓囊囊，像是随时都会散架，可是小船很快又振作精神，重新加速，乘风破浪。

有一次，约翰将航向直接对准了船屋港，就在离船屋一步之遥的地方，燕子号又重新回到了原来的航线上。在与船屋擦肩而过的同时，他们仔细观察了一番。提提说的海盗正坐在后甲板上，船舱和雨篷为他挡住了大风的侵袭。他们驾船靠近船尾，发现他坐在自己的帆布躺椅上，膝上放着纸，正在上面写着什么。绿鹦鹉停在围栏上，低头看着燕子号，风吹乱了它后背的绿色羽毛。有那么一会儿，金盆洗手的海盗抬起头来，与此同时燕子号经过了船屋，而他则继续埋头工作起来。

“他在干吗？”罗杰问。

“那只鹦鹉？”约翰问。

“不，”罗杰说，“我说的是那个海盗。”

“可能在画藏宝图。”约翰说，“当心，我要转向了。”

燕子号调头，离开港口，打算沿着船屋停靠的北边航行。就在他们快要经过北边的浮标时，棕色的船帆将船屋遮挡在约翰和罗杰的视野之外。就在那一瞬间，船屋的船首又一览无余地呈现在他们眼前，然而，某样东西令他们觉得这艘陈旧的蓝色船屋简直跟海盗船一模一样。

罗杰第一个发现了那样东西是什么。约翰忙着掌舵，眼里除了棕色船帆再无其他，他一心要让船帆鼓起来，但又不能太鼓鼓囊囊，同时目视前方，思考如何让风始终吹拂着他的右侧。燕子号飞速航行，因此那样东西只在他们的视野中出现了短短一瞬。不过他们十分肯定，它究竟是什么。

“他有门大炮，”罗杰说，“看，快看！”

在船屋的前甲板右侧，有一门闪闪发亮的小铜炮，锃亮的炮筒突出在一块蓝色的跳板之上。或许从前它曾被用作帆船比赛的发令枪，此刻它被安置在木头炮架上，蓄势待发。现在就连约翰船长都觉得这艘船屋不同寻常。除了有一只绿鹦鹉，竟然还有一门铜制大炮。

“提提说得对。”约翰船长说。

他回头瞥了一眼，想看看左舷是不是还有一门大炮，那样就能解答他们的疑惑了。可是没有。不过尽管如此，一门大炮也是大炮，没有秘密的船只压根不可能有这样的装备。

罗杰还打算继续聊大炮的话题，约翰船长却沉默了。当你正驾船迎着劲风航行的时候，必须心无旁骛，既无暇聊天，也没空听别人说话。当你发现水面颜色变深，这便预示着更猛烈的大风就要来了，你唯一能做的就是准备好随时收帆或转舵。于是罗杰也只能安静了下来。

最后他们终于经过了达里恩峰，抵达霍利豪依港湾。他们将船索系在船库旁边石头码头的圆环上，放下了船帆。接着他们穿过田野，向农场走去。短短三天前，罗杰还扮演一艘帆船，逆风驶过田野，同拿着电报的妈妈在霍利豪依农场门口会合。而正是那份电报让他们能够自由地踏上冒险之旅。这回，他不用再逆风航行了，也不用再扮演帆船了。他可是一名真正的水手，正跟船长一起上岸办事呢。从昨天开始，田间小径、通向达里恩峰的树林里的大门，还有霍利豪依农场都已经变成了另一个国度。当你亲自驾船从小岛出发，沿水路来到这里，一切都显得那么与众不同，再也不是当初生活在此、远眺小岛时的模样了。回家对他们而言，犹如一次探险，就好像探索一个曾在梦中出现过的地方，那里的一切都恰好符合你的想象，却又出乎你的意料。

径直走进霍利豪依农场大门的时候，感觉有些不对劲。约翰停下脚步，敲了敲门。大门里，一切如常。妈妈正坐在桌前给爸爸写信，保姆正坐在扶手椅上织毛衣，胖嘟嘟的维姬坐在地上，同一只长着黑鼻子的小绵羊玩偶玩耍。

“你们好，”妈妈说着抬起头来，“昨晚睡得好吗？”

“睡得好极了，”约翰说，“而且我们醒得没您说得那么早。至少没那么早起床。”

“你们去农场顺利取到牛奶了？”

“是的。”

“我喜欢农场里的原住民。”罗杰说。

“我也是，”妈妈说，“我昨天见到她了。”

不知怎的，保姆似乎并没有意识到她正跟来自异域的水手对话。“你们竟然没有感冒，真是太好了。”她说，“你们不在，简直就像过节一样。跟我说说，罗杰先生，有没有忘记刷牙？整理行李的时候，我把你的刷牙杯给忘了。”

“我用了整片湖水刷牙。”罗杰说。

“我们带来了一封信，”约翰说，“提提给您写了封信。”

他从口袋里掏出信，妈妈把信打开，读了起来。“我得写封回信。”

她说。

“我们是来取货的，”约翰船长说，“我们忘了把钓竿带走。”

“当然，你们需要这个，”妈妈说，“还有你们的洗浴用品。昨天你们走的时候，它们都挂在外面晾着呢，今天早上我才注意到。你们在岛上没洗过澡吧？”

“今天早上没洗。”约翰说。

“我们明天洗。”罗杰说。

“好吧，但是得确保找一个没有海草的地方，”妈妈叮嘱道，“而且不能让罗杰去深水区。”

“等我学会游泳以后我就可以去啦，”罗杰说，“我已经差不多会游了。”

“得等到你既会仰泳又会蛙泳的时候才行。即便你学会了游泳，也尽量别去水深的地方，除非你确定自己能游很长一段距离。现在你们一起去拿钓鱼工具，我来写封回信让你们带回去。”

他们开始收拾渔具。他们拿了四根钓竿，分别装在四只口袋里。他们将鱼漂、鱼钩和绕线轮放在一只大咖啡罐里。与此同时，保姆将洗浴用品打成一包，用毛巾捆好。这时，妈妈拿着两封信走了出来，一封是给提提的，上面写道：

家里的每一个人都爱你，谢谢你的信。

一封是给苏珊的，信上让她一定要问迪克逊太太要些生菜。要是船员们不吃蔬菜，会得坏血病的。此外，妈妈还给了他们一大袋豆子。“告诉苏珊，把它们煮熟就行，撒点盐，再放一块黄油。”她说。她还拿来了一大罐巧克力饼干。“我觉得布丁或许不是你们大副的拿手菜，”她说，“这个也许能帮上忙。”船长和实习水手又跑进农场，同保姆和维姬告别，接着妈妈陪他们去码头，帮忙把东西运上燕子号。

“今天早上的风有点大。”他们走在田野里时，妈妈说。

“我们把船帆收起来了。”罗杰说。

“是你收的吗？”妈妈似乎不太相信。

“我帮忙一起收的。”罗杰老实承认。

“首先应该拴紧哪一根短索呢？”妈妈问。

“离桅杆最近的那一根，”罗杰说，“然后是帆的下桁末端的那根，最后是船帆中央的收帆绳。”

“放帆的时候应该从哪一根开始呢？”

“首先是收帆绳，”罗杰回答，“其次是帆的下桁末端的那根，最后是离桅杆最近的那根。”

“答对了，”妈妈说，“你们的船员都挺聪明的。”

他们装载好货物，升起船帆，很快就驶出了港湾。

“住在船屋上的海盗有一门大炮。”随着燕子号渐行渐远，罗杰大声喊道。刚才在陆地上的时候，他把这件事忘得精光。

“是吗？”妈妈大声回应，“好了，再见了，水手们。”

回程十分顺利，燕子号飞快地驶向小岛，船尾泛起阵阵浪花。他们径直经过了船屋港外围。因为离得不算近，所以船屋里的情况看不太清楚，不过他们还是看见船屋上的男人站了起来，靠在后甲板的栏杆上，正通过望远镜看着他们。过了一会儿，他们又经过了港湾南边的岬角，船屋便消失在了视野中。

很快他们离小岛越来越近了。霍利豪依农场显得很陌生，小岛却好像他们的家园。离家越来越近，想到帐篷和营地，喜悦之情油然而生。看到树林上空飘起的袅袅青烟，他们知道那是大副烧的火。

"一定快到午饭时间了。"罗杰说。

"有肉馅饼吃啦。"约翰说，"瞧，一等水手在岗哨上呢。"提提正站在大树下的岗哨上。她朝他们挥了挥手，一转眼又不见了。

"她去向苏珊报信了，告诉她我们回来了。"罗杰说。

就在他们前往霍利豪依农场的同时，燕子号大副和一等水手正在小岛上忙碌。她们用大石头垒了一座小码头，可以踩着它去湖里打净水。有了它，洗餐具的时候也方便了许多。她们还给土豆去了皮，放在锅里煮了很久，然后用叉子戳了戳，看是不是已经熟了，直到每只土豆都像海绵一样松软才出锅。接着大副切了一大盘黄油面包。午饭准备就绪，提提一路跑向登陆点迎接燕子号。

"我们有封信要给你，"罗杰大声说，"还有一封给苏珊的。而且，你的那位海盗还有一门大炮，我们看见了。"

"一门真正的大炮?"提提将信将疑。

"没错。"约翰船长回答。

"我就知道他是个海盗。"提提说。

提提负责拿洗浴用品，罗杰拿着渔具，约翰抱着咖啡壶和那袋豆子，一起向营地走去。不一会儿，四个探险者就将肉饼消灭得干干净净。馅饼是凉的，土豆又太烫了，于是只能留到最后吃。没有哪个人能像吃馅饼一样三下五除二地将土豆吞下肚。于是他们又做了第二道菜——用饼干和苹果做的布丁。

苏珊读了妈妈写给她的信。“妈妈说，我一定得让你们多吃生菜、豆子和诸如此类的蔬菜，否则你们会得坏血病的。坏血病是什么？”

“生了这种病的水手会像苍蝇一样病死。”提提说。

“那么晚饭就吃豆子，”苏珊说，“你和罗杰最好赶紧开始剥豆子。”

他们趁着苏珊大副洗碗的当口，剥了半炖锅豆子。

风又变小了，约翰登上燕子号，收起了船帆。接着他们驾船起锚，向小岛南端驶去，那里的湖面更加开阔。随着离湖岸越来越近，湖面又变得狭窄起来。隔着老远，他们看见湖岸边停着一艘蒸汽船，正冒着白烟。

“那里一定还有座港湾，就像里约港，”提提说，“陆地上的野蛮人都在那附近。”

“得等许多许多年，我们才能走遍各地呢。”罗杰说。

“我们自己制作一张航海图吧，”约翰提议，“每年我们都把去过的地方标注在地图上。”

他们轮流驾驶着燕子号。毫无疑问，苏珊的驾船技术同约翰船长不相上下。一等水手提提学得很快，在他们返航前，连实习水手罗杰都被允许掌舵，不过约翰一直陪伴在侧，要是罗杰出了差错，他就能立即接手。

就在他们快到家的时候，突然发现湖上还有一座小岛。湖面上岛屿众多，只不过此前他们从未注意这座小岛，因为它实在太小了，而且毗邻陆地，以至于他们一度以为它只是座岬角。现在，当他们靠近西岸，正要转向回航的时候，他们发现小岛与陆地之间湖水清澈。这座小岛位于西岸，距离他们的岛屿并不太远，只要往北再走一段。他们立刻决定先不回家，先去那座新的小岛上一探究竟。

“我们从小岛和湖岸之间的水道穿过去吧。”提提说。

“空间不够，”约翰说，“要是水够深的话，我们倒可以试试，可是底下可能有石头。不过我们可以直接驶向小岛。”

顺风行驶了一长段距离后，他们抵达了自己的小岛，接着又转向这片刚被发现的新大陆。岛上的面积很小，除了石头、石楠和两棵枯树外，岛上什么都没有。其中一棵树已经倒了。另一棵仍然矗立着，但许多树枝都已折断，剩下的枝条也是光秃秃的没有叶子。尽管如此，树上却有些别的东西。三只长脖子黑鸟正栖息在枝头。提提通过望远镜观察着它们。

“它们的脖子像是橡胶做的。”她说。

“那边还有一只，”罗杰说，“它的嘴里叼着什么东西。”

第四只鸟飞过湖面，嘴里叼着一条闪闪发亮的鱼。它停在一根粗大的树枝上，扬起脑袋，将嘴里的食物吞下了肚。其他三只鸟伸长脖子，张开了嘴巴。

“那是什么鸟？”罗杰问。

“鸬鹚。”约翰船长回答。

“那可不一定，”提提说，“不过也有可能我们现在正在中国的海岸附近。中国人饲养鸬鹚，并且训练它们捕鱼。我以前见过照片。”

随着燕子号离小岛越来越近，他们看见一只鸬鹚飞向湖面，另外三只紧随其后。燕子号的船员们观察着湖面上的四只鸟儿。一眨眼的工夫，只剩下三只了。不一会儿，第四只回来了。接着又有一只鸟儿不见了踪影。紧接着，又少了一只。就在这时，一只鸟儿叼着鱼飞回了光秃秃的树上。

“它们在捕鱼呢。”提提说。

“在我们的航海图上，”约翰船长说，“我们就把这座岛屿叫作鸬鹚岛。”

燕子号离小岛又近了一些，树上的大黑鸟飞走了，它的下巴下有一道白色。另外三只鸟儿飞快地游走了，只在湖面上露出它们的脑袋和脖子。接着它们冲出湖面，跟着第一只鸟儿飞远了。

“我们要上岸吗？”罗杰问。

“这里除了石头什么都没有。”约翰说。

“我们还是回去喝茶吧。”大副说。

“准备转向！”约翰船长一声令下，燕子号调转方向。他松开横帆脚索，燕子号飞速驶向属于他们的小岛的南端。约翰船长绕过外围的岩石顺风驶入港湾，苏珊放下船帆，燕子号平安回到了小小的避风港。

晚饭后，他们带着望远镜登上了岗哨。天还没黑透之前，他们还能看见那几只鸬鹚停在鸬鹚岛的树上。如果不是近距离观察，他们还真不知道它们究竟是什么鸟。他们躺在那儿，计划着将来，仿佛他们要在岛上过一辈子。

“或许，”约翰船长说，“我们应该去捕猎野山羊充当食物。”

“可是这里没有野山羊啊。”苏珊说。

“而且我们没有枪。”罗杰说。

“当然了，”约翰说，“我们还有补给品，比如压缩牛肉干之类的，尤其还有饼干。所有的探险者都一样，不过他们的绝大多数食物来自捕猎和钓鱼。明天我们去钓鱼，这样我们就能靠捕鱼为生了。”

“真希望我们有一只训练有素的鸬鹚。”提提说。

“我们有钓竿。”约翰回答。

第七章

岛上生活（二）

第二天早晨，燕子号全体船员在早餐前洗了澡。小岛东部的登陆点有一小片湖滩，是个洗澡的好地方。那里的沙滩尽管有石头，却不像岛上其他地方的石头那般锋利，而且那里的湖水也不会陡然变深。苏珊往湖里走了一大段，才放心地让罗杰下水。

一直等在岸上的罗杰兴高采烈地跳进了水里。

“你这可不是在游泳，就是在泼水。”苏珊大副说。

“是的，长官。”罗杰说。他蹲在水里，只把脑袋露出水面，至少这样看起来像是在游泳。

约翰和苏珊比赛谁游得快，一轮游完了，又展开第二轮的较量。

提提一个人悄悄地扮演着鸬鹚。

她打定主意，等到成功以后才告诉约翰和苏珊，于是她一言不发。她发现湖岸边的浅水里有许多小鱼，说不定远处会有大鱼，就像昨天鸬鹚捕到的那些。提提昨天曾经仔细观察过鸬鹚捕鱼的过程。它们先是静静地游过去，突然后背弓起，翅膀紧紧收拢在一起，然后潜入水里，而且总是头部先入水。她依样画葫芦了一番，却发现必须利用双臂才能让自己潜入水下。即便如此，依然免不了在水面扑腾好长一段时间。

“你干吗踢腿啊，提提？”罗杰终于忍不住问。他说得一点都没错，提提自己也知道，当她努力埋头游泳的时候，她的脚正不断地踢着水。

为了更接近鱼儿，她又向湖心游出去了一些，同时也离罗杰远了几分。最终她发现了窍门，只要把手翻过来，手臂的力量就能帮助她潜入水下。她发现自己在水下能轻松地睁开眼睛，可是眼前却像蒙上了一层明亮的绿色雾霭，一条鱼也看不到。费了九牛二虎之力，她终于来到湖底。那里依然不见鱼儿的踪影。她浮上水面呼吸了几口新鲜空气，又一次潜入湖底。可是结果还是令她很失望。她只得在湖底捡了块石头，证明自己的确到此一游，这才匆匆浮到水面上换气。毫无疑问，鱼儿们一定能看见她，而且游得比她快。她揣着石头，向岸边游去。

“你拿着什么？”罗杰问。

“一块石头，”提提说，“我从湖底拿的。”

“什么样的石头？”

“可能是颗珍珠。我们来做采珠人吧。”

鸬鹚被抛到了脑后，一等水手和实习水手在这一刻成了采珠人。

“别让罗杰游得太远，”大副大声说道，“我得回去照看篝火了。”

约翰也上了岸，此刻正划船从采珠人身边经过。他要去取牛奶。

“你们干什么呢？”他大声问。

“潜到水下捡珍珠。”

“别玩太久。我取完牛奶回来就该吃早餐了，湿漉漉、衣冠不整的人可没有饭吃。”

“遵命，长官。”提提说。

罗杰在水下也想说这句话，可是他失败了。

他游到水下一米左右的地方，无论怎样都睁不开眼睛，只能凭感觉捡拾珍珠。一等水手提提睁着眼睛游到了湖底，寻找最洁白无瑕的石头。

潜水采珍珠

这些珍珠个头真大，可是采珠人并不在意珍珠的大小。很快采珠人便在水边积聚了一堆湿乎乎、亮晶晶的宝贝。可糟糕的是，这些石头一旦变干——它们很快就被太阳晒干了——便不再闪亮，再也不是珍珠了。

当采珠人看见约翰船长从迪克逊农场满载而归时，便立即停止了作业。他们哗啦哗啦地急忙游上岸，用毛巾乱擦一气，赶在约翰船长驾驶燕子号靠岸之前，船员们便擦干了身体，穿戴整齐，站在湖岸上等候他了。约翰船长带回了丰富的物资：两大块面包、两棵大生菜、一篮鸡蛋，还有满满一罐牛奶和一只小罐子。

“那里面装着什么？”罗杰问。

“虫子。”约翰船长回答。

“我们要去钓鱼吗？”罗杰又问。

“没错，”约翰船长说，“这虫子是迪克逊先生给我的。他说这里和他的登陆点之间的流域里有许多鲈鱼。他说比起虫子，用米诺鱼作饵效果更好，他告诉我凡是有水草的地方就可能有鲈鱼。”

早餐很快就吃完了，趁着苏珊大副收拾的当口，其他人把煎锅当作鱼饵罐，还在里面放了半锅水。接着，他们来到浅滩捕捉米诺鱼，收获颇丰。随后，他们卸下燕子号的桅杆，连同帆的吊杆、帆桁和船帆一起放在岸上，于是船上的空间就变大了。此时，苏珊也加入了进来，准备好了自己的钓竿。他们划船离开小岛，来到迪克逊农场下的港湾。实习水手罗杰站在船头，密切关注着水草。

“水草，”刚进入港湾没多久，他便大声报告，“有好多呢。”他们看见燕子号两侧的水下长着绿色长飘带似的水草。

“我们应该沿着水草的边缘行驶，这里的水也不深。准备好抛锚了吗？”

苏珊大副向实习水手下令：“把船锚拿去船头，我说‘放’的时候你就扔出去。”

约翰一边划船一边观察着水下：“你们看得到水底吗？”

“现在能看见。”罗杰说。

“好的。我也看见了。湖底覆着水草。这意味着有沙子。而且这地方离那片水草不远。再也没有比这里更棒的抛锚点了。”

“放！”大副一声大喝。

罗杰放下船锚。燕子号慢悠悠地转了一圈，过了一会儿，四只红色浮标便出现在了水面上，船的每一侧各有两只。

“你放下水的渔线有多长呀，苏珊？”提提问。

“差不多已经到了钓竿允许的最大长度了。”苏珊说。

“我的只放了一米左右。我站在这儿就能看见米诺鱼。”

“那没用，”约翰说，“你的鱼钩离湖底太远了。再往下放一点，我帮你把浮标往上拉一些。”

苏珊的浮标首先有了动静。她立即收竿，可是鱼钩上空无一物。

“它偷走了我的米诺鱼。”她说。

“你收竿收得太快了。”约翰说。

“希望我们的船别再摇晃了。”提提说，“小心，罗杰，你的浮标差点就要碰上我的了。你把我的浮标也提起来了，它们缠在一起啦。”

约翰把它们解开了，可就在这时，他发现小船不知何时调了个头，他的渔线跟苏珊的缠在了一起。

“糟糕，”他说，“我们必须在船尾和船头各下一只船锚，这样小船才不会转圈。全体收竿！起锚，罗杰，我们去岸上找块大石头。锚绳有的是。”

于是他们把船划向岸边，将锚绳的另一头系在一块大石头上。接着他们又回到原处。罗杰放下船锚，苏珊将石头放到船尾处的水下。这回燕子号稳稳地迎风漂在湖面上，再也不左摇右晃了。可这时他们又发现迎风钓鱼着实不轻松，因为即便是一丝微风都会把浮标吹到船下。于是他们四个全都来到了燕子号背风的一侧。小船停得稳当，即便大家聚在处也没关系，大家立刻聚精会神地盯着四只浮标。

“谁会第一个钓到鱼？”罗杰问。

“我！”提提说，“我的浮标动啦。”

“留神，约翰，”苏珊说，“你的浮标不见了。”

约翰打量了一番，他的浮标真的不见了踪影。于是他收起钓竿。突然，他的钓竿顶端变弯了，还猛地动了一下，接着一条胖乎乎的小鲈鱼跃入眼帘。它长着鲜红色的鱼鳍，身体两侧还有深绿色的条纹。

“好歹是条鱼啊。”约翰边说边把另一条米诺鱼挂在鱼钩上。

随着第一条鲈鱼上钩，鱼儿们接踵而至，甚至有时候三只浮标会一起动。很快，船尾便有了一堆鲈鱼。

罗杰清点着鱼儿的数量：“十二，十三，十四……”

“你的浮标哪儿去了，罗杰？”大副问。

“快看你的钓竿！”提提大喊。

这下，罗杰才想起还有正事要干。他跳起来，一把抓住晃动个不休的钓竿。他有种感觉，鱼儿已经上钩啦。就在他收回渔线的当口，湖面上出现了一个巨大的旋涡，有一股无形的力量将他的渔线又拉回了水中。罗杰用尽力气拉扯着，他的钓竿几乎弯成了一个圆形。

“是鲨鱼！是鲨鱼！”他高声大喊。

有个大家伙正在水底游动，现在的局面正是拜它所赐。

“让他把渔线全都放出去。”约翰说，可是罗杰还在拼命拉扯。

突然一条绿色的大鱼出现在钓竿的另一端。它身上有花纹，身长一米，脊背黝黑，鱼肚雪白。它把大脑袋探出水面，张开雪白的大嘴，摇摆着身子。与此同时，一条小鲈鱼跃出水面。罗杰的钓竿变直了。片刻之后，大鱼出现在水面上，狡黠地瞅着目瞪口呆的燕子号船员们。接着，它甩了甩尾巴，在湖面上留下一个大旋涡，不见了。罗杰拾起那条小鲈鱼，它已经死了，身上有深深的伤口，是被刚刚那条梭子鱼的利齿咬的。

“我说，”罗杰说，“你们觉得在这个地方洗澡真的安全吗？”

自此以后，大家再也没有钓到一条鲈鱼了。梭子鱼把它们全都吓跑了。这时，除了约翰，大家都没了钓鱼的兴致。最后苏珊说，他们钓来的鲈鱼已经足够了，要是想把鱼儿变成盘中餐，就得把它们清理干净。于是他们把石头和船锚拖了上来，划着船回到了小岛。

洗鱼可不是一件轻松的工作。大副挑起了这项重任。她用一把锋利的刀划开鱼肚子，把内脏扔进火里，而罗杰则把经苏珊操刀后的鲈鱼一条条地拿去登陆点的小码头，在湖水里洗净。起初大副还想把鱼鳞刮下

“是鲨鱼！”

来，可是很快就放弃了。她往鲈鱼上撒了许多盐，然后将带鳞片的鱼放到黄油里煎。鲈鱼一入锅，鱼鳞自然就脱落了，这道美味便能上桌了。大副抱怨浪费了太多黄油，可是船长和船员们却觉得物有所值。

下午，他们将燕子号彻底检修了一番。他们把压舱物搬下船，把燕子号推到岸上。为了擦洗船底，先让小船的一侧着地，接着是另一侧，尽管船底根本无须清洗。可谁知道呢？说不定船底覆盖着藤壶，又或许缠上了长长的绿色水草。无论如何，船只必须时常清理，燕子号也不例外。完成以后，他们把船放下水，放回压舱物，装上桅杆，把燕子号驶回港湾。

大副需要更多的柴火，于是全体船员从岸上带回了许多非常不错的漂浮木，堆在营地里，紧挨着陌生人留下的那堆木柴。干完这些活儿，他们筋疲力尽，便一起来到岗哨，一边观察湖面上的船只，一边商量如何给小岛上的所有地点取名。这当中肯定包括大树下的岗哨，还有登陆点、港湾、西岸以及营地。不仅如此，从小岛上望出去能看见的地方也都应有自己的名字，比如达里恩峰、船屋港、迪克逊湾（大家决定弃用这个名字，在罗杰经历了大鱼事件之后，它被叫作鲨鱼湾），还有鸬鹚岛。遥远的南方叫作南极，里约岛以北被叫作北极，至于该给他们自己的小岛取什么名字，大家尚未达成一致。他们想了好多名字：燕子岛、沃克岛、大树岛，可是一想到营地里正使用的火堆、整整齐齐堆码的柴火便觉得心烦意乱，不知怎的，他们就是不愿意用那堆柴火。也许这座小岛早已有了一个好听的名字。假如达里恩峰和里约的名字不是他们取的，他们并不会介意，他们在意的只有这座小岛。

与此同时，他们轮流用望远镜观察着湖面上的船只。有大型蒸汽船正在湖面上来来回回。每当蒸汽船经过，他们便定睛看着它在湖面上激起的水花，倾听大船离岸时的声音。接着，一艘摩托艇驶过湖面。人们乘着划艇在湖上垂钓。还有寥寥几艘带帆游艇。然而所有这些船只，无论是蒸汽船、汽艇、游艇还是划艇，体积都比燕子号大，而且估计都是原住民的船。直到他们在小岛上的第三天，才终于看见另一艘跟燕子号一般大小的小船，绕过达里恩峰，消失在船屋港。

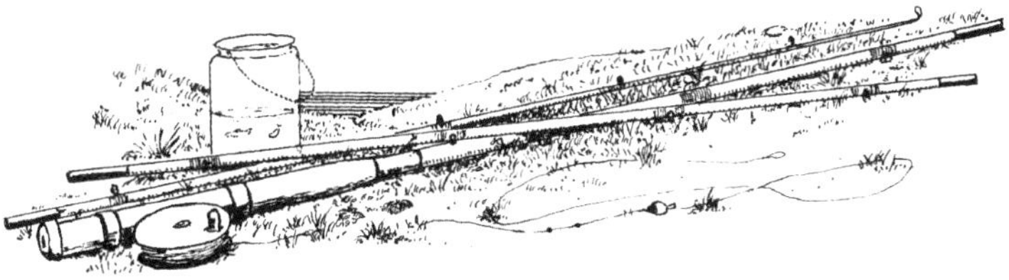

第八章

骷髅旗

第三天上午十一点左右，燕子号全体船员聚集在岛屿北端的岗哨。大副正在为实习水手的衬衫缝纽扣。她发现，衣服穿在实习水手的身上缝起来的难度不小。船长正埋首于一堆绳子之中，试着打出《海员手册》中的几款绳结。一等水手提提趴在石楠丛中，通过望远镜观察被船屋港和退隐船长的船屋遮挡住的丛林地带。

“它还在那儿。”她说。

突然传来一声巨响，那片丛林上空冒出一阵烟雾。大家一下子跳了起来。

“有人在向海盗开战。”提提说。

“我告诉过你，他有一门大炮。”罗杰边说边使劲挣开大副的手。

“我们去帮忙吧。”提提说。

话音刚落，一艘只有一张船帆的小船突然从丛林后冲了出来。它和燕子号一般大小，只不过燕子号的船帆是棕色的，而它的帆是白色的。小船迎着西南风而行。

小船左舷受风，风送船穿过湖面，接着改变方向，径直向小岛驶来。

“船上有两个男孩。”提提说。

“是女孩。”约翰举着望远镜说。

当小船来到湖对岸时，燕子号的船员们什么都看不清了，只得轮流用望远镜密切注视着它。这是一艘张帆小游艇，船身涂着亮漆，中间有一块活动船板。

“怪不得它比燕子号更能顶风航行。”约翰说，“不过燕子号的表现也不错。”出于对燕子号的忠诚，他补充了一句。

小船上有两个女孩，一个在掌舵，另一个坐在中间的划手座上。她们两个长得几乎一模一样，都戴着红色毛线帽，穿着棕色衬衫、蓝色灯笼裤，都没穿袜子。她们驾船径直驶向小岛。

“趴下，”约翰船长说，“我们还不知道她们是敌是友。”

罗杰的扣子已经缝好了，他立刻卧倒。提提和苏珊也不例外。约翰船长将望远镜架在岩石边缘，这样就能在一丛石楠挡住脑袋的情况下继续观察了。

“我能看到那艘船的名字，”他说，“亚——马——孙……亚马孙号。”

其他三个藏在石楠丛中的人尽可能地探头张望。小船离他们越来越近。掌舵的女孩（他们看得出来，她是年龄较大一点的那个）从船尾的舱板下拖出了一样东西，另一个走到船尾接了过来，往前走了几步，开始忙着捣鼓桅杆。

突然，离小岛只有十几米远的亚马孙号调转了方向。他们听见驾船的女孩说：“准备转向。”接着就看见另一个姑娘弯腰将下桁转向，她站起来的时候，手里拿着吊索。她双手交替着往下拉绳索，一根挂着旗帜的小旗杆摇摇晃晃地升了起来，直达桅顶。

“她们在升旗。”约翰说。

小旗杆直立在桅杆顶端，一面三角形的旗帜迎风飘扬。

提提深吸一口气，差点说不出话来。

“这是……”她说。

这是一面黑色的旗帜，上面画着一个白色的骷髅和两根交叉的骨头。

岛上的四个人惊讶得面面相觑。

约翰船长是第一个开口的。

“罗杰留在这儿，”他说，“大副负责监视登陆点。提提关注西岸。我来盯着港湾。大家注意隐蔽，不要暴露自己。她们很可能没有发现我们。等她们走远些我们再行动。要是现在就走会被她们看见的。”

亚马孙号左舷受风，很快便行至湖泊中央。

“行动。”约翰说。除了罗杰，其他三人悄悄从岗哨溜回营地。苏珊藏在登陆点附近的矮树丛后面。提提匍匐穿过灌木，来到位于小岛西岸的陡峭岩石处。约翰穿过树林，匆匆跑向港湾。他在那里找到了一个便于观察外部情况又不会让自己被发现的好地方。为了不让岩石那边的人发现燕子号，他卸下桅杆，又把自己藏了起来，按兵不动。

提提的视野相对其他三人来说是最宽广的，但能看到的也有限。亚马孙号又调了个头，接着绕过了小岛南端。提提目不转睛地观察着它，直到岛上的树木把它挡住。亚马孙号只在经过港湾外的岩石缺口处时，才短暂地出现在约翰的视野中，接着他就再也看不见它了。不一会儿，他听见不远处有声音传来，为了不暴露自己，他不敢轻举妄动。没过多久，他听见声音渐行渐远，向着登陆点靠近。他急忙穿过树林，跑回去帮助苏珊。可是跟他一样，苏珊透过树丛也只瞥到一眼，亚马孙号便失去了踪影。那两个女孩一刻不停地乘风飞速航行着，穿过小岛和陆地之间的湖面，来到岛屿北部，径直驶向船屋港和达里恩峰。苏珊和约翰一起奔向岗哨，罗杰正躺在石楠丛中，眼看着亚马孙号渐行渐远，他的两条腿因为兴奋抖个不停。

“她们一接近小岛就开始升旗帜了。”罗杰说。

“她们一定是看见了我们，所以才升旗。”约翰推测。

提提也来到了岗哨。

“如果她们也是海盗，”她说，“那船屋上的海盗为什么要向她们开火？”

“也许不是他开火的。”苏珊说，“我们再观察一下，看她们是否又驶入船屋港了。”

“她们没有大炮，”罗杰说，“但那个海盗有，而且是门漂亮的大炮。我敢肯定刚才开火的一定是船屋上的海盗。”

亚马孙号没有驶入船屋港。小船飘扬着白色的船帆，沿着自己的航线一路前行，在船尾留下一道又长又直的波浪，好像用尺画出来的一样。

“她们知道如何掌舵。”约翰船长说。燕子号的缺点之一就是在顺风环境下容易偏航，要留下这样一条笔直的尾痕绝非易事。约翰绝不会承认有比燕子号更善于航行的船，因此他只能将亚马孙号的杰出表现归功于船上的水手。

他们看着白色的小船越行越远，最终消失在达里恩峰的后面。

“它一定是去里约了。”苏珊说。

“我们应该跟着它，看看它是从哪里来的，”约翰船长说，“她们要是回来，一定逃不过我们的眼睛。现在我们看不见她们了，她们也同样看不见我们，所以即便发现有船尾随在后，也不知道是从这座小岛上来的。”

“除非她们已经发现我们了。”苏珊说。

“无论如何，她们没见过燕子号，”约翰说，“我把它的桅杆卸下来了。我们今天就吃压缩牛肉干吧，这样就不用煮晚饭了。为了不浪费时间，我们就带上一大块面包、一听压缩牛肉干、几只苹果，再从里约买四罐格罗格酒，这样除了茶，我们回来的时候就什么都不用操心了。走吧，罗杰。我们把燕子号带去登陆点。你能准备下食物吗，大副？”

“遵命，长官。”苏珊大副说。

约翰和罗杰跑去港湾，解开燕子号的缆绳后爬上船。约翰竖起桅杆，用短桨将船驶过狭窄的水道，来到开阔的空间后立即换上两支划桨。要知道，当小船迎着西南风航行的时候，尾桨根本没有用武之地。他划着船来到登陆点，苏珊和提提带着一听压缩牛肉干、一把开罐头刀、一把分食物的刀、一大块面包、包着纸的一大块黄油和四只大苹果等在那儿。不一会儿，棕色的船帆便升了起来，燕子号载着四个船员，悄悄驶离了小岛。

为了让燕子号更好地顺风航行，他们四个全都来到了船尾。约翰负责掌舵，其余三人坐在船舱里。燕子号“吐”着泡泡穿过湖面。约翰尽最大的努力将船头稳稳地对准达里恩峰最外边的尖角，可是只要回头瞥一眼，他便知道自己的驾船技术比不上亚马孙号的掌舵姑娘。尽管如此，他依然竭尽全力，而船底翻腾出的水浪声也表明燕子号正尽着自己最大的努力。湖畔的树梢仿佛正驰过紫色的山坡。

船屋港出现在他们的视野中。船屋就停在那儿，前甲板上站着一个胖乎乎的男人。

“他好像在为什么事情生气。”提提说。

他似乎正对着他们挥舞拳头，不过他们并不确定。很快，他们便驶过了港湾，看不见他了。

随着时间的推移，达里恩峰变得越来越清晰，越来越高大。

“在山峰的另一边她们就不能顺风航行了，”约翰说，“离开里约附近的岛屿之前，都不会有足够的风力。我们远远地落在她们的后面，不过还是能看到她们，知道她们往哪儿走。”

燕子号绕过达里恩峰一角。全体船员都将视线投向霍利豪依农场。他们看见农舍外有两个身影和一辆婴儿车——是妈妈、保姆和维姬。她们显得如此遥远，仿佛属于另一个世界。她们平静地沐浴在阳光中，维姬可能睡着了。而同一时间，在波涛起伏的湖面上，燕子号正载着维姬的哥哥姐姐们航行。一个小时或一个半小时以前，他们亲眼看见了一艘奇怪的小船，桅顶上升着一面黑色的骷髅旗。他们认为带着绿鹦鹉、住在船屋上的退隐海盗曾在船屋港向这艘船开了火。

有那么一会儿，所有人都沉默不语。

接着苏珊开口道：“在水落石出之前，把海盗的事告诉妈妈也没用。可是以后我们一定会把这段经历写入航海日志，所以事后还得告诉她。”

“等她不再是原住民的时候，我们才能对她说，”提提说，“这种事情可不能向原住民透露。”

燕子号继续前行。湖畔的房屋渐渐多了起来。他们开得越远，房子就越多。这里也有一些岛屿。其中一座大岛上建有房屋。一座长长的沙地岬角延伸着，尽头有几座屋子。这些屋子并非分散在丛林中，而是聚集在位于里约小镇上方的山丘一侧，里面清一色地居住着原住民。他们压根不知道这个地方就叫“里约”。燕子号航行在外围岛屿和岬角之间的安全水域。现在他们能看见里约港和轮船码头了。他们慢慢地经过一排停泊着的游艇。摩托艇载着游客四处穿梭。约翰船长派实习水手罗杰站在船首放哨，这令罗杰喜出望外。他自己则忙着避开划艇和独木舟。夏天的里约港一片繁忙的景象。一艘蒸汽船鸣响了汽笛，离开码头，慢慢驶出了港口。甲板上的乘客们都低头发现了飘扬着棕色船帆的小船燕子号，却不知道船上的四个人住在一座荒岛上。他们同样一无所知的是，燕子号的船员们感兴趣的不是大蒸汽船、游艇或摩托艇，而是另一艘与燕子号一般大小的船。对燕子号的船员来说，偌大的湖面上空无一物，当然，原住民的笨拙大船例外。他们的眼里只有一路追逐的那艘海盗船。

它不在里约港。四双眼睛搜索着每一座小码头。它可能停靠在某座码头上，被卸下了船帆，这样的话就很难发现它的踪影了。它也可能在小岛后面。在岛屿的掩护下，港湾变成了游艇理想的避风港。而那些吵闹的原住民也划船来到这里，这片乐土俨然变成了他们的游乐场。

“我们直接开出港湾，”约翰船长决定，“到宽广的湖面上去，这样就能直接看到北极了。我们在岛屿之间绕一圈，要是没有那艘船的踪影，我们再返航。”

燕子号驶出了港湾。刚一离开小镇前狭长的岛屿，就听见罗杰激动地大叫：“看见了！”

“没错，就是它。”苏珊也不禁大喊。

越过狭长的小岛，从港湾的北部入口能眺望整片湖面。浩渺的蓝色湖水延伸向远处的高山，坐落于南岸的几座小山顿时变得非常渺小。

大约一千多米外，一艘白色小帆船正迅速驶向西岸的一座岬角，不一会儿便失去了踪影。

“我们现在该怎么办？”提提问。

大家短暂地争执了一番。

罗杰赞成继续追踪，约翰却不同意。

“我们现在知道她们在哪儿了，”他说，“她们或许想把我们从这座岛上引开。如果我们追过去，而她们又从哪儿折回去了，我们可能就得一路追赶，才能抢在她们前面回到我们自己的岛上。要是我们留在这儿，肯定能赶在她们之前到家。我觉得我们不如原地待命，吃点压缩牛肉干，瞧瞧她们还会不会出现。”

苏珊说：“买点格罗格酒怎么样？”这时他们才觉得又渴又饿。

“可是她们也许会在我们去里约买酒的时候出现，”约翰说，“她们可能就藏在这些岛屿之间，等我们回来的时候还傻乎乎地等在这儿，而她们已经占领我们的营地了。”

提提有个主意。岛屿的这头有许多小岛围着里约港，何不派一个人上小岛盯梢，其他人去里约买酒呢？这样一来，他们至少可以确定这两个海盗究竟有没有出现。

“提提，好主意。”约翰船长说。

离这儿不到一百米的地方就有一座小岛，上面只有岩石和石楠。他们朝小岛的背风面驶去，接着，约翰将燕子号的船头正面迎风。

“留心水底的石头，罗杰。”大副说。

船帆迎风鼓起，燕子号慢慢驶近小岛。

“准备拉低船帆，大副。”约翰说，苏珊赶紧做好准备。不过他们已经没必要这么做了。小岛附近的水深完全可以让燕子号沿着岸边漂浮。小船轻轻地靠岸，提提从一侧上了岸。

“把望远镜给我。”她说。

“给。”大副说。

“帮我把船推离湖岸。”约翰说着朝左转舵。

提提推了下燕子号。小船后退了些许，随后张满了风帆，向一侧略微倾斜了几分，重新起航了。提提向他们挥手告别，然后爬上小岛的最高点，坐在那里，将望远镜放在膝头。

经过三四次转向后，燕子号来到了最近的浮动码头，里约港的小船都停在那里。罗杰爬上岸，将缆索在系船桩上绕了两圈，然后坐在桩子上。为了安全起见，他们放低了船帆。接着约翰和苏珊匆匆登上码头，向一家小店走去。从老鼠夹子到压缩牛肉干，那里什么都能买到。

“四瓶格罗格酒，谢谢。”约翰不假思索地说。

“准确地说就是姜汁啤酒。”苏珊一脸严肃。

约翰被店铺一角的一盘绳子吸引了注意力。

“再给我二十米长的绳子。”他说。

店主剪下二十米，整整齐齐地绕成一卷，再把四瓶姜汁啤酒摆在柜台上。约翰给了店主五先令，然后拿起绳子和两瓶酒，苏珊负责拿另外两瓶。

“今天天气真好。”店主一边找钱一边说。

“可不是吗？”约翰回答。

他们跟里约的原住民一共就说了这么几句话。

当他们回到码头的时候，罗杰说：“来了一个原住民，还说‘你的小船挺漂亮’。”

“你怎么回应的？”苏珊严肃地问。

“我说‘是的’。”罗杰说。同约翰一样，他的口风可紧了。

他们驾船回到提提所在的小岛。她发现他们回来了，便挥手招呼，并且来到湖边，准备等约翰将燕子号靠岸后爬上船。

“没有异常。”她说，“她们没有出来，一定还在岬角后面呢。”

“好吧，无论如何，我很高兴我们仍然掌握着她们的行踪。”约翰说。

“我可以登上提提的小岛吗？”罗杰问。

“大家何不都上岸，在那里享用晚餐？”苏珊提议。

于是他们降下船帆，登上小岛，同时带着锚绳。锚绳的另一端系在燕子号上，这样就能让小船停泊在小岛背风的一面。小岛最高处的一块石头成了天然的餐桌。约翰打开压缩牛肉干罐头，摇了几下，倒出所有的牛肉。苏珊切开面包，均匀地涂上黄油，这样每个人的黄油都一样，不会分配不均。他们在大块的黄油面包上放上厚厚的一层压缩牛肉干，就着从里约买来的瓶装格罗格酒狼吞虎咽。饭后，他们又吃了苹果，一边吃一边观察着那座岬角。海盗们的白色小帆船就是在那里消失的。

“也许她们压根就没发现我们。”苏珊说。

“我敢肯定她们发现我们了，否则她们就不会升起那面旗帜。”约

守着燕子号的罗杰

翰说。

“说不定，”提提说，“不止她们两个人。也许这两个人亮出她们的旗帜，是为了把我们从小岛上引开，这样她们的同伙就能上岸，夺取我们的营地。”

“我还真没想到这一点，”约翰说，“也许有整整一支舰队正等着我们回去呢。”

“此时此刻，他们或许已经占领了我们的小岛。”提提说。

“管他呢，我们起航吧。”罗杰说，只有听见燕子号船底的水浪声，他才会高兴起来。

回家的路上热闹极了。原住民的船将里约港停得满满当当，燕子号穿梭其间，还要同迎面而来的西南风搏斗。他们一度考虑是否要收帆，最后决定再坚持一下。大风不时吹来，苏珊大副手握帆索在一旁待命，随时准备在必要的时候放下船帆。船头溅起的水花把罗杰淋成了落汤鸡，苏珊让他来到船尾，坐在船舱里。除了专心航行、尽快返回他们岛上的避风港，已无暇顾及其他了。他们经过船屋港时，船屋上的那个男人从后甲板的椅子上站了起来，正通过望远镜看着他们。可是他们根本没有注意到他。

“太阳落山的时候风就停了，”约翰说，“我们先去登陆点。燕子号停在那里吹不到风，等风势缓和后，我再把船开进港湾。”

于是他们在老地方靠岸。一上岸大家便跑回营地，检查帐篷，接着绕岛一周。一切跟他们离开的时候一模一样，没人来过这儿。亚马孙号上的海盗没有同伙。

他们生了火，直到终于围坐在一起喝茶的时候，才开始思考当初认定亚马孙号升起海盗旗是为了引起他们注意的这个想法是不是错了。他们甚至开始怀疑是否真的听到船屋港传来过炮声。

“船屋上的男人为什么冲我们挥舞拳头？”提提说，“一定事出有因。”

“或许他不是在挥舞拳头呢。”约翰说。

“我猜我们再也见不到那两个海盗了。”提提遗憾地说。

“没准她们不是海盗呢。”苏珊说。

第九章

绿色羽毛箭

早晨，约翰是第一个醒的。时间已经不早了。太阳高高地挂在天上。刚来的时候，晨曦的微光就能让探险者们苏醒，而现在，他们已经习惯了睡在帐篷里。更何况昨天又发生了那么多事。约翰醒来的时候心情并不愉快，昨日的一切显得那么不真实，似乎浪费了大好光阴。那些海盗、船屋港的炮声、从湖泊到里约的追踪仿佛一场梦。他在一片宁静祥和中苏醒了。好吧，他心想，不能指望那样的事情经常发生，倒不如从未发生过，毕竟就算没有海盗，这座岛屿和燕子号依然真实存在，并不会影响他丝毫。是时候去取牛奶了。

他看了看帐篷另一边的毯子，决定让罗杰多睡会儿。他爬出自己的毯子，穿上沙地鞋，拿上衣服和毛巾，悄悄来到冷冷清清的阳光下。他提着牛奶罐跑向登陆点。他扑通一声跳进水里，使劲游了一两分钟。这可比洗澡更舒服。接着他漂浮在洒满阳光的湖面上，只把鼻子和嘴巴露出水面。不远处，海鸥们正在水面上捕捉米诺鱼。也许其中一只海鸥会将他误当成美味，向他猛冲过来。要是他紧紧抓住海鸥的黑色小腿，它能拖着他飞到空中吗？可是海鸥们都离他远远的，于是他返身游回了登陆点。接着，他穿过树林跑向港湾，把衣服、毛巾和牛奶罐放上燕子号，然后推船离了岸。

他用力向橡树旁的湖岸划去，迪克逊农场就在橡树上方。抵达目的地之前，阳光和温暖宜人的南风几乎已经把他烘干了。他用毛巾把身上还潮乎乎的地方擦干，穿上衣服，快步走向农场。

“今天你来得真早。”农场主的妻子迪克逊太太说。

“不早了。”约翰回答。

“想不想来点太妃糖？”迪克逊太太问，“昨晚没事做，我为你们做了一些点心。你们一共四个人，是不是？”

“太感谢了。”约翰说。

她带回满满一罐牛奶的同时，又给了他一大包棕色的太妃糖。

“你吃过早饭了吗？”她问。

“还没呢。”

“你已经洗过澡了。我从你的头发能看出来。你最好吃点东西。稍等一会儿，我去给你拿块蛋糕。”

游完泳再吃块蛋糕，当然最好不过。可是就在他吃蛋糕的时候，迪克逊太太说：“住在船屋上的特纳先生问起了你们。你们没有招惹过他的船屋吧？”

“当然没有。”约翰说。

“好吧，他似乎误会了你们，”迪克逊太太说，“你们最好离特纳先生和他的鹦鹉远远的。”

昨天发生的一切突然又变得真实起来。约翰回想起，自己曾一度觉得看见船屋上那个退隐的海盗向他们挥舞拳头。这一刻他是约翰船长，要对自己的船和船员们负责，而迪克逊太太，农场主的妻子，则是个原住民，除了太妃糖和蛋糕，不值得完全信任。

他立马动身回家，心里想着自己本该在取牛奶之前叫醒大副的。

不过他能从农场下方的田野看到小岛，树丛间已升起了烟雾。看来大副已经起床了，火也生起来了，一切就绪，他到家前水壶里的水也该烧开了。

他加快脚步，跑向湖岸。一等水手提提和实习水手罗杰正在小岛旁边打水仗。他看见两个白色的身影在水里扑腾，在身前踢出一串水花。当他驾驶燕子号来到登陆点的时候，他们还在擦身。他们帮忙把小船停到了岸边。

“我从原住民那里拿来了一些太妃糖，还有牛奶。”约翰船长说。

“真正的太妃糖？”罗杰问。

“是糖蜜，”提提说，“只有原住民才管它叫太妃糖。”

“我还带来了坏消息。”约翰船长说，“出事了，一吃完早饭我就要召开会议。”

“遵命，长官。”一等水手说，同时戳了戳实习水手。于是罗杰也连忙说：“遵命，长官。”

一等水手和实习水手拿着牛奶罐和糖蜜跑向营地。船长跟在他们后面，双手插在口袋里，陷入了沉思。

“早餐准备好了，长官。”大副兴高采烈地吆喝。

“谢谢，大副。”约翰说。

“这是牛奶。”罗杰说。

“还有一大包糖蜜。”提提说，“你会做朗姆潘趣酒吗？那个就是用糖蜜做的，对吗？”

“我想是吧，”大副说，“但我从没试过。”

茶水煮好了。鸡蛋在煎锅里嗞嗞作响，大副正用计时器计时。

“三分钟，”她说，“我开始计时前已经煎了一会儿。现在刚刚好。”她用勺子挨个将鸡蛋舀出锅。有那么一会儿，吃着鸡蛋、面包、黄油和茶水的他们暂时中断了谈话。吃完后，他们又吃了些涂了橘子酱的面包。然后，大副又给每个人分了些糖蜜。“糖蜜真是美味佳肴，”她说，“要是吃不完，我们就做朗姆潘趣酒。”

最后早餐终于吃完了，约翰船长开口了。“大副，”他说，“我要召开一次会议。”

他们围坐在火边，此刻火苗已经变小了。盛满了水的煎锅正搁在余烬之上，他们需要热水来洗净黏糊糊的餐具。

苏珊坐直了身子，环顾燕子号的船员们。

“全体船员都在这里，长官。”她报告。

“我们有个敌人。”约翰船长说。

“是谁啊？”一等水手提提突然激动了起来。

“是不是亚马孙号上的海盗？”罗杰问。

“安静。”大副说。

“你们都认识，船屋上的男人。”约翰船长说。

“是的。”大副说。

“他对原住民说，我们在对他的船屋打坏主意。”

“可我们从来没有碰过它啊。”

“我知道，可是他就是这样认为的。他这是在挑拨我们与原住民之间的关系。我不知道他为什么憎恨我们，可他确实这样做了。”

“所以他昨天才会对着我们挥舞拳头。”大副说。

“我知道他是个退隐的海盗，”提提说，“他有不可告人的秘密。这种海盗都有，要不就是干了什么坏事，要不就是他们藏着财宝。瞧瞧他向那艘海盗船开火的样子，他一定认为她们觊觎他的宝藏。”

“没错，可他为什么要跟我们势不两立呢？”约翰百思不得其解。

“或许这是他的岛屿。”提提说出自己的假设，“我们都知道，在我们之前曾有人来过这里，还生了火。”

“可如果是这样，那么他就应该住在这里，而不是住在船屋上。”

“船屋对鹦鹉来说更加舒适吧。”

“不管怎么说，看来他像是想把我们赶走。”

“我们是不会走的。”罗杰说。

“我们当然不走，”约翰船长说，“可问题是，我们该怎么办？”

“我们去把他的船屋弄沉。”罗杰和提提异口同声。

话音刚落，什么东西砰的一声撞在煎锅上，火焰的灰烬飞了出来。一支长长的绿色羽毛箭插在余烬中，箭尾正颤动着。

四个探险者一跃而起。

“战斗打响了。”提提说。

罗杰一把抓住箭，将它从火里拔了出来。

提提立刻接了过去。“可能有毒，”她说，“别碰箭头。”

“快听。”约翰船长说。

他们竖起耳朵听。除了湖水拍打西岸的轻微声响，什么声音都没有。

不见踪影的敌人

“是他，”提提说，“他用绿鹦鹉的羽毛做了箭羽。”

“再听。”约翰船长又说。

“安静，哪怕就一会儿。”苏珊大副说。

岛屿中部传来枯树枝断裂的噼啪声，十分刺耳。

“我们得去侦察一下，”约翰船长说，“我们得展开地毯式搜索。我去一头，大副负责另一头，提提和罗杰去中间。大家分头行动，只要有人发现他，其他人立刻赶去帮忙。”

他们在岛上散开，开始向前移动。还没走出十米，约翰便大叫一声。

“燕子号不见了。”他大声呼喊。他负责队伍的左侧搜索，刚一走出营地就看到了登陆点，他带回牛奶的时候把燕子号停在了那里。其他人一起跑向登陆点。燕子号不见了踪影，就这样凭空消失了。

“大家分头找，分头找，”约翰说，“我们要搜遍整座岛屿。大副，注意你那边湖岸的动静。它不可能漂走的。是他劫持了小船，可他一定还在岛上。我们听到他的动静了。”

“罗杰和我把船停得好好的，”提提说，“燕子号不可能漂走。”

“大家分头去找，”约翰船长说，“而且要留神听，大副吹响哨子就出发。一声猫头鹰叫表示一切正常，叫三次表示有情况。准备好了就吹哨，大副。”

此时，大副穿过小岛离西岸已经很近了。她透过树丛望去，湖面上一艘船都没有。远处有早上的蒸汽船冒出的烟雾，可是那跟燕子号无关。罗杰和提提正在小岛中央，两人之间相隔五六米。约翰船长又往内陆走了一小段，可是只要有人出现在岸边，一定会被他发现。所有人屏息聆听。四周万籁俱寂。

很快，身处小岛西侧的大副吹响了哨子。

四个人立刻又在树林与灌木之间展开了搜索。

“罗杰，”提提大喊，“你有武器吗？”

“没有，”罗杰说，“你呢？”

“我有两根木棍，我是说长矛。你最好拿一根去。”

她把一根木棍扔给罗杰。

一声猫头鹰叫在她左侧响起。

“一定是船长。”她说。她叫了一声作为回应。右边的苏珊也叫了一声。接着大家又恢复了刚才的状态，留心周围发出的一切动静。他们继续向前行进。

“喂，”罗杰大叫，“有人来过这儿。”

提提跑向他。有一块圆形区域的青草和蕨类植物被压平了，像是有人曾躺在这里。

“他把刀落在这里了。”罗杰说着举起一把大折刀，那是他在草丛里发现的。

提提模仿猫头鹰的叫声，连叫了三次。

船长和大副应声而至。

“他一定就在附近。”提提说。

“不管怎么说，他的刀在我们手上。”罗杰说。

约翰船长弯腰用手感受被压平的青草。

“已经凉透了。”他说。

“好吧，草地的保温时间很短。”大副说。

“大家散开，继续搜查，”约翰船长说，“我们绝不能让他偷走燕子号。

他不会走远的，因为我们听到他发出的声音了。要是他将燕子号驶入水中，我们应该发现才对。他一定是把船藏在这附近，靠近岸边的某个地方。”

就在这时，传来疯狂的大笑声：“哈哈，哈哈。”可声音不是从前面传来的，而是来自身后，那是营地的方向。

“快啊，”约翰船长说，“大家别走散了。冲！”

全体船员穿越树林，奔向营地。

就在他们抵达空地边缘的时候，传来一声大喝。

“举起手来！站住！”

声音就来自他们的正前方，而声音的主人却不见踪影。

“举起手来！”又是一声大喊。

“快趴下。”约翰船长大声下令的同时趴在了地上。

苏珊、提提和罗杰应声卧倒。一支箭从他们的头顶飞了过去，幸好没有人受伤。

他们将视线投向自己的营地，映入眼帘的一幕完全出乎约翰船长的意料。营地中间的空地上矗立着一根长杆，顶端飘扬着一面黑色海盗旗，然而四周不见人影。紧接着，他们发现帐篷里有两个影子，双膝跪地，一人手持弓箭准备发射，另一人正把箭搭在弓弦上。

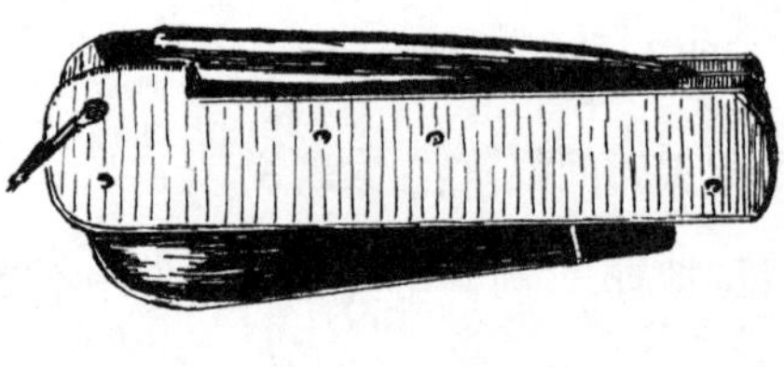

第十章

谈 判

“不是船屋上的男人，”提提说，“是那艘海盗船上的海盗。”

“而且就在我们的帐篷里。”苏珊说。

“让我们把她们捉住。”罗杰说。

“举起手来。”来自亚马孙号的海盗姑娘在船长的帐篷里说。

“该举起手来的是你们。”约翰船长大喝道，作势要一跃而起。两个海盗同时射出了手里的箭。

“在她们再次张弓搭箭之前，行动，”约翰大声下令，“燕子号必胜！”

四名燕子号船员跳了起来，转眼就跑到了空地中央。

头戴红帽的亚马孙号船员冲出帐篷迎战。

然而出乎意料的是，女海盗们放下了手中的弓箭。

“谈判吧。”看起来像是头儿的那个大声说。

“停战！”约翰船长下令。

四个燕子号探险者与两个亚马孙号女海盗相对而立。亚马孙号船员的个子胜过大多数燕子号船员，其中一个甚至比约翰船长还结实，另一个也与约翰旗鼓相当。如果真的开战，双方可谓势均力敌。

然而战争并未打响。

“让我们先谈判，再开战。”亚马孙号的头儿说。

“要是燕子号在船屋上的男人手里，那么我们的谈判毫无意义。”约翰说。

“船屋上的男人?”年轻的女海盗说,“他与此事无关。他是个原住民,并且极不友好。”

“好吧,他对我们也充满了敌意。”约翰说。

苏珊拉了拉约翰的袖子。“看来船屋上的男人跟她们不是一伙的。”她轻声耳语,“一定是她们夺走了燕子号,而她们唯一可以安置它的地方就是港湾。她们自己的船一定也停在那里。既然她们占领了帐篷,那么两艘船就都在我们的手里了。”

“要是他对你们也不友好,我们最好立刻开始谈判。”年龄大一点的女海盗说。

“燕子号在哪儿?”

“它是件战利品,我们已经把它停在我们的港湾里了。”

“那是我们的港湾,”约翰说,“而且你们这么做是徒劳无功的。有我们四个在,你们不可能从小岛的这一头突围出去,所以港湾在我们的手里,准确地说,亚马孙号才是我们的战利品,我们同时拥有两艘船。你们除了拥有我们的帐篷,一无所获。”

这时,提提开口了:“为什么你们的箭上会有绿色的羽毛?一定是船屋上的海盗给你们的。你们跟他是一伙的。”

年龄小一点的女海盗辩解道:“绿色的羽毛是我们的战利品,是我们自己弄到手的。他用这些羽毛清理他的烟斗,我们登上他的船,偷走了它们。”

年龄大一点的女海盗说:“看来我们属于同一阵营,开战对我们双方都没有益处。”

约翰说："可你们为什么到我们的岛上来？"

"是我们的岛。"亚马孙号船员异口同声。

"怎么可能是你们的岛？这是我们的营地。"

"许多、许多年以来，这里就是我们的小岛，"亚马孙号船员说，"是谁生了火？是谁做了入港标记？"

"入港标记？"约翰说，"你是说在那里的一棵树上画了个'十'字吧。任何人都可以这么做。"

大一点的女海盗闻言哈哈大笑起来。"这足以证明这是我们的小岛，"她说，"你们连入港标记都不知道。"

"我们知道。"罗杰不肯认输。

约翰却沉默了。他知道女海盗说得对。

最后他说道："好吧，我们来谈判，可是大家必须放下武器。还有，你们得降下旗帜，因为我们的旗在燕子号上，没有船我们无法升旗。"

年龄大一点的女海盗说："现在风势正好，旗帜正迎风飘扬，降下来实在可惜。你们派个人去港湾把你们的船旗拿来，这样谈判期间我们都能让自己的旗帜飘起来。这是最公平的。"

"在我们的人去拿旗帜的时候，你们保证不发动攻击？"

"保证不会。我们现在就放下武器。"

亚马孙号的船员们放下了手里的弓箭。罗杰和提提也放下了长矛。约翰和苏珊原本就两手空空。

"大副，"约翰说，"你能否派人去燕子号把我们的旗帜取来？"

"快去快回，罗杰。"苏珊大副说完，转向女海盗们，"你们发誓，船屋上的男人不在那儿，不会埋伏着捉他吧？”

“当然不会，”女海盗们说，“不过你们是否也能保证，他不会对我们的船下手？我们可是小心翼翼地保护着你们的燕子号，也没有破坏你们的帐篷。我们本可以轻轻松松地一把火烧了它们，或者把它们夷为平地。”

“我们保证。”约翰船长说。

“为什么不弄沉她们的船，再把她们关起来？”提提问。

“谈判结束之前我们停战。”约翰船长说，“快去快回，罗杰，把燕子号的旗帜拿回来，但是记住别碰其他任何东西。”

罗杰撒腿就跑。“无论如何，她们的刀在我这儿。”他边跑边喊。

年龄大一点的女海盗看向同伴。

“佩吉，你这个家伙，”她说，“船上的刀去哪儿了？”

佩吉，即年龄小一点的女海盗，把手伸进裤子口袋摸了一通。

“不见了，”她说，“一定是藏在丛林里的时候弄丢了。”

“等我们的人从港湾回来，他会把你们的刀连同其他武器一起带来的，”约翰对亚马孙号船员说，“到时我们就把刀还给你们。我们并不想要你们的刀，我们船上有三把刀。”

“还没算切压缩牛肉干和分黄油面包的刀。”苏珊补充。

“去年我们帮吉姆舅舅擦船屋上的大炮，这是他给我们的奖励。”大一点的女海盗说。

“船屋上的男人是你们的舅舅？”提提问，“我记得你们说过，他也是你们的敌人。”

“他只在某些时候才是我们的舅舅，”年龄小一点的女海盗说，“去年他是，不过今年他跟原住民暗中勾结，而原住民都很不友好。”

“我们认识的原住民可不是这样的，”提提说，“除了船屋上的男人，大家都很友好……还有你们，”她加了一句，“如果他是你们的舅舅，你们跟他肯定是一伙的。”

“绝对不是。”年龄大一点的女海盗说。

“安静，提提，等着谈判吧。”约翰船长说。

罗杰拿着提提做的燕子号船旗回来了。

“她们的船真漂亮。”他跟苏珊大副咬耳朵。

“把刀拿来。”约翰说。

罗杰把刀递了过去。约翰在空地边缘的一棵榛树上砍下一根长长的枝丫。他在一端切出一个尖锐的角，好让它插入地里。接着他将提提做的旗帜系在树枝顶端，又找了处土壤松软的地方，将他做的旗杆牢牢地插在亚马孙号海盗旗旁。完成以后，他将刀在草地上擦了擦，合上折刀后，同弓箭和长矛放在一起。

“现在开始谈判。”说完，他走向亚马孙号船员们，同时伸出一只手。

“我叫约翰·沃克，”他自我介绍，“是燕子号的船长。这位是苏珊·沃克，燕子号的大副。这是一等水手提提。这是罗杰，实习水手。你们叫什么名字？”

年龄大一点的女海盗同他握了握手。

“我叫南希·布莱克特，既是亚马孙号的船长，也是这艘船的主人，海上魔王。这位是佩吉·布莱克特，大副，跟我一样也是亚马孙号的主人。”

“她的真名不叫南希，”佩吉插嘴道，“她叫露丝，只不过吉姆舅舅说亚马孙女战士生性冷酷无情，而我们的船叫亚马孙号，我们又是来自亚马孙河的亚马孙海盗，所以我们必须替她改个名字。去年吉姆舅舅把这艘船送给了我们，在那以前我们只有一艘小划艇。”

听了这话，南希·布莱克特眉头紧锁：“要是你再胡说八道，我就让你吃不了兜着走，佩吉。”

“她们跟船屋上的那个海盗肯定是一伙的。”提提依然坚持己见，“你们难道没听她说，这船是他送给她们的吗？”

“那是去年的事，”南希解释，“去年他还是挺友好的。可是今年他变得比原住民还坏。”

“我们是不是先坐下来？”苏珊提议，“要不我去给炉火添点柴，把水壶烧热？里面还有些茶水。”

“我们不想喝茶，谢谢你，”南希说，“但是只要你愿意，可以用我们的火堆。”

“这是我们的营地。”罗杰不服气。

“还是坐下说吧。”苏珊大副说。

两个海盗在火堆旁坐了下来，篝火余烬未灭，正焖烧着。苏珊说得对，坐下会比站着的时候心平气和很多。

“首先，”南希·布莱克特说，“你们是什么时候来到这片水域的？”

“差不多一个月前我们发现了这片湖泊。”

“你们什么时候登岛的？”

“我们已经在岛上待了好几天。”

“好吧，”南希·布莱克特说，“我们出生在亚马孙河沿岸，那里的河水会流入这片水域。我们来这座小岛已经好几年了。”

“以前我们坐着小划艇来，直到吉姆舅舅送了我们亚马孙号。”佩吉说，“从前我们就在发现燕子号的地方登陆，直到我们发现了港湾。我们每年都在这儿扎营。”

“听着，我问你们，”南希·布莱克特说，“这座岛叫什么名字？”

“我们还没有给它取名。”约翰说。

“它叫野猫岛。吉姆舅舅也这么叫它，因为它属于我们。究竟谁才是小岛的主人一目了然。”

“可现在它是我们的小岛了，”约翰说，“我们来的时候岛上无人居住，而且我们已经在这里安营扎寨了，你们不能把我们赶走。”

还没等他说完，就被提提打断了。

“你们的吉姆舅舅是不是退隐的海盗？”她问，“我们第一次见他的时候，我就看出来了。”

南希·布莱克特略微思考了一会儿。“要真是这样，对他来说倒是件好事。”最后她终于说。

“可是，”提提说，“你们俩不就是海盗？”

“那正是他讨厌我们的原因。他一定是弗林特船长[①]，熟知所有海盗。他知道终有一天，我们会夺走他的船，而他将被赶上跳板，被迫跳入海中。”

“我们可以帮忙。”罗杰说。

---

① 弗林特船长，英国作家罗伯特·路易斯·史蒂文森创作的小说《金银岛》中的人物。他能够随意出现在任何想去的地方，到处劫掠船只，并且带着金银财宝消失，他将所有掠夺来的财物都藏在一座神秘的金银岛上。

“他讨厌我们，”约翰船长说，“他一直在挑拨我们和原住民之间的关系。”

“让我们结成联盟吧，”南希·布莱克特提议，“那样的话，这座岛究竟属于谁就无关紧要了。我们可以联合起来对付弗林特船长，和世界上所有的原住民。”

“除了我们的朋友。”提提说。

“让我们结成联盟，”佩吉说，“其实昨天看见你们在岛上做饭的炊烟时，我们就想跟你们结盟了。我们厌恶原住民。要不是我们已经答应了回家吃午饭，我们真想立刻就跟你们成为盟友。所以我们才从小岛返航，并且用我们的旗帜挑衅你们。可惜当时没时间了，我们就回家了。”

“我们在里约附近的大岛看见你们了。”苏珊说。

“里约？”南希说，“里约？哦，好吧，如果你们同意让这座岛屿保留‘野猫岛’的名字，我们也同意管那儿叫里约。那是个好名字。”

“野猫岛这个名字也不错。”约翰礼貌地回答。

“可是我们离开这里以后，你们怎么还会在里约附近的岛屿发现我们呢？”佩吉不解。

“我们驾驶燕子号一路追赶。”约翰揭晓谜底。

“真是该死，”南希·布莱克特说，“我们错失了良机。早知如此，我们一定会从侧面给你们一炮，直到我们中有一方沉没才罢休。就算让我们错过午餐也在所不惜。”

佩吉·布莱克特接着说：“今天我们又到这儿，就是为了盯着你们。日出时分我们就起床了，把船开到了小岛近旁，发现没有升起炊烟，以为你们已经走了。说不定当时你们都在睡觉呢。后来我们发现你们的船停在登陆点。我们去了湖岸茶湾，在那里喝了茶，吃了第二顿真正的早饭。第一顿只有昨晚从库克那儿买来的麦片粥和三明治。接着我们下船埋伏在岸边，看见你们其中一个正开着船从外面回来，其他人在洗澡。之后，我们发现你们全都不见了，于是我们悄悄回到船上，径直把船驶进了港湾。那里空无一人。然后，我们穿过岛上的丛林，沿路侦察，最后发现你们围绕在营火边。我们开走了你们的船，把它停在了港湾里。此后我们回到营地，制造了一次突然袭击。你们发现自己的船不见了，就全都跑去登陆点，我们趁此机会开溜，占领了营地，南希还说这么一来要结盟就难了……”

“打住，佩吉，你这个傻瓜。”南希·布莱克特阻止了她的发言，“对不起，”她转向约翰船长，“她实在太唠叨了。”

“哦，南希说我们的突然袭击实在太成功了，我们恐怕要一直为敌了。我说我讨厌与人为敌，就好像今年跟吉姆舅舅以及原住民的关系……”

“他是弗林特船长。”南希纠正她。

“不管怎么说，要是她忘了谈判这件事，你们就跟原住民一样了，永远都是。”佩吉说。

“我们不是原住民。”提提说。

“你们当然不是，”南希·布莱克特说，“做水手有意思得多。我建议我们结成联盟。”

“我同意。”约翰船长说。

“我的想法，”南希·布莱克特说，“是建立一个对抗所有敌人的联盟，尤其是吉姆舅舅——弗林特船长，我是说。不过，我们想要建立的联盟，是如有必要也可彼此开战的那种。”

“那不是联盟，”提提说，“那是一种协议，关于攻击和防守的协议。历史书里有很多例子。”

“没错，”南希·布莱克特说，“防御我们的敌人，并且只要我们愿意，彼此也能开战。”

“可以。”约翰船长说。

“你们有白纸和铅笔吗？”南希问。

“我有。”提提跑进大副的帐篷，拿来了一张从航海日记上撕下的纸和一支铅笔。

南希接了过去，写道：

我，燕子号的约翰船长，以及我，亚马孙号的南希船长，代表我们的船以及全体船员，在此立下一项关于攻击和防守的协议。

一九二九年八月
野猫岛
（签字盖章）

她把纸依次递给其他人。

“看上去没问题。”约翰船长说。

“在‘野猫岛’前面应该加个‘于’，”提提说，“而且你没有写经纬度。船长一般都会写明。”

南希·布莱克特接过纸，在“野猫岛”前加了个“于”字，又在“岛”字后面写上“（纬度 7，经度 200）”。

“我们应该以血立契，”她说，“不过用铅笔也一样。”

约翰接过纸张，签下自己的名字“约翰·沃克，船长”。

南希签的是“南希·布莱克特，亚马孙海盗”。

两位船长握了握手。

这时，佩吉说道：“好啦，不管怎么说，今天天下太平。”

苏珊说：“你们想不想来点太妃糖？”

“是糖蜜。”提提纠正。

佩吉说：“我们占领营地的时候就看见了，可是我们一点也不想拿。不过，要是你们真的愿意分点给我们，我们十分乐意接受。”

南希说：“我们开一桶牙买加朗姆酒吧。我们的船上有美酒。我们去港湾取吧。那真的是好东西。我们的厨娘也是一个原住民，但有时候十分友好。只是，她把那个美酒叫作柠檬水。”

第十一章

结　盟

燕子号与亚马孙号的船员们一起走向位于小岛南端的港湾。小径几乎已被踏平了，不过他们还是得弯腰钻过粗大的树枝，跨过荆棘，推开挡道的小枝丫。两艘船静静地停泊在小小的港湾中，船头靠着湖岸。亚马孙号是一艘漂亮的小船，由涂了清漆的松木板打造。它比燕子号新，长度倒是差不多，只是内部空间没那么宽敞。在桅杆底部附近，桅杆与活动船板箱中间有一只擦得锃亮的小橡木桶。

罗杰被活动船板箱弄糊涂了。

“那个杵在船当中的大家伙是什么呀？”他问。

“那是用来放活动船板的箱子。”佩吉回答。

“活动船板又是什么？”

“它是铁做的龙骨，逆风航行的时候我们可以用它增加船的吃水量。而当顺风航行或在浅滩行船的时候，我们可以把这块龙骨收到箱子里。”南希说，“你们难道没有活动船板？逆风的时候怎么航行？”

“燕子号十分擅长迎风航行，”约翰船长说，“船上有一块大约一米八长的龙骨，不过是固定的，所以我们不需要一只会挡道的活动船板箱。”

“吉姆舅舅——弗林特船长——说要是没有活动船板，逆风的时候将寸步难行。”南希说。

“那只能说明他不了解燕子号。”约翰船长自豪地说。

“那只桶是派什么用的？”罗杰又问。

“它是淡水桶，我们的原住民认为湖水不适合饮用，”佩吉说，“可是我们一直都这么喝，也不是直接喝湖水，而是烧开了泡茶，所以我们就用它来装美味的饮料。现在里面就有好东西。”

“我们把它带回营地吧。”南希·布莱克特说。

“一定很重，是不是？”苏珊似乎有些担心。

“不用扛，”南希说，“我们可以把它吊在一支船桨上抬着走。那样更轻松。来吧，佩吉，搭把手。”

亚马孙号的船员爬上了她们的小船。南希拿起船尾的一根长绳，在一头打了个绳圈。接着她和佩吉把木桶搬到了亚马孙号前部的船舷上。约翰和苏珊帮忙将木桶扶稳，与此同时亚马孙号船员们拿着绳子和一支船桨上了岸。南希将绳圈套在木桶的底端，将它牢牢固定住。然后她将绳子在船桨上绕了两圈后穿过绳环，固定在木桶的顶端，这样便又形成了一个绳圈。最后她将绳子在船桨上再绕了两圈，让它更加牢固。

“准备好了吗，佩吉？”她问。

“准备好了。”佩吉回答。

“嘿哟。”南希船长一声吆喝，她们一人一头将船桨扛在肩上。木桶稳稳地悬在中间。

“出发！”南希船长一声令下，亚马孙海盗们走出港湾，沿着小径穿过树丛。

“这样挑着一点也不重，”佩吉说，“海盗们往岸上运送木桶和宝藏或者其他东西的时候都这么干。”

苏珊、提提和罗杰跟她们结伴而行，约翰船长仍留在港湾，舍不得

抬着大木桶前进

离去。他依然在思考女海盗们口中港湾被标记的事。她们的话究竟是什么意思？他在岸边的树桩上见过那个“十”字符号，而当他说任何人都有可能在树上画“十”字的时候，南希·布莱克特告诉他，那说明他根本不知道港湾是如何被标记的。好吧，那么正确答案是什么？他四下环顾。画着白色“十”字的树桩就在这儿。除此以外，他没有发现任何类似于记号的东西。石头上没有，树上也没有。他更佩服亚马孙号船员了。她们不仅是非常优秀的水手，似乎还无所不知。他真想问问她们，只不过身为船长，他还是放不下面子。他最后一次环顾周围，接着匆匆离去，追赶其他人的脚步。

就在他们抵达营地的时候，他追上了大家。亚马孙号的船员们从肩上放下船桨，将木桶放在两面旗帜的旁边。接着她们从两边往木桶底下垫了些石头，让桶底部的木塞口离开地面一段距离。

“我们把杯子忘了。”佩吉说。

“我们有杯子。”苏珊说。她和提提从帐篷里拿出了杯子。

“我们离开家的时候带了六只杯子，”提提说，“怕有杯子碎了。幸运的是每一只都完好无损。”

“我们的船上有大酒壶，”佩吉说，“跟这些杯子差不多。”

她拔出木塞，将所有的杯子灌满。与此同时，南希·布莱克特却独自一人坐着，正认真思考着什么。她接过罗杰递来的杯子，从包里拿出一块先前提提给她的糖蜜，然而，有那么一会儿，她似乎对这些东西视若无睹。

最后她说：“我们应该为海盗旗、骷髅骨、死亡与荣耀、金银财宝干杯。可你们不是海盗，所以就算了吧。事实上，我们应该为我们神秘的敌人干杯……”

“我们的敌人就是养鹦鹉的海盗。”提提说。

“住在船屋上的男人。”约翰船长说。

“没错，”南希说，“我明白了。燕子号和亚马孙号必胜，弗林特船长的末日到了！”

“燕子号和亚马孙号必胜，”佩吉又重复了一遍，“吉姆舅舅的末日到了！”

“是弗林特船长，你这个呆子。”南希船长气哼哼地说。

其他人甚至连罗杰都赶紧帮忙转移话题。

“大家干杯。”南希船长说。

这绝对是他们豪饮过的最美味的柠檬水。

“我从没喝过这么棒的朗姆酒。”一等水手提提由衷地赞叹。

“确实不错，”南希船长说，“你们的糖蜜也很好吃。”

太妃糖堵住了大家的嘴，有那么一会儿谁都没有说话。

最后提提问：“弗林特船长是从哪里弄来那只鹦鹉的？”

佩吉·布莱克特将一块糖蜜咽下肚，抢着回答：“那是他从桑给巴尔买来的。他曾经环游世界。妈妈说他年轻的时候是个败家子，所以被送去了南美洲。可是他没有留在那儿。他四处周游。去年他回家了，并且说自己已历经沧桑，打算安定下来。我妈妈是他的姐姐。可是他一直都很喜欢出海。于是他买下那艘船屋，去年我们经常上去。当时他是我们中的一员，我们常常和他一起在亚马孙河上航行。后来他把亚马孙号送给了我们，在冬天来临前出门去了。今年当他回来的时候，他说他签了一份合同，打算写一本书，整个夏天他都住在船屋上，可是他不再跟我们亲近，而是同原住民串通一气。我们全心全意地希望他幡然醒悟，可是徒劳无功。他甚至要求妈妈让我们离他远点。于是妈妈对我们说，他正在写书，必须独处。不过我们觉得写书没什么困难，而我们也会向他证明我们不会妨碍他的写作。可是当我们提出想去船屋跟他同住的时候，他一点都不高兴。自从他禁止我们靠近他，友谊就结束了。”

“因此我们趁他上岸的时候登上船屋，拿走了鹦鹉的绿色羽毛来做我们的箭羽，”南希说，“就是为了向他示威。他把羽毛收在一只罐子里，用来清理烟斗。”

“还有一件事特别遗憾，”佩吉说，“我们正在教鹦鹉说‘金银财宝’，想把它训练成一只优秀的海盗鹦鹉，跟我们一起去野猫岛。可它只会说‘漂亮的波利’，完全派不上用场。不过，据说绿鹦鹉的说话能力不如灰鹦鹉的强。”

“你说你认为他是个退隐的海盗，是不是？”南希问提提。

“是的。”提提说。

“那样的话，拥有一只只会说‘漂亮的波利’的鹦鹉，对他来说更合理。否则鹦鹉会出卖他的。”

“他昨天真的向你们开火了？”约翰船长觉得不可思议，“我们看见了烟雾，听见了巨响。”

“开火的人不是他，是我们。”南希船长说，“我们驶进港口，绕到船屋附近，透过舷窗观察船内。舅舅……弗林特船长睡着了。我们看见他了。于是我们把随身带的一枚大号罗马烟花筒神不知鬼不觉地放在舱顶，然后把它点着，接着拔腿就溜。我们才刚离开烟花筒的射程范围，它就爆炸了。从去年十一月五日我们就存着这枚烟花筒，它一点都没坏。那次爆炸真是威力无穷。”

“我们在这儿都听到了，”罗杰说，“声音大极了。”

“我打赌，这件事一定令他暴跳如雷。”南希说。

“当我们追着你们驾船驶向里约的时候，他正站在甲板上挥舞拳头呢，”约翰说，“那可是爆炸发生以后的事。”

“好了，现在我们都和他开战了，”南希说，“总有一天我们会占领船屋的。只要齐心协力，这对我们来说简直易如反掌。燕子号占据一侧，亚马孙号在另一侧。两面夹击，他一定无法招架。然后我们给他两个选择，要么像去年夏天时一样跟我们形影不离，要么就从跳板上跳下去。”

“选择跳板对他来说是最好的选择，”一等水手提提说，“然后我们就夺走他的宝藏，去购买一艘大船，永远以船为家，游遍全球。”

“我们可以去中国的海域看望爸爸。”苏珊说。

“我们可以去寻找新大陆，”提提说，“除了美洲，一定还有许多未被探索的处女地。”

“我们可以去桑给巴尔，带回整整一船会说话的灰鹦鹉。”佩吉也憧憬了起来。

“还有猴子。”罗杰说。

“我还是最喜欢绿鹦鹉。”提提说。

“喂，注意，”南希·布莱克特开口了，“别忘了我们正在谈判呢。我们不可能一直跟弗林特船长开战。不过我们可以互相练习。只是别把我们彼此的船打沉了……”

“没人能让燕子号沉没。”罗杰气势汹汹地说。

“好吧，”南希说，“也没人打算这么干。不过占领燕子号对我们来说，是一次不错的实践，亚马孙号于你们而言也是一样。获胜者就作旗舰。舰队中总得有一艘旗舰。要是你们占领了亚马孙号，那么燕子号就是旗舰，约翰船长就是司令官。相反，要是我们占领了燕子号，那么亚马孙号就作旗舰，而司令官就由我来担任。比赛明天开始。”

“等结果揭晓后，我们就出发攻占船屋。”提提说。

“可是，”约翰说，“你们知道我们把燕子号停在哪儿了，因为我们人就在这儿。要是我们不派人守卫，你们轻而易举就能攻下它。而我们却对亚马孙号身在何处一无所知。”

“昨天你们看见我们去哪儿了？”

“我们看见你们把船开去了西岸上的一座岬角后面。”

“是的，如果你们绕过那座岬角，就会发现一个河口。那就是亚马孙河。离右岸不远的地方有一座船库，要是你们从这片湖泊出发，它就在你们的左手边。船库是用石头造的，我们在正门上绑了一个木头做的大骷髅图标志。船库里有一艘大汽艇，可是你们千万别碰，因为那是原住民的，还有一艘划艇，亚马孙号回家的时候也停在那儿。现在你们都知道了。”

“等一下，”约翰说，“我这儿有张航海图。”

他拿出旅游手册，翻到描绘有这片湖泊的地图的那一页。南希·布莱克特将亚马孙河指给他看。它在地图上有另一个名字。约翰递给她一支铅笔。

“你标记一下船库的位置。”他说。

南希船长在正确的地方用铅笔做了个记号。

“这只是一次小小的切磋，”她说，“我们必须达成一致，无论谁赢得了胜利，都要像爱护自己的船一样爱护对方的船。”

“我们一定会赢，”佩吉充满信心，“南希向来说到做到。”

“走着瞧吧。”约翰船长不甘示弱。

“比赛明天开始。”南希船长说。

“听着，”苏珊说，“我们是不是最好在把所有的柠檬水喝完之前吃晚饭？”

“是牙买加朗姆酒。”提提反驳。

“我们有许多三明治。”佩吉说。

“我们有压缩牛肉干，”苏珊说，“还有沙丁鱼。肉饼被我们吃完了，明天以前不会再有第二块。”

“真遗憾，我们没去钓鱼，”提提说，“否则我们可以请你们吃油炸鲨鱼。”

“没关系，我们挺喜欢吃沙丁鱼的。”佩吉说。

接下来，营地里一片忙碌的景象。亚马孙号大副佩吉应该和燕子号大副苏珊一样，负责管理船上的食物。在提提和罗杰的帮助下，她们开始准备晚饭。她们给营火添加新的木柴，将余烬吹旺，好把壶里的水烧开。大家一致同意最好还是多烧点开水，要是柠檬水不够，还能用热水泡茶。接下来还得打开沙丁鱼罐头和压缩牛肉干罐头，亚马孙号的船员则带来了三明治和一块蛋糕。

一开始，两位船长谁都没有动手，而是看着船员们忙活。

最后约翰说：“听着，南希船长，我希望你能把入港标记的事告诉我。”

“很简单，约翰船长，”南希回答，“走，趁水手们忙着准备饭，我带你去看看。”

他们一起向港湾走去，路上遇见提着满满一篮子蛋糕和三明治的佩吉。当他们来到港湾的时候，身边再没有旁人，这让约翰船长挺高兴。他径直向着画有“十”字的树桩走去。

“我当时立马就发现了这个。”他说。

“你也只发现了这个，”南希船长说，“可见我们亚马孙海盗真是名不虚传，我们对记号的保密功夫也是相当了得。这里其实有两个标志，两者相辅相成，缺一不可。”

“到底是什么标记？”约翰问。

南希船长蹲在湖岸边，在地上画了一个半圆。“假设这是港湾，”她说，“这些是外围的岩石。”她捡了几块大石头，模拟成港湾外湖中岩石的布局，“你想进来，好了，沿着这条直线航行能让你轻松避开这些石头。那么沿着这条航线，在岸上设定一个标志，把这个作为你的第一个记号。”她将一根小树枝插在地上，“那就是画着‘十’字的树桩。现在再顺着这条航线，仔细记住岸上的另一个标志物，任何东西都可以。熟悉以后，根本没必要做记号。想驶进港湾的时候，只需要始终让这两个标志在一条直线上，你就能准确无误地找到这条能让你安全通过岩石地带的航线。就算湖水——我是说大海——涨潮，一些岩石藏到水下，如果你能找到这两个标志，无须观察船底的情况，也能顺利航行。”

“嗯……”约翰船长似乎有些迟疑。

“跳上亚马孙号，我把船开出去，向你演示一下。”

约翰登上亚马孙号。南希·布莱克特驾船驶离了岩石地带，来到了空旷的湖面。她划着船尾的一支船桨，把小船调了个头，将船头对准了小岛。

“现在，”她说，“你看见画着‘十’字的树桩了吗？”

“看见了，”约翰回答，“‘十’字一目了然。树桩反而看不太清楚。它跟湖岸的颜色太接近了。”

“这就是我们为什么得画这个‘十’字的原因，”南希说，“现在往‘十’字的右上方看，你会看到一根树杈，就在分叉处的下方缺了一大块树皮，看见了吗？”

“看见了。”

“那就是另一个记号。现在我们和港湾中间隔着岩石。要是我把船再往前开一点，你会发现树杈距离有记号的树桩越来越近，直到最后它们在一条线上，我们就可以沿着航线驶入了。一旦发现这两个标记在一条直线上，你就大声喊出来。”

“它们在一条直线上啦。”约翰船长说。

“好的，”南希船长说，“现在我什么都不用管，只要专心划船，看着船底就行了。你盯着那两个记号，不在一条线上的话立刻告诉我。”

她加快了划桨的速度，亚马孙号朝着岩石驶去。

“树杈在树桩的右边。”约翰大声报告。

南希停下手里的动作，略微调整了一下方向。“现在呢？”她问。

“成一条直线了。”

她继续划船。

“树杈跑到左边来了……又在一条线上了……在左边……在一条线上……现在树杈在右边……在一条线上。”

南希连眼睛都没有抬一下，只不过在约翰报告标记偏离了直线的时候调整一下航向。亚马孙号行进在岩石间，最后进入了港湾。

“我们成功了，”约翰欢呼，“干得漂亮。”

“这很简单，”南希船长倒是一点都不谦虚，“这是去年弗林特船长教我们的，那时候他还是吉姆舅舅，还没变坏。两个记号就能引领船只驶入港口，所有的港湾都是这样标记的。当然，考虑到船只可能在夜晚进驻，所以应该配备提灯。记号有了提灯的照明，即使湖面漆黑一片，你也能通过岩石地带。”

“就是航路指南中提到的导航灯吗？”

“‘航路指南’是什么东西？”南希不解地问。她的反应让约翰一阵窃喜，原来南希船长也并非无所不知啊。

他们将亚马孙号推上岸后，走回营地吃饭。这可是一场盛大的宴席。三明治和沙丁鱼搭配压缩牛肉干和柠檬水。大家酒足饭饱之际，大水壶里的水开始突突地响个不停，这个时候不喝杯茶、吃块蛋糕，岂不是一大憾事？

六个水手围坐在营火边制定航海计划，时间飞逝，最后南希船长抬头看了眼太阳。

“我们最好赶紧起航，”她说，“否则原住民又得来烦我们了。这个星期的晚餐我们已经迟到两次了。日落的时候风势总会越来越小，我们还得航行好长一段路呢。快走吧，佩吉。”

“有个燕子号的船员睡着了。”佩吉说。

“你喊一声他就醒了，”南希船长说，“过来，帮忙扛酒桶。”

空空荡荡的木桶搬运起来并不费力，不过，为了郑重其事，她们还是像来时一样将它吊在船桨上。提提替她们拿着海盗旗，罗杰提着篮子。为了送别亚马孙号，燕子号全体船员向港湾走去。

顺着风，亚马孙号扬帆起航，驶出了港湾，很快就将小岛北端抛到了身后。燕子号的船员们跑回岗哨，向她们挥手道别。

“明天开战。”南希船长高声说。

“没问题。”约翰船长大声应战。

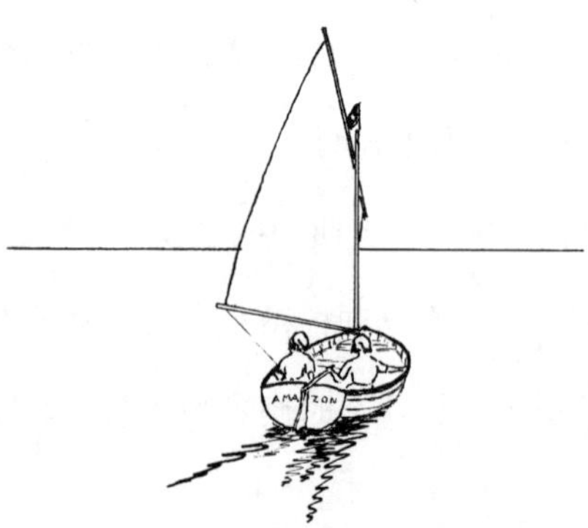

第十二章

导航灯

那一晚燕子号的船员们很晚才睡。亚马孙号白色的船帆刚一消失在达里恩峰后，约翰船长便带着榔头、一些钉子和两盏提灯去了港湾。苏珊大副也一同前去帮忙，留下一等水手和实习水手收拾盛宴后的狼藉。

“你知道关于给港湾做记号的事，她们是怎么说的吗？”约翰船长一边说一边将画有“十”字的树桩指给苏珊看，“这是记号之一，那棵长着树杈、树杈下方掉了一块树皮的树就是另一个记号。亚马孙号的船员只要将两个记号连成一线，无须留意水下的岩石也能顺利进港。南希船长向我演示了一次。只要知道窍门，做起来简直易如反掌。可是在真正的港湾里，记号处会有照明，这样一来，船只在黑夜里也能找到方向。我打算在记号处安装导航灯，这样我们就能对亚马孙号发动一次夜袭，无论天有多黑都能回到港湾。”

他往树桩上白色“十”字的中央钉了一根钉子，挂上了一盏灯。接着他和苏珊来到树杈底下。树杈的高度是他们无法够到的。

“你打算爬到树上，把灯挂在树杈上？”苏珊问。

“不，大副，不能那么干，那样一来，只有你我两人能爬上去将灯点亮。我们得把灯挂在一个大家都能够到的地方……”

“罗杰除外，”大副提醒，“他不能使用火柴。”

“你说得对，”约翰船长说，“我们只要把它安在提提能够到的高度就行了。要是放得太低也不行。不能让灯被树丛挡住。你去港湾那里，站在树桩后面，离湖水越近越好。”

苏珊听命行事，来到离水边大约十米远的树桩后面。她就站在湖水边上。

“你能看到树杈吗？”约翰大声问。

“能看见。”苏珊回答。

他把手搭在分叉的树枝上，尽量往上够。

“能看见我的手吗？”

“可以。”

“还能看见吗？”他慢慢地把手从树枝上放下来。

“现在看不见了。”苏珊说。

他又抬高了一些。

“现在又能看见了。”苏珊说。

“吹哨子把提提叫来。”约翰船长下令，于是苏珊大副吹响了哨子。提提和罗杰飞奔而来。他们抵达后，约翰举起一只手，让提提尝试能否够到他的手。她刚好可以。

“好的。”约翰船长说。

“这是要干什么？”提提有些摸不着头脑。

约翰船长没有回答。他在刚刚提提能够到的位置钉了一根钉子，然后把另一盏灯挂了上去。

“现在试试你能不能打开提灯。”

一等水手提提踮起脚尖，打开了提灯。

“可是这有什么用？”她还是不明白。

“天一黑你就明白了。”约翰船长神秘兮兮地说。

“我够不到。”经过一番努力后罗杰说。

“你不必够到。”约翰船长说。

“等你被允许使用火柴的时候再说吧，”大副说，“到那时你也长得够高了。”

随着天色越来越黑，燕子号全体船员又来到了港湾。约翰将火柴递给一等水手，在实习水手的见证下，她点亮了两盏灯。接着四个人登上燕子号。

“罗杰该睡觉了。”大副说。

“花不了多少时间，”约翰船长说，“我们总不能把他一个人留在岛上。”

“反正我也不困。”罗杰说。

他们将船划向湖面。漆黑的夜色很快将他们笼罩。猫头鹰叫了起来。湖岸消失在山丘脚下，山丘的轮廓也成了浓重的一团黑影，映衬在漫天繁星之中。很快，云层遮住了星星，山丘与天际融在了一起，辨也辨不清了。

突然，高高的夜空出现了一点明亮的火光，稍后竟然亮起了更多火光，接着苍白的火焰照亮了一团烟雾。他们举头仰望，仿佛正看着一扇镶嵌在一面高高的黑墙上的小窗。就在这时，一个黑色、跃动的男人身影突然出现在烟雾的中央，正与火焰搏斗着。火光逐渐消失，好像一扇黑色的百叶窗掩住了那火光。紧接着，一簇崭新的火焰升腾着，那个男人的身影又出现了，不过很快这火焰也如先前的火焰一样灭了下去，四周只余下一片漆黑。

“是野蛮人，”提提说，“我敢肯定他们一定埋伏在那些树丛之中。”

“他们是烧炭人，”约翰说，“农场里的原住民问过我们是否见过他们。要是我们沿着这个方向向前行驶，早就看见他们了。”

“他们的样子跟野蛮人没什么两样，”提提说，“我们过去瞧瞧他们吧。”

“不管怎么说，现在不行。”苏珊大副并不赞同。

“我们要怎么回家？”罗杰说，“我现在什么都看不见。”

约翰船长也正考虑这个问题呢。眼下，他并不确定他们的具体方位。他看不见港湾后方记号上的照明，不过这也很正常，它们一定是被高大的岩石挡住了。得等到燕子号正对港湾入口的时候，才能看见提灯的光。而即便他看见了光，也不能保证一定能顺利入港。尽管他知道自己应该有这个能力，可是他毕竟从未尝试过。白天利用标记航行是一回事，一旦发生问题，你可以随时观察周围的环境，判断自己身在何处，可是当你被黑暗包围，除了灯光无所依靠的时候，那完全是另一回事了。无论如何，他要做的第一件事就是找到导航的提灯。山坡上烧炭人的身影或多或少让他对自己的位置以及船头所指的方向有了几分概念，但是天上没有星星可以帮他。他突然想起自己还有指南针，不禁喜出望外。

他划亮一根火柴，看着小小的指南针，不断地将它移动着，直到表盘上水平面的一根线同指针黑色的那端指向相反的方向。这告诉他，那里就是北方。幸运的是，结果跟他预估的一样。他将燕子号调了个头，划亮了另一根火柴，为了确认方向无误又看了一眼指南针。接着他重新起航，驾驶燕子号向湖的北边驶去。

“这样无法准确定位，”他说，“我们应该把指南针固定在船上，还得有灯光一直照着它。我们真需要一支手电筒，应该把它列在想要的生日礼物清单上。不管怎么说，全体船员密切注意，一旦有人看见我们的提灯，就大声报告。”

不一会儿，提提第一个发现了它们。灯光正在树林间闪烁，可是很快又被小岛南边的大岩石挡住了。

约翰放慢了划桨的速度。

“又能看见了。”苏珊说。

“离我们近了。”提提说。

约翰转过身，看了一眼闪烁在水面上的那两颗“小星星”。

“好，”他一边说一边努力回忆南希船长的话，“现在，你们负责盯着灯光，而我专心划船。”

“反正我们现在除了灯光，什么都看不见。”提提说。

“是不是越来越近了？”约翰问。

“相当近了。”苏珊说。

“哪盏灯在哪一边？”约翰问。

“什么？”苏珊没听明白。

“高的灯光在哪儿？”约翰船长问。

“在低的左边一点。”苏珊说。

约翰在右侧用力划了一两下。“只要两处灯光在一条线上，马上报告。”

“现在呈一条直线了。又往右边偏了一点。”

约翰往左边划了几下。

“在一条线上了。”

“一跑偏马上告诉我。”

他继续划船。苏珊大副、一等水手提提和实习水手罗杰目不转睛地观察着灯光，一旦发现位置高的出现在位置低的左边或右边一点，就马上大声喊出来。有了那么多瞭望员，约翰船长本应该放心才对，可中途他还是亲自察看了一回，发现两盏灯光像冒号的两个点一样，在一条直线上。最后约翰的右桨轻轻擦过一块岩石。

“我们现在一定十分接近港湾了，”他说，“我去船尾划船。”

“灯光刚好在一条直线上。”苏珊说。

约翰提着船桨来到船尾，然后埋头划船。原本站在那里的苏珊和提提把位置让给了他。小船在黑暗中行进。

“灯光离我们很近了。”罗杰话音刚落，燕子号的船头便触到了小港湾松软的鹅卵石湖岸，发出一声轻轻的嘎吱声。

这是约翰船长头一次使用导航灯，也是第一次在伸手不见五指的环境中进港停泊。

“那会让我们赢得与亚马孙号的战争，”他喜不自禁地说，“她们以为我们不行，可我们做到了。她们以为夜晚不会受到我们的攻击。”

他们爬上岸，从钉子上取下提灯，借着烛光将燕子号停好，又一路穿过荆棘和灌木回到营地。十分钟后两顶帐篷中的蜡烛都被吹灭了，半分钟后整座营地沉沉入睡。

导航灯

第十三章

烧炭人

第二天风平浪静，一点都不像要打仗的样子。约翰船长在他的干草袋上翻了个身，看了眼气压计。指针一动不动，一切如常。他爬出帐篷，仰望天空。万里无云。他来到岗哨，眺望湖泊。水面上映着山丘、树林，还有远处山坡上农舍的倒影。约翰发现，要是弯腰低头从两腿中间看，究竟是倒影还是实物都虚实难辨。他回到营地，发现大家都起床了。

“打起精神来，提提，”罗杰正在为提提加油打气，“别忘了今天可是开战的日子，亚马孙号的船员随时都可能来这儿。”

“现在没风，”约翰船长说，“看上去一整天都会是这个天气。要是不起风，她们就不可能会来，毕竟划船过来实在太远了。今天我们不用担心，没有风，就没有战争。就是太遗憾了。”

“我可以跟提提划船去取牛奶吗？”罗杰问，“你说过，也许这是上岛以来第一个平静的日子。”即使没有战争，也还有一大堆事得做呢。

“去吧，”约翰船长应允了，“只是靠岸的时候小心，别让燕子号撞上石头。”

“一定不会的。”一等水手保证。

于是一等水手和实习水手划着燕子号离开了港湾。他们一人划一支桨，并排坐在划手座的正当中。过了一会儿，提提起身掌舵，罗杰便一人负责两支桨。接着，他们两个又交换了岗位。尽管他们行船的航线有些歪歪扭扭，不过最后约翰船长还是看见他们拿着牛奶罐来到了田野。

他虽然在洗澡的地方游泳，可还是有点担心自己的小船。

回家的路上，实习水手负责掌舵，而一等水手全程都在卖力地划船，因为提提有个好消息要宣布。

“就是我们昨晚看见的那些烧炭人，”她说，“我问过迪克逊太太他们是不是野蛮人，她说有些人确实是呢。她说他们住在自己用木杆搭建的棚屋里。她说他们在盒子里养了一条蛇。她还说要是我们去林子里拜访他们，他们就会拿给我们看。我们快走吧。”

“迪克逊太太说他们不会在一个地方停留太久。他们在这里的活儿已经快干完了，”罗杰说，“我们最好今天就去。”

“我敢肯定这些野蛮人比我们认识的一些原住民善良。”提提说。

苏珊看了看她的火炉。“去一趟似乎也不打紧，”她说，“亚马孙号船员又不会来。不管怎么说，我们都得带上燕子号。”

“好极了，大副，”约翰船长说，“只要一起风，我们就回来。不过预计今天会一直风平浪静，无须担心开战，我们又可以安心做探险者了。”

一吃完早餐，他们就卸下燕子号的桅杆和船帆，划船出发了。罗杰站在船头作瞭望员，这可是他自己选的岗位。约翰船长负责划船，苏珊和提提则坐在船尾座板上。考虑到要是一整天都无风无浪，可能外出就需要大半天，所以他们在船舱里储备了一壶饮用水和一背包食物，还可以趁机带回更多的柴火。岛上很难寻到木柴，湖岸的高水位线附近倒是有不少，今天这样的天气他们可以随时靠岸捡柴。

他们从小岛出发，划向湖泊南面他们昨晚去过的地方。白天这里的景色截然不同。湖泊东岸的山坡上矗立着一大片树林。远远地，他们能看见炊烟袅袅，还有一股浓烟直冲云霄。他们知道，那一定就是昨夜他们看到的在烟雾中昂首阔步、击败火焰的野蛮人。今天在明媚的阳光下，不见火焰的踪影，只有一缕细烟从树林上空攀入一小朵云彩中，远处传来伐木的声音。也就如此而已了。

他们发现了一处理想的停泊点，便将燕子号的船头拉上岸。把船停稳后，他们将船索系在水边的一棵年轻的橡树上。

“我们别带水壶和背包了，”苏珊说，“在岸上生火总比在林子里安全。回来的时候，我们就可以在这儿生火，而且我们捡柴火前最好先把饭吃了，那样的话就不用再把这些东西搬上搬下了。”

“那我们是不是该留个人看着？”一等水手提提问。

“要是你愿意，你可以留下，”约翰船长说，“不过等我们爬到山顶，就能将整片湖泊一览无余。要是发现了亚马孙号的踪影，我们也可以在她们划船抵达这里之前抢先一步赶回去。”

提提一心只想赶紧见到野蛮人，于是不假思索地附和说那就没必要看守了。

接着，他们一行四人跋涉着穿过树林。走了很久，他们终于来到了一条路上。他们穿过道路，林区的地势变得越发陡峭了。有时候真不知道这些小树是怎么缠绕在岩石上的。这里什么种类的树都有，偶尔会有一棵高大的松树，更多的则是橡树、山毛榉、榛树和花楸。这里既没有小径，也没有荆棘，一长串金银花缠绕在树枝之间，让灌木变得密不透风，推也推不开。

“我们可别走散了。”发现提提打算跑开找新路，苏珊大副立马说道。

“这里可是真正的森林。”罗杰说。

“几乎是座迷宫。”提提说。

“我们应该用斧头在树上做个记号，这样就能找到回去的路，”约翰说，“不过返程的时候一直沿着这条路走，也错不到哪里去。不管怎么样，顺着走下去总能回到湖边，一旦抵达湖岸，就容易多了。”

“要是我们没找到烧炭人怎么办？”提提问。

“听。”约翰船长突然示意大家安静。他们竖起耳朵，听到远处传来斧头砍树的有节奏的噼啪声。“只要他们发出那样的动静，我们应该不会错过他们的。”

他们继续在丛林中跋涉。为了避免有人掉队，约翰船长打头阵，罗杰和提提走在中间，苏珊大副负责殿后。兔子在树林间逃窜，露出白色的短尾巴。一只松鼠待在一棵松树上，对着他们叽叽喳喳。罗杰学着它的样子回敬它。

“它的叫声就像猴子，”提提说，“要是这里能有几只鹦鹉该多好。”

就在这时，前头不远处传来了一声刺耳又沙哑的大叫声，紧接着树叶一阵噼啪作响，两只松鸦扑棱着白色、黑色、粉灰、亮蓝相间的翅膀从树梢一闪而过。

“这儿有鹦鹉呢，”罗杰兴奋极了，“会说话的鹦鹉。听，它们正在说‘漂亮的波利’，只不过是用野蛮人的语言。”

最后他们终于来到一条林间小道。这条路似乎通向伐木声的源头。

“现在我们一定得在树上做个记号了，”约翰船长决定，“好提醒我们是从哪里进入这条小径的。这样回来的时候我们就知道应该在哪里拐弯。”

提提拿出随身携带的小刀，在一棵榛树的一侧刻了个小小的记号。

“这个很容易被忽略，”船长说，“我们得留个更显眼的标记。”他在榛树的两根树枝前弯下身，将树梢的末端拴在树上，于是在树干上形成了一个大圆环。

“我们一定能看见。”罗杰说。

“我们还得做个路标。”约翰船长说。

“什么是路标？”提提问。

“吉普赛人会用路标告诉同伴自己走了哪条路。就是找一根长树枝和一根短树枝，交叉放在路上，用长树枝指明方向。”

他砍下两根树枝，把长的那根放在小道中央，指向做了记号的榛树，又将短的那根放在这根树枝上，形成了一个“十”字。

“这就是一个路标。”他说。

“会不会有人把它一脚踢开？”罗杰有些担心。

“没人会故意那么做。”苏珊说。

“就算发生了这种情况，还有约翰做的圆环和我在树上刻的记号呢。”提提说。

他们走在沿山脊而上的小道上，速度比刚刚在林间跋涉时快了不少。不一会儿，小道把他们带到了一片平坦的空地，中间的一大圈土地已被烧得焦黑。

“这儿就是野蛮人狂欢的地方，”提提断定，“他们把俘虏绑在火堆上炙烤，然后绕着他们跳舞。”

“还疯狂地大喊大叫。”罗杰补充。

在空地的另一边，小径又露出了踪影。现在，伐木声已近在咫尺了。木材燃烧散发出的刺鼻气味让他们直想打喷嚏。突然，他们从树林来到了开阔的山坡上。这里依然大树林立，只不过小树和灌木都被砍得干干净净。一堆堆树枝整齐地堆放在一起，随时可以用来生火。其中一堆树枝的中央有一个圆形空洞。四五十米远的地方有一个大土堆，上面正不断地喷出蓝色的袅袅烟雾。一个男人正用铁锹加固着土堆，发现哪里冒烟就往哪里加一铲子土。他有时也会爬到土堆顶上，堵住周围冒出的烟雾，可刚刚封上一个洞，烟雾又出现在别的地方。就在探险者们抵达空地前没多久，伐木的声音停歇了。

“快看，快看。”提提大叫。

树林边缘，离冒烟的土堆不远的地方，有一座像圆形帐篷的棚屋，只不过它是用落叶松的树枝搭建的，而非帆布。树枝与地面有些角度，于是长一点的枝干的顶端被绑在了一起。棚屋一侧靠近土堆的地方有一个门洞，洞口挂着用旧麻袋做的门帘。有人从屋里将门帘掀开了，一个弯腰驼背的老人走了出来。他的脸像核桃一样满是皱纹，棕色的皮肤也跟核桃的颜色差不多，长长的胳膊赤裸着，肌肉发达。他在阳光下一脸惊愕地看着探险者们。

罗杰紧张地握住提提的手。

“喂，你们！”小老头说，“是过来看看的吧？很高兴见到你们。”

“早上好。”约翰船长礼貌地跟他打招呼。

“早上好，”小老头说，“今天是个好日子。”

“早上好。”其余的燕子号船员齐声问候。

“你们也好。”老人说。他似乎是个十分友好的野蛮人。罗杰松开了提提的手。

燕子号船员们齐刷刷地将视线投向棚屋。

“这是印第安人的棚屋。”提提说。

“想进去看看吗？”老人说，“人们通常都想进屋瞧瞧。”他又自言自语地加了一句。

“可以吗？”提提既是问老人，也是在征得苏珊大副的同意。

“可以啊。”老人回答，而苏珊想进屋一探究竟的渴望不亚于提提。

老人提起麻袋门帘的一角，将它勾在屋外的一根钉子上。

“进来吧，”他说，“你们马上就会适应黑暗的。”

出入口太低，约翰船长不得不弯下腰来。棚屋十分低矮，尽管屋外阳光灿烂，屋内却漆黑一片。燕子号船员们一个挨着一个走进了屋子。老人已经先他们一步进去了，可是他们几乎看不见他的身影，只能听到他的轻笑声。

“很快你们的夜视力就会比蝙蝠还要好。你们就坐在那边的床上吧。”

渐渐地，他们的眼睛适应了黑暗的环境，发现棚屋内的两端各横着一根粗大的原木，辟出一块专门用来睡觉的地方，那里堆放着毛毯。两根原木中间是一片开阔的空间，地上有小火堆燃烧后留下的痕迹。唯一的光线来自洞门口。搭建棚屋的落叶松枝密不透风，连一丝光都漏不进来，就连细小的裂缝都被苔藓堵得死死的。头顶有根麻绳垂了下来，末端系着一只钩子，上面悬挂着一盏提灯，跟他们营地的灯很像。可是这盏灯没有光。屋顶漆黑一片，落叶松枝互相交错。老人蹲在其中一根原木上。燕子号船员们并排坐在另一根木头上。

“您一直住在这儿吗？”苏珊问。

“我们烧火的时候就住在这儿。”老人回答。

“就是烧炭的时候？”苏珊说。

“没错，”老人说，“得有人日夜看着火，控制火势。”

“你们真的养了一条蛇吗？”提提问。

“一条蝰蛇？是的，”老人说，“想看看吗？”

“当然了，请您让我们看看吧。”燕子号船员异口同声地说。

“其实你们就坐在它的上面。”老人说。

所有的燕子号船员一下跳了起来，好像屁股底下有根针似的，就连约翰船长也不例外。老人哈哈大笑。他穿过屋子，在毯子下面一通翻找，拿出了一只旧卷烟盒。

“这是小比利养的蝰蛇，”他说，“我们给他送去。嗨，比利，”他往门外吆喝，“让他们看看你的蝰蛇。”

他拿着小盒子走出棚屋，燕子号的船员们尾随着他。小比利往冒烟的土堆上加了最后一两铲土，向他们走来。他也是个老人，不过比另一位略微年轻一些。

“爸爸带你们参观过了？”他对燕子号的船员们说。

“他是您的儿子？”罗杰问第一位老人。

“没错，而且他自己也有儿子和孙子了。你们一定没想到我的年纪那么大了吧。不过我叫老比利，他叫小比利。”

“他看起来一点都不像个儿子。”罗杰说。

小比利闻言哈哈大笑起来。“把盒子给我吧，爸爸。”他说完，老比利把卷烟盒递给了他。他把盒子放在地上，然后跪在一旁。他松开搭扣，打开盒盖。盒子里除了一团绿色苔藓外空空如也。他拿起一根树枝，轻轻拨动苔藓。盒内发出一声响亮的嘶嘶声，一只棕色的蛇头钻出苔藓，越过盒子的边沿。这会儿它正吐着蛇信子呢。小比利轻轻地用手里的树枝碰了碰它。它又发出“嘶嘶”的声音，突然犹如一道长长的棕色光束从盒子里窜了出来。小比利扔掉树枝，拿起一根棍子，将蛇从地上挑到木棍上。它的尾巴从木棍的一边垂下来，脑袋则在另一边。它吐着蛇信子，脑袋左摇右摆，仿佛荡秋千似的。燕子号的船员们后退了几步，可依然目不转睛地盯着它。突然，它开始顺着木棍朝众人的方向滑行而来。小比利早有准备，在蝰蛇还没掉落之前，他又让它爬上了另一根棍子。

“可以摸摸它吗？”苏珊问。

“瞧。”小比利说。他把蛇放到地上，将木棍放在它的面前。说时迟那时快，蝰蛇一口将木棍死死咬住。

“绝对不要靠近蝰蛇，”小比利说，“附近有许多蝰蛇出没。当你走进树林或是爬上树的时候就得小心了。要是它们瞧见了你，就会给你让道，可要是你碰巧踩到了一条，它就会像咬那根棍子似的咬你了。这可是毒蛇，很多人因此没了命。”

“那您留着它做什么？”约翰问。

“它是我的吉祥物，”小比利说，“自从我记事起，棚屋里便总是养

蝰蛇

着一条蝰蛇，我的爸爸老比利在这儿，你们可以问问他，他记得的事比我多。”

“没错，我们一直养着一条蝰蛇，”老比利说，“我爸爸烧炭的时候也有这个习惯，一百年前他就开始干这行了。”

小比利干净利落地将蝰蛇扔进盒子，盖上了盒盖。他举起盒子，让孩子们听里头的动静。耳畔传来蝰蛇发出的嘶嘶声。接着他把盒子还给老比利，让他把它拿回了棚屋。

一大团浓烟从燃烧的土堆里喷涌而出。

“看那儿，”小比利说，“一刻都不消停。这火苗就像蝰蛇，只要有个洞，它就能跑出来。”他拿起铲子向土堆走去，一小撮火苗正从一个洞口往外冒。他往洞上盖了一铲土，又拍打了几下。

“既然您正在烧炭，为什么又要把火灭了？”提提不解地问，“我们总是希望火烧得旺一些，可常常很难办到。”

“我们希望火燃得又旺又慢，”小比利说，“要是烧得太快，就只剩下灰烬了。燃烧的速度越慢，木炭的质量就越好。”

苏珊认真地观察着。

“火为什么不会熄灭？”她问。

“那是因为火候把握得恰到好处，”小比利说，“你控制得越好，燃烧的速度便越慢。可要是你让它接触太多的空气，就没法控制了。”

“我们生一小堆火也能用这个办法吗？”苏珊问，“要是我把泥土盖在火上，我们的营火能烧一整晚吗？”

“行啊，”小比利回答，“如果你不想让火熄灭，就往火堆上面盖几块泥土，再往上面倒点水，把泥土弄湿，这样到早上火也不会熄灭。当你把泥土弄走的时候它就能为你烧水了。”

“我今晚就试试。”苏珊说。

“把望远镜给我。”罗杰说。

约翰船长正用望远镜看着下方遥远的湖泊。从烧炭人烧火和搭建落叶松棚屋的这片丛林望去，整片湖泊尽收眼底。这里远离里约和周边岛屿，夏日晴空下的蓝色湖水一直绵延至大山。越往南，湖面越窄，最后变成了一条在绿色洼地间蜿蜒而过的河流。湖泊的尽头出现了一小片白色的水雾，那里赫然有一艘汽船正停泊在码头。另一艘汽船正驶过达里恩峰旁的湖面。在这个无风的日子里，湖水平静而湛蓝，然而汽船驶过之处留下了两条长长的波浪，像个巨大的V划过湖面，从一侧湖岸向另一侧铺展开去。

“把望远镜给我，”罗杰又一次说，“我想看看我们的小岛。”

“等等，”约翰船长说，“有艘船正在靠近它。”

“不会是亚马孙号吧？”提提不安起来，“她们该不会发动突然袭击吧？”

“不是，”约翰船长说，“只有一个男人在上面。可能是个原住民，正在钓鱼。可我们应该赶紧下山。我们的燕子号现在无人守卫。”

他把望远镜递给了罗杰。

“你看不见小岛的全貌，”他说，“有一部分被下面的树挡住了。不过你要盯着那个男人的方位。”

“你们就是在下面的小岛上露营的孩子？”小比利问，“我想应该就是。你们昨天跟布莱克特家的姑娘们在一起，是不是？我们看见她们的小船了。嗨！爸爸！”

老比利从棚屋里走了出来。

“爸爸，”小比利说，“他们就是在岛上露营的年轻人。布莱克特家的姑娘昨天就是跟他们在一起。”

“好，”老比利说，“我还记得布莱克特太太当年还是特纳小姐的时候，曾参观过我烧的火和我的棚屋，那时候她的年龄还没你现在大，小姐。”他打量着苏珊，“她和吉姆先生，啊！啊！现在她已经是两个姑娘的妈妈了。”

“我就是在想吉姆先生的事！”小比利说，“应该让他知道那伙人说的话。”

“是啊。”老比利说。

小比利又转向约翰和苏珊。

“你们还会再见到那两个姑娘吗？”他问。

“是的，”约翰说，“只要有风可以航行的话。可今天这样一个风平浪静的日子，我们什么都干不了。”

“那好，请她们转告她们的吉姆舅舅……”

“不行，”提提打断了小比利，“她们正同他开战呢。”

“她们能完成这项任务。”小比利说，“你们让她们告诉她们的吉姆舅舅，小比利也就是我本人捎信给他，要是他晚上离开船屋，记得把门锁结实了。比格兰岛的小酒馆里，关于船屋和他在里面藏了什么东西，大家议论纷纷。这里没人会动他的坏脑筋，可要是流言传到了比格兰岛，就不知道会传到谁的耳朵里了。头脑简单的野蛮小伙子多的是。”

“也许不会出什么事。”他继续道，“可要是真出事了，我可不想在心里埋怨自己没有提前告诉他。我也曾想亲自去拜访他，可这一两天我走不开，要是你们能把我的话告诉姑娘们，也一样。”

“我们会转告她们的。”约翰答应了。

“你们不会忘了吧？”小比利似乎有点不太放心。

“不会的，”苏珊说着拿出手帕，“有了这个就忘不了。”她在手帕的一角打了个大大的结。

“我看不见那艘载着男人的船了，被树挡住了。”罗杰突然大喊。

约翰接过望远镜。“我们得下山了。”他说。

苏珊客客气气地转向两位老人说：“谢谢你们让我们参观。我们玩得很开心。”

“谢谢你们让我们看蛇。”提提说。

他们道着“再见”。两位叫比利的老人一个老态龙钟，一个年逾古稀，齐声说：“再见。”

燕子号船员们走进了来时的那片地势陡峭的森林。

“别忘了把吉姆舅舅的事告诉姑娘们。”小比利在他们的身后大声喊。

“我们不会忘记的。”苏珊高声回应，然后挥了挥那条一只角打了结的手帕。

蝰蛇

第十四章

来自弗林特船长的信

燕子号的船员们尚未离开烧炭人的视野，便回到了现实生活中。“他们是我们遇到的最好的野蛮人。”提提说，“我猜那条蛇是用来施展巫术的。我觉得他们应该是巫医。他们好老啊，是来自青山之外流浪部落的巫医。”

有那么一两分钟她安静了下来，接着突然惊呼：“亚马孙号真可恶！”

“为什么这么说？”苏珊问。

“因为亚马孙号肯定也发现了他们。她们之前就先发现了我们的岛屿。有了她们，我们就不会再有新的发现了。”

“是我们先发现了烧炭人才对，”苏珊说，“他们还给我们看了他们的蝰蛇。”

提提又高兴了起来。“或许他们永远也不会把部落的秘密告诉亚马孙号。或许亚马孙号从来没见过他们的蛇。或许我们才是真正的发现者。她们只不过远远地看见了人，根本不算什么。”

“快走吧。”罗杰催促。

“走。”提提说。

他们跳跃着前进，就是半跳半跑着走，用这个办法可以迅速下山。

一等水手提提和实习水手罗杰的速度实在太快，在经过路标和绑成圆形的弯曲榛树枝的时候竟没有注意到。约翰船长也一样。他一路都在心里盘算着，应该怎么警告那个退隐的海盗，好让他在自己的船屋上加把锁。亚马孙号的船员们又会怎么说？要是南希船长想趁着海盗上岸的当口突袭船屋，并将它占领，她一定不愿船屋上锁。约翰船长心不在焉地一路下山。他刚才本应该告诉两位比利，他们带信的对象是船屋主人的敌人而非朋友，至少眼下他不是布莱克特姐妹的吉姆舅舅，而是弗林特船长。为了对抗他，亚马孙号和燕子号已达成了庄严的协议。他心不在焉地一路下山。可即便集中注意力，眼前的景色千篇一律、下山的速度过快，都很容易让人头晕目眩，于是他压根没有注意到自己亲手做的路标。然而，苏珊看见了。她走在林中小径上的时候就开始留心，因此她下山的速度比较慢。

她走在队伍的最后，发现其他人已经把路标踢到了一旁。直到她看见那两根连成圆环的榛树枝和提提在树干一侧刻的记号，才确定了自己的判断。

“约翰！”她大喊。

没有人回应，只从远处曲折迂回的小路上传来他们下山的脚步声。

她拿出哨子，用最大的力气将它吹响。

脚步声停了。她再一次吹响了哨子。

她听见约翰喊道：“嗨！提提！罗杰！”

她第三次吹哨。

约翰慢慢地沿着小路走了回来，一等水手和实习水手跟在他的身后，三个人都气喘吁吁。

“你们错过了自己做的路标，”苏珊说，“它在这儿。”

“我也犯了同样的错误，”约翰船长说，“我满脑子都是别的事。幸好你看见了。”

“这条路说不定会把我们带到别的地方去。”提提说。

“路标在哪儿？”罗杰问，“有人把它踢走了。可能是我干的。我们快把它放回原位吧。”

“不，当然不行，”约翰船长说，“我们把它放在那儿是为了找到回去的路。可要是现在还把它留在那里，就等于告诉野蛮人我们走了哪条路。我们得把树枝拆开。”他割断绳子，树枝散开了，“现在只剩下树上刻的记号了，而且它还很小，这样就没人知道我们在哪儿离开了小径。”

“要是他们善于追踪，”提提说，“就能跟踪我们的脚印。”

“我们走得比路标更远真是太明智了，”苏珊说，“我们的脚印会把他们糊弄过去的。他们会沿着小径一路走下去。”

“一直走啊走。”罗杰附和。

“走到世界的尽头。”提提说。

“我们离开小径的时候绝不能再做任何记号，”苏珊说，“那会给他们指明方向。”

“最好的办法就是跳跃前进。”约翰说着，从小径飞身一跃钻入树林，“现在，你们三个，都各自从不同的位置跳着离开小径。”

他们都跳了起来，摆脱了一切可能存在的敌人的追赶，开始一同沿着地势陡峭的森林往山下走。

路上，罗杰对提提咬起了耳朵。

“烧炭人是敌人吗？”他问。

“不是。目前不是，”提提说，“不过，当然了，也说不定。”

“我喜欢他们。”罗杰说。

“我也是，”提提说，“尤其是那条蛇。可他们毕竟是野蛮人，那条蛇就说明了这一点。如果他们不是野蛮人的话，把他们当成敌人也就没什么稀奇了。”

“可他们根本不吃人。”罗杰说。

“他们可能已经吃了成千上万个人了。”提提说。

他们来到大路，穿了过去。

“我看见水了。”约翰说。

“大海。”提提兴奋地大喊。

不一会儿，他们走出树林，来到湖岸边。他们环顾四周寻找燕子号的踪影，发现它还在原地，离他们大约一百米的距离。

“其实，”约翰船长说，“我们上山的时候应该一路做好标记，这样就能刚好回到起点。不过我们现在离得也不算太远。”

“喂，”苏珊说，“我们的小岛附近有一艘原住民的船。”

约翰拿出望远镜，向远处望去。

“没事，”他说，“它正往反方向走。可能是个渔夫。像这样风平浪静的日子，他们为了捕梭子鱼，一般只会划船沿着湖岸走，船上还会拖着一个旋式诱饵。”

“捕鲨鱼。”罗杰说。

“我们要做的第一件事，”苏珊大副说，“就是在岸上生一堆火，解决我们的食物问题。接着我们再收集柴火，把它们运上燕子号。”

“没错，大副，”约翰船长赞同道，“大家一起动手。我们要找到足够的木柴生火，趁着大副烧水的时候我们再继续收集柴火。”

苏珊大副在燕子号附近的湖岸上用石头搭建了一个小火灶。其他人则收集留在高水位线上的干木柴。苏珊还找来一些干树叶和苔藓，将它们放在炉灶的中央，又用去年枯萎的干芦苇在炉灶上搭出一个小尖塔，看起来就像迷你版的烧炭人的棚屋。接着她点燃苔藓，芦苇也燃烧了起来，同时她又在芦苇上方搭了另一个小尖塔。这回用的是小树枝，搭成金字塔状，顶端恰好位于火焰上方。当树枝被火焰点燃噼啪作响时，她又将一些大树枝堆在上面。没一会儿工夫，她就生了一炉旺火。她刚刚已在火堆的一侧放了两块大石头，这会儿，她将水壶稳稳地搁在石头上，于是大部分壶底都能接触到火焰了。她待在火边，不断地往火里添加木柴，保证水壶下的火焰熊熊燃烧。与此同时，分散在岸边的其他船员则竭尽所能地收集着更多的木柴。柴火随处可见，很快就越积越多，苏珊烧水可用不了那么多。

火堆冒出一股股浓烟，炙烤得周围的空气滚烫滚烫的。甚至，还有些烟跑进了她的眼里，呛人的气味钻入了她的鼻子和嘴巴里。不过比起生火烧水，收集柴火的工作更让人汗流浃背。眼下罗杰正说：“现在水一定开了。”提提往他们的战利品里扔了一捆木柴。“水开了，是不是？”她说，“我实在太热，干不动了。”

“它马上就要变声调了。”大副说。

“就像布谷鸟，”提提说，“只不过水壶是里面的水一开就会变调，而不是等到六月。”

就在这时，水壶发出的声音变调了。苏珊吹哨，通知约翰船长饭已经好了。“坐下，水手们。”她对一等水手和实习水手说。他们坐了下来。约翰船长背着一大捆木柴大汗淋漓地回来了。他将一根长绳对折，把木柴紧紧地捆在了一起。

午饭后，他们继续收集柴火。船长、一等水手和实习水手负责捡柴，苏珊大副将他们的成果挑选整理后运上燕子号。装载货物从来都是大副的职责。眼下，将岸边所有最好的柴火收集完之后，他们登上了燕子号，继续沿着棕色湖岸划桨前行，将小船再次驶入了另一个干树枝遍地的湖边湾。燕子号很快就装满了木柴，船员们几乎都没有立足之地了。

“燕子号装不了那么多柴火。”大副说。

“已经超过载重线了。”船长说。

“够了，别再装了。”大副说，可话音刚落，提提就出现在大家的视野中，她的身后拖着一整棵枯死的小树，那是在去年冬天的大风暴中被吹倒的。用它来做柴火真是再合适不过了，谁都不想放弃它。

“我们得把它放在甲板上运回去。”约翰船长说。

燕子号早已经被装满了，他们没法把它推下水。大副命令提提和罗杰上船，派他们驻扎在船尾。接着她和船长脱鞋脱袜，一人一边将燕子号推入了水中。赤脚站在石头上的感觉一点都不好，可是能触到湖水却令人喜悦。

“我也想把鞋子和袜子脱了。”罗杰要求道。

“现在不行。”大副驳回了。

“等我们回到野猫岛再说，”船长边说边踏着水花上岸，去取提提找到的那棵枯树，“那时你可以脱鞋脱袜，帮忙卸货。然后我们大家可以在

装载柴火

吃晚餐前洗个澡。”

与此同时，提提和罗杰为了登上船头，正努力爬上货物堆。约翰拖着树，在苏珊的帮助下，将它稳稳地安置在船体中央，一头一尾突出在船身两侧。接着他和苏珊登上了燕子号。因为甲板上载满了木柴没法划船，所以约翰船长小心翼翼地抽出一支船桨，站在船尾的货物上划水。

“幸好无风无浪。”大副看着甲板边沿不远处的湖水庆幸地说道。

在船尾划桨，船行驶的速度要比平常慢一些，可是在一片风平浪静中，尽管满载货物，燕子号依然轻松地航行着。除了罗杰突然改变主意换到了他最喜欢的那侧时，湖水差点漫进了小船，其他时候都平安无事。

“我们把船驶去老登陆点吧，”约翰船长说，“那里是卸载货物的理想地点，离营地又近。”

“要把满载的船驶进港湾难度太大了。”大副很赞同船长的决定。

于是燕子号谨慎地往小岛驶去，在老登陆点靠了岸。抵达之前，提提和罗杰便已经脱掉了鞋袜，船身一碰到陆地，两双鞋子和两双皱巴巴的袜子就飞上了岸。不一会儿，全体船员便下水了，忙着拖船上岸和卸载货物。大副专心致志地将木柴堆成整齐的一垛，就像他们在烧炭人的棚屋前看到的一长排木柴垛一样。提提的树躺在一边，等着一会儿将它分割。当所有体积大的树枝都被运下船以后，约翰船长登上燕子号，将散落在船舱里的小树枝、掉落的碎片、枯枝和枯叶一一捡拾起来。船只运载了一趟货物以后竟变得这样乱七八糟，小小的柴火竟然这样凌乱，这一切都令人始料未及。要知道，在他们今天驾船出发以前，燕子号一直都保持着干净和整洁。全部收拾完以后，约翰将船推入湖中，调头驶向港湾。他取出藏在树丛里的桅杆，重新装好。他拿着船帆登上燕子号时，为了检查桅杆上的“旅行者”是否运转顺畅，又试了试吊索。因为没有风，所以也看不出什么，燕子号并没有做好随时起航的准备。接着他穿过树林，回到位于岛屿另一头的大本营。

其他船员已将木头堆放好了，苏珊还在炉灶边堆了好几块草皮。

“那是派什么用场的?”

“它们可以让火焰一直燃烧，我是跟烧炭人学的，”苏珊回答，“我打算今晚试试。”

约翰向他的帐篷走去。

突然，他停下了脚步。

“有人来过这儿。”

在他的帐篷的入口中央，地上插着一根木棍，顶端V字形分叉处有一张小小的折叠的白纸。

其他人闻言都跑了过来。约翰把纸展开。上面用平凡无奇的大号字体写着：

> 警告你们，最好离我的船屋远点。只此一次，下不为例。我可不是开玩笑。
>
> 詹姆斯·特纳

“可是我们从没碰过他的船屋。”苏珊困惑地说。

“我们当然没有。”约翰说。

“他好凶啊。”罗杰说。

“我们看见的一定是他的船，”约翰说，“就是我原以为是渔夫的那艘。起初他跑去告诉原住民我们打扰了他，现在他趁我们不在的时候潜入了我们的营地……”

“我们当时就应该立刻联合亚马孙号将他击沉，”提提说，“这才是上策。取出宝藏，再把他的战舰弄沉或者在水边把它烧了，我们还可以把鹦鹉救出来。”

“我们现在该怎么办？”苏珊问。

“我们必须跟亚马孙海盗们开个会，”约翰船长说，“她们了解他。和我们一样，他也是她们的敌人。”

“让我们现在就出发，把船划到船屋附近，向他示威：‘去死吧，弗林特船长。’”提提说，“让他知道我们对他的看法。”

“我们什么都没对他做过，”约翰说，“我们甚至还为他从烧炭人那儿带来了口信……就是他们让我们转告亚马孙号的那条消息。真希望有风，现在我们既不能去找她们，她们也没法到我们这儿来。我不知道该如何是好。”

他和苏珊、提提又先后将信读了一遍。

“他甚至没有署他的真名，”提提说，“说明他不怀好意。”她跑进另一顶帐篷，出来的时候手里拿着一支铅笔。“我们把他的真名写上。”她说。苏珊把信给她，提提在“詹姆斯·特纳”的后面用更大的字号写上“弗林特船长”。

“我们现在什么也做不了，”约翰船长沮丧地说，“去洗澡吧。”

还不到两分钟，燕子号全体船员便在登陆点附近玩起了水。弗林特船长的信被抛到了脑后，只有约翰船长例外。吃夜宵时，当其他人谈论蛇和烧炭人的时候，他却充耳不闻，满脑子想的都是那张纸条。临睡前他登上岗哨，太阳镶嵌在西方峭壁后的清澈天空中，刚刚露面的星星映在平静的湖面上。一丝风都没有。他回到营地，脱下了衣服，钻进干草袋上的毯子里。一旁的罗杰早已睡着了。约翰听见苏珊说："半分钟后熄灯。我要把火上的土弄湿。"他听见水在滚烫的灰烬上发出的嘶嘶声。他听见苏珊回到了她的帐篷。

"完成了。"她大声说。

"好的。晚安，熄灯。"他回应道，并吹熄了他的提灯。

有很长一段时间他都没有睡着，就连在梦里，令人不安的弗林特船长依然侵扰着他。

第十五章

约翰船长拜访弗林特船长

第二天早晨，约翰醒来后做的第一件事就是倾听。他能听见睡在另一只干草袋上的罗杰的呼吸声，能听见一只鹪鹩正跟岛上的其他鸟儿吵架。可是他听不到树叶发出的沙沙声，听不到水拍湖岸的声响。又是一个无风无浪的日子。他翻了个身，把视线投向气压计。指针一动也不动。不妙，今天依然风平浪静，燕子号和亚马孙号的船员们被纹丝不动的湖水分隔两地。他该拿弗林特船长怎么办？可是就在这时候，他听到了一个微小的声音，令他意外又迷惑。是火焰的噼啪声。他使劲闻了闻，能闻到火焰特有的气味，跟飘散在烧炭人营地的那种强烈又令人愉快的气味如出一辙。他爬出毯子，走出帐篷，揉了揉惺忪的睡眼。土堆下大副烧的火正冒着烟。土块有些已经掉落了，有些被烧黑了，可是土堆中央的火焰安然无恙，正像一只苏醒的鸟儿发出轻微的声响。

“喂，大副，”约翰船长大声说道，“你的火还在烧呢。”

“什么？”帐篷里传来苏珊懒洋洋的声音。

“快起来，过来看看你的火。它烧了一整晚呢。”

“真的？太好了，”苏珊说，“我还担心把土弄得太湿了。”

“快出来看看。”

“马上就来。”大副说，“要不把水壶灌满吧？我昨晚为了封火把水都用完了。”

约翰拿起水壶，向登陆点走去。他将壶嘴浸到水里，这样水就能经由壶嘴直接灌到壶里，比往壶盖顶端的洞里灌水方便多了。要是他径直将整只水壶浸到湖里，湖水就会连带着漂浮在水中的垃圾一起涌进壶中。用这个办法，他从水面下打来了干净的湖水。当他提着满满的水壶回到营地的时候，苏珊正忙着照看她的炉火。她将剩下的土块收拾到一边，在下方红色的火焰上放上了新木柴。

提提从帐篷里向外张望。

“让炉火永远燃烧吧，”她说，“子子孙孙、世世代代，一直燃烧着，就好像野蛮人祭祀时的香火一样永不熄灭。”

“说不定他们在庙里点的只是油灯，”苏珊说，“这才是真正的火。”

“好吧，它也从未熄灭。”提提半睡半醒地说。

火焰熊熊燃烧，苏珊将水壶挂在火上。

“我觉得我去洗澡的时候没人看着也不要紧。”她说。

“走吧，罗杰，”约翰船长一边说，一边走进帐篷，掀开实习水手身上的毯子，“让我们瞧瞧你双脚踩着湖底的泳姿。”

“就一只脚，”罗杰说，“而且不是一直踩着。”

两分钟后，燕子号全体船员已经身处湖中了。

“试试仰泳。”约翰说。

“我不会。”罗杰回答。

“很简单。像这样站在水里，身体后仰，让水漫过耳朵。”

罗杰将身体后仰。

“耳朵要放到水下。”约翰说。

“放了。”罗杰说。

话音刚落，漾起一大片水花，罗杰不见了。一眨眼的工夫，他又浮上来了，双脚拼命踩着水。

“我的脚没法一直踩着湖底，”他说，“身体自己会浮起来。”

“我就知道，”约翰说，“只要你抬起脚，你就会浮起来了。”

提提像条小狗似的在他们周围游来游去，用胳膊和腿有节奏地划着水，俨然就是蛙泳的姿势。“再试试，罗杰。”她说。

“我用一只手托住你的后颈，这样你就不会吃水了。”约翰说。

罗杰又一次后仰，把脑袋搁在约翰的手上。他让自己的耳朵没入水中，他的脚又一次浮出水面。

“踢，”约翰说，“像青蛙似的踢水。再踢。你正在游泳呢。干得漂亮。”

“你真的在仰泳。”提提说，同时和罗杰开始了踢双脚的奋战。

“我就知道自己能行，”罗杰说，“看好了。”他头朝湖岸地仰躺在湖面上，耳朵处于水下，开始用力踢水。在触底以前，他完成了三个漂亮的踢水动作。这回他至少游了三米远。

可是苏珊大副的注意力不在他的身上。她在湖里畅快地游了好几分钟，接着跑回营地擦身更衣，然后便忙着照看她的炉火和水壶。还有煮鸡蛋的活儿没干，还得切黄油面包。要喂饱一群饥肠辘辘的船员，大副的工作可不轻松。罗杰遍寻不到她的身影，于是扑腾着上了岸，兴冲冲地跑回营地，想把自己学会了仰泳的好消息告诉苏珊。

“你真的会游泳了？”大副好像有点不敢相信。

“是的，是的，长官，”实习水手说，“踢了三次水，什么都没碰着。

走，我表演给你看。”

“现在不行，”大副说，“你快把自己擦干，帮忙准备早饭。我们中午去洗澡时，你再表演吧。现在快去把船长的航海图拿出来。”罗杰很快完成了任务。“嗨！”就在他一蹦一跳的时候，她高声说，“带着牛奶罐去燕子号，是时候出发去农场了。”

约翰和提提横跨湖泊，从迪克逊太太那儿取来了牛奶。当他们回来的时候，罗杰和大副也把早饭做好了。

吃过早餐，约翰召开了第二次会议。

“还是关于弗林特船长的事。”他说。

“我们去把他的船击沉。”提提的想法没有改变。

“水手们别说话。”大副命令。

“我想说的也不全都是关于他的那封信，”约翰船长说，“而是烧炭人说过的话。你们瞧，现在没风。我们今天应该见不到亚马孙号，所以也没法给她们送信。那就意味着船屋的主人……”

“弗林特船长……”提提插嘴。

“一等水手提提，你能不能别说话？”大副打断她。

“这就意味着他不会知道烧炭人的口信。你们难道不觉得我们应该直接去找他，别再等亚马孙号了？你们瞧，”他继续说道，“这都是原住民之间的事。即便他粗鲁无礼地认为是我们碰了他的船屋，这一切也依然跟我们毫无关系。我们是无辜的，并且已经跟亚马孙号结成了抵抗他的联盟，不过就算告诉他那个口信也没什么坏处。亚马孙号船员们不在这儿，所以我想我们最好亲自把烧炭人的口信捎给他。”

“换作亚马孙号的船员，她们会告诉他吗？”苏珊问。

“我肯定她们会的。她们不愿意其他人闯进他的船屋，毕竟她们打算自己采取行动。她们以前这么干过，绿羽毛就是她们的战利品。仔细考虑后，我敢肯定她们不愿意被原住民捷足先登，所以我打算直接去找弗林特船长。”

“你还能同时向他宣战。”

约翰船长的斗志被激发了。“是的，”他说，“说得没错。这一定也是亚马孙号船员们所希望的。是的，我要把烧炭人的话告诉他。那都是原住民之间的事，原本跟我们毫无关系。然后我还要告诉他，我们从未靠近他的船，并且向他宣战，告诉他我们打算竭尽所能地对付他。”

“让他管好自己，”提提说，“这就是该对他说的。”

“无论如何，我们应该把口信带给他，”苏珊说，“我们答应了烧炭人，我还在自己的手帕上打了个结给他们看呢。那代表着双重承诺。我们现在就出发？”

“我一个人去，”约翰船长的决定出人意料，“那样他就不会将这次拜访视为攻击了。他会明白这只是一次谈判。”

于是在又一个风平浪静的日子里，约翰船长再一次从燕子号上卸下桅杆和船帆，不同的是这一次他向北出发，并且是一个人。因为不知道亚马孙号的船员们会怎么想，所以他对这趟旅程并无兴致，毕竟原本应该由她们传达消息。而且，他也并不情愿为一个敌人送信，这个人不仁不义地破坏了他们和原住民之间的关系。他对迪克逊太太的话记忆犹新。更何况，他之所以将船屋主人视为大敌，正是因为他在燕子号船员全体外出的时候进入了他们的营地。然而，他这么做都是因为一条信息，一条野蛮人委托的信息。要是不将信息转达，他的感觉只会更糟。反正一切很快就能结束。约翰船长经过营地的时候挥了挥手，接着便专心工作起来。他稳稳地划桨前行，动作敏捷，犹如一支一个人的海军舰队。

没多久，他便抵达了船屋港南端。他绕着船屋划船，扭头看着船头正对着船屋，而船尾正对着湖泊远处的对岸。船尾上方遥远的地方有一座白色小屋，小屋后的山坡上有一片高高的松树林。他挑选了一棵似乎恰好位于白色小屋烟囱上方的松树。小屋和这棵松树就像是引领燕子号进入野猫岛港湾的记号。只要这棵树正好位于小屋和燕子号船尾的上方，他就知道自己的船头正对着船屋了。这样，他就不用左顾右盼来确定方向了。

他再一次奋力划船前行，动作并不匆忙，却像时针一样富有节奏。船桨入水的时候不能溅起水花，这是评判船员是否合格的另一项标准。是的，约翰的划船技术一流。可是与此同时，他还在思考自己应该对船屋主人说些什么。那个口信是原住民之间的事，并不算正式会晤，所以不应该称呼船屋主人为弗林特船长。这个称呼应该用在宣战以后。这会儿，他应该称呼他特纳先生，此后才是那张无礼的纸条的事，那时候就要称呼他弗林特船长了。是的，第一件事是向他传达烧炭人的口信，解决了原住民之间的事之后，他可以谈谈那张纸条，并且宣战。

突然，他听见鹦鹉刺耳的叫声和一声大喊，声音就在近旁。

“小心！你朝哪儿划呢？”

约翰船长将小船急停下来，环顾四周。他离船屋还有十米左右的距离。他在右手边的水面上正手划了几下，又在左手边的水面上反手划了几下，将燕子号调了个头。接着，他持双桨反手划船，让船尾离船屋越来越近。

船屋的主人正站在甲板上，将一只大箱子放进停靠在一旁的一艘划艇里。划艇的船头有一只大鸟笼，绿鹦鹉正待在里面。穿着时髦的船屋主人正将他的箱子放入划艇的船尾。临近小港湾的岸边停着一辆汽车。显然，鹦鹉和船屋主人正要出门。

约翰刚打算开口说声“早安”之类的问候语，船屋主人却先说话了。

“看来，”他说，“你发现我昨天留在你们营地的纸条了？”

“是的。”约翰说。

“你们识字吗？”

“是的。”

“读过了？”

“是的。”

“那好，我想说的都写在纸条里了。我让你们离我的船屋远远的，而你第二天早晨就来了。只此一次，下不为例。现在划船离开这儿，快点，再也别过来了。”

“可是……”约翰说。

“要是你还有没放完的烟花，最好把它们统统扔到湖里去。要是你一定要放，就去找片田野。”

“可是我没有。”约翰解释。

“都放完了，是不是？真的太危险了。要是有人在你的船上放烟花，

约翰船长停下了船

还点燃了船帆或诸如此类的东西，你会怎么想？过来看看，你们把我的舱顶弄成什么样了。”

弧形的舱顶上有一块巨大的焦痕。船屋主人愤怒地指着它。

“可我从来没放过烟花，”约翰解释，“至少从去年十一月开始就没放过。”

“哦，瞧这儿，”船屋主人说，“简直糟透了。”

“而且此前我从未靠近过您的船，从未像今天这样靠近过。”

“听着，”船屋主人说，“当初你们前脚跑来点燃烟火，残忍地破坏我的舱顶，后脚就溜之大吉。我灭火的同时，立刻就猜出你们干了什么好事。你们不知道，大约半个小时后我又回到了甲板，看见你们正好驾船驶过港湾出口。你以为我会认不出来自己亲眼见到的船？尽管今天你卸下了桅杆，可我已经见过你们的这艘船好几次了，而且当时你就在船上。”

“我们那天看见您了，您还朝我们挥拳头。”

“啊，你也看见了，是不是？”

“可我没朝您的船放烟花。我从来没碰过您的船。今天是我第一次靠近它，之前我们驾船去里约的那次不算。那天您就坐在甲板上，还看见我们了。”

“那么，究竟是谁放的火？”船屋主人质问道。

约翰一言不发。绝对不能出卖亚马孙号。

“你们船上有四个人，”船屋主人说，“你是老大。就算你没这么干，也不应该让其他人这么干。”

“我们什么都没干。”约翰反复重申。

“滚出去，”船屋主人怒不可遏，“我跟你无话可说。”

“可我来是要告诉您……”

“快滚，”船屋主人说，“我不想跟骗子说话。”

“可是……”

“滚啊，再也别靠近我的船屋。”

约翰气得说不出话来，满脸通红地站在船上。

“走开，”船屋主人继续恶声恶气地说，“我忙着呢。”

约翰坐了下来，划船离开了港湾。他使出吃奶的力气，胡乱划动着船桨，就连海军应有的风姿都被他丢到了脑后。当他驾驶燕子号回到野猫岛的登陆点时，早已气喘吁吁、汗流浃背。

其他人在那里跟他会合了。

“你看见那只鹦鹉了吗？”提提问。

“你把口信带给他的时候，他怎么说？”苏珊问。

“你登上船屋了吗？”罗杰问。

“我没把口信告诉他，”约翰说，“他不让我说。”

“那你向他宣战了吗？”这似乎是提提最关心的问题。

“没有。”约翰说。他将燕子号拖上了湖岸。

“他骂我是骗子。”他说着独自向岗哨走去。其他人兀自面面相觑，却没有一个人跟着他。

“我早就说过，我们应该击沉船屋。”提提咬牙切齿地说。

第十六章

生日派对

直到在岗哨驻足了大约半个小时后，约翰船长的情绪才渐渐平复了下来。无论如何，如果没有亚马孙号的帮忙，燕子号的船员们对弗林特船长终究无可奈何。要知道，他可是她们的舅舅。要是燕子号的船员们也有个舅舅，他一定不是这样的人。约翰曾考虑给船屋主人写封信，可他对写信并不在行。苏珊甚至还不如他。提提倒是挺擅长写信，可她一定不会按照他的意愿来写。都怪这无风无浪的天气。但凡湖面上有一丝风，有一点跟亚马孙号会面的机会，他都不会只身一人去向弗林特船长传递消息，那么刚才的一切就不会发生了。然而，矗立在遥远湖面上方的大山却大大减轻了弗林特船长给他带来的怒气。山丘阻隔了燕子号和弗林特船长，而且将永远横亘在那里。约翰的心情渐渐平复了下来，他的精神也重新振作了起来，他认为今天是绕岛游泳的好日子。

他迈步走向营地。

“苏珊，”他说，“今天的天气晴朗，正适合绕着小岛游泳。”

“你确定你还能游泳？”苏珊不放心地问。

“我打算试试，”约翰说，“要是体力不支我就上岸休息。”

其他人也一起来到登陆点，看着他跃入水中。起初他用侧泳的姿势，游得又快又好。游到岛屿地势低矮那头的岩石群，对他来说简直轻而易举。为了亲眼见证约翰绕过保卫着港湾的嶙峋岩石的灵巧身姿，提提和罗杰跑到港湾，爬上了一块高耸的岩石。“好棒！”那一刻他们欢呼大喊。

接着他们又跑向小岛的西部，那里的岩石就像峭壁似的直直插入深不见底的湖水之中。约翰游过来了，用的是蛙泳的姿势，泳姿稳健而从容。他开始意识到自己踏上了一条漫漫长路。

“坚持。”提提大喊。

“加油。”罗杰大喊。

苏珊离开营地，来到小岛北端的一棵高大的松树旁，居高临下地站在高耸的岩石峭壁上。约翰已经快要抵达岗哨了。此刻，他前进得十分缓慢。

“你要是累了，就在这儿上岸，”她大声说道，“休息一下再继续。”

约翰努力挥了挥手，为此还呛了一大口水。他仰面漂浮在湖面上，像头鲸鱼似的从嘴里往外喷水。

“你马上就要环岛一周了。”提提扯着嗓子大声说。她也来到了岗哨，和苏珊在一起。

约翰又游了起来，这回以踢腿为主，只是偶尔才用手臂划划水。他绕过了小岛的一端。然后，他又继续采用仰泳的姿势。接着，他转过身，抬起头，有那么一瞬间，他看见了登陆点，燕子号正静静地搁浅在岸上。他的脑袋回到湖面，喝了一大口水。他又玩起了喷水的游戏。此刻，登陆点其实离他并不太远。他将身体侧翻，继续前进。不知怎么的，他的胳膊不再划水了，而他的双腿似乎也变得越来越沉。

“你快成功了。”提提欢呼。

“加油。”罗杰呐喊。

约翰又用眼角的余光瞥了一眼登陆点。刻不容缓，现在必须行动了，他浑身上下突然又充满了力量，朝着湖岸径直游去。出发时，他是从燕子号的这一侧入水的，要是没有抵达小船的另一侧，就不算到达终点。最后两次划水动作之后，他紧紧地抓住了燕子号的左舷，完成了本次壮举。他爬上湖岸，一路咳嗽着，吐着水，浑身颤抖，气喘吁吁，又难掩成功的喜悦。提提和罗杰欢呼雀跃。约翰因为呼吸过于急促，一时说不出话来。

“给你毛巾，”苏珊说，“我在火边加热过了。”

他把毛巾搭在肩上，又依次按摩了两条胳膊，整个人感觉好多了。

“我就知道自己能行。”他终于说话了。抛开弗林特船长，今天真是个好日子。

就在苏珊考虑准备晚餐的时候，提提从岗哨发出一声大叫。她刚才拿着望远镜去那儿，想着会不会碰巧看见鸬鹚、海盗或其他值得一看的东西。

“一艘原住民的船，”她扯着嗓子大声说，“是妈妈，是女原住民。她带着小原住民，还有保姆。”

所有的燕子号船员不约而同地向岗哨奔去。女原住民正在亲自划船。她已经过了船屋港。维姬和保姆坐在船尾。燕子号的船员们不敢多待，便匆匆跑回去整理帐篷、打扫营地。他们将毯子整整齐齐地铺在干草袋上，再将顶头的那一边外翻，就像酒店里精心铺就的被褥那样。苏珊往火里添了不少新的木柴。准备得差不多了，他们又跑回岗哨。女原住民已经离他们很近了。他们挥手示意，保姆和维姬也激动地向他们挥手。女原住民没法回礼，她正忙着划船呢。她绕过了小岛的最外沿，不一会儿就在登陆点靠岸了。燕子号就在她的面前。

“坐着别动，保姆，我先上岸。”女原住民说。

燕子号的船员们已经紧紧抓住了小船，将它推上了湖岸。划艇的划手座前有一只大食篮。女原住民越过它，爬到船头。

“欢迎来到野猫岛。”提提说。

“欢迎，欢迎。”其他三人大声说。

大家争先恐后地拥进妈妈的怀中。妈妈或许是个原住民，可并不妨碍孩子们亲吻她。

一一吻过燕子号的船员之后，女原住民点起了人数。“一，二，三，四，”她说，“还没有人溺水。这真是个好消息，因为今天是某人的生日。”

“谁？谁的生日？”他们兴奋地大喊，“肯定不是约翰的，他才刚过了生日。”

“不，今天不是约翰的生日。”

“是我的？”罗杰问。

“不是。”妈妈回答。

“难道是我的？”提提问。

“也不是。”

“肯定不是我的生日，”苏珊说，“因为我的生日是新年那天，现在还是夏天呢。”

“到底是谁的生日？”他们异口同声地问。

“当然是维姬的啦，”女原住民说，“她今天两岁了。她实在太小了，没法庆祝生日，所以我给你们每个人都买了一件礼物。”

“维姬的礼物是什么？”苏珊问。

“一个羊羔玩偶和一个大象玩偶。我带她去了商店，她自己选的。行了，帮我把食篮搬下船，保姆和维姬才能上岸。”

“这只食篮实在太重了。”提提说。

“礼物倒是不重，”女原住民说，“礼物小极了。”

“那食篮里装着什么？”罗杰问。

“当然是生日宴席啦。”女原住民揭晓谜底。

“万岁，不用做饭啦。”最高兴的就数苏珊了。

“啊哈，”女原住民开怀大笑，“我就知道你会嫌烦的。可我必须说，你似乎管理得井井有条。没人生病吧？”

“我们都好极了，”苏珊说，“而且我一点也不讨厌做饭，可是能放一次假也挺开心的。”

“荒岛上特有的瘟疫、黄热病、黑死病以及其他各种疾病，我们当然都没有幸免，”提提说，“可是我们立刻就痊愈了。”

“那就好，”女原住民说，“千万不要让疾病在此徘徊。”

他们提着食篮走向营地。保姆将维姬抱上岸，大家都祝她生日快乐。维姬抱着大象玩偶，却把羊羔玩偶忘在了船上，他们不得不再回去取。比起羊羔，维姬更喜欢大象，因为它的个子更小。羊羔实在太大了，常常被扔在一边，然后就忘了。

女原住民打开食篮。最上面，用薄纸仔细包裹着的是一块巨大的生日蛋糕，白色糖衣上用粉色糖霜写着维姬的名字“维多利亚”，当中是两颗大樱桃，代表维姬两岁了。接着下面是一只白切鸡，然后是一只大布丁盘，里面盛着沙拉。接着出场的是硕大的醋栗馅饼和一只甜瓜。压轴的是一大串香蕉，女原住民把它们绑在一棵树上，仿佛它们原本就长在那儿似的。“想吃的时候摘就行了。”她说。

篮子里还有许多普通的补给品：一听糖浆、两大罐橘子酱和一大盒压缩饼干。压缩饼干里有葡萄干，正是为探险者们准备的。除此以外，还有三只甜面包和六瓶格罗格酒。

“啤酒万岁！”提提欢呼。

“可礼物在哪儿？”罗杰问。

“我跟你们说过的，礼物很小很小，”女原住民说，“在这儿呢。”

她在食篮底部摸了一阵，拿出四只棕色的纸包，每一只都跟普通信封一般大小，像只火柴盒似的鼓鼓囊囊。

“夜晚这里漆黑一片，”她说，“也没有月亮，所以我想你们应该有几支手电筒。一定不能长时间亮着，否则电池很快就耗尽了。不过用来发信号，或是在黑夜里找东西……”

“妈妈，”约翰船长激动极了，“您怎么猜到我们想要手电筒的？它们来得正是时候。”

大家二话不说，纷纷点亮了刚刚得到的礼物，可是在阳光中，手电筒的作用并不明显。罗杰和提提走进大副的帐篷，为了营造黑暗的氛围，还爬到了防潮垫底下。

防潮垫下面又潮湿又闷热，当他们搓着膝盖上的泥土回来的时候，女原住民说：“我收到了爸爸的信，他给我提了个醒。罗杰会游泳了吗？”

“今天他第一次仰泳，”约翰说，“完成了三次漂亮的划水。他只要一学会仰泳，就能很快地学会俯泳。”

“要我表演给您看吗？”罗杰跃跃欲试地立刻向登陆点冲去。

“我们回家前你再表演，”女原住民说，“现在别去。对了，爸爸在信里说，只要罗杰学会了游泳，就能拥有一把属于自己的刀，我今天把它带来了。”

她最后一次把手伸进食篮，拿出了一把刀，刀刃宽大而锋利。罗杰立刻就在树上试起刀来。“现在我也可以像提提一样刻记号了。”他大声宣布。

“要是你真的既能用蛙泳又能用俯泳完成三次划水动作，你就能留着这把刀，”女原住民说，“要是不行，我今天就必须把它带回去，下次再带来。”

“我一定能做到。”罗杰一边说一边用身上的灯笼裤擦拭着刀刃。

“你得向我证明，”女原住民说，“双脚可不能碰到湖底，你知道的。”

“连一根脚趾都不会碰到。”罗杰立下军令状。

接着他们开始享用生日宴席。不用说，当然美味无比。这顿饭太丰盛了，大家只顾埋着头吃，都来不及说话了。最后，罗杰被派去从一棵香蕉树上摘了些水果，宴席也就进入了尾声。

“我听说有人来拜访过你们。”妈妈说。

燕子号的船员们不约而同目瞪口呆地看着她。消息在这些原住民之间竟然流传得这么快，太让人吃惊了。

“昨天布莱克特太太来家里做客，告诉我有小女孩跟你们在岛上见了面。她似乎很高兴。你们是怎么认识这两个姑娘的？”

“好极了，”苏珊说，“一个叫南希，另一个叫佩吉。”

“真的吗？”妈妈说，“我还以为大的那个叫露丝呢。”

“只有当她跟原住民在一起的时候才叫这个名字，”提提说，“她是亚马孙号海盗船的船长，当她做海盗的时候，她叫南希。我们都这么叫她。”

“我明白了，”妈妈说，“布莱克特太太说她们是两个假小子，她担心她们对待你们的态度会太野蛮。”

“她们可没有我们野蛮。”提提不甘示弱。

“但愿如此。”妈妈被逗得哈哈大笑。

接着她又说：“今年夏天，她们的舅舅就住在那艘我们瞧见过的船屋上。你们没有惹是生非吧？”

“没有，”约翰闷闷不乐地说，“可他误会我们了。”

“我知道，”妈妈说，“迪克逊太太告诉我了。我说我很肯定不是你们干的。”

“可他不这么想。他来过这儿，趁我们都不在的时候来到营地，留下了这个。”约翰拿出纸条，递给妈妈。

妈妈读着上面的字。“弗林特船长是谁？”她问。

“就是他。”提提说。

“哦。”妈妈应道。

接着约翰把烧炭人的话，以及因为没有起风，他无法将这个口信转告亚马孙号，只得亲自去传达的经历向妈妈和盘托出。

“你做得完全正确，”妈妈说，“可是迪克逊太太说，他会离开一两个晚上。”

“今天早上我看见他的时候，他正要出去。”约翰说。

“收到烧炭人的口信，他高兴吗？”妈妈问。

“他不愿意听我说，”约翰说，“他叫我骗子。”早晨经历的不愉快又浮现在他的心头。

“要是他了解你，就一定不会这么说，”妈妈向约翰保证，“人们在不了解你的情况下，对你的看法或评价根本无关紧要。因为他们可能有各种想法。你当时是怎么做的？”

“我离开了。”约翰说。

“布莱克特太太说他忙着写什么东西，不愿被人打扰。她还说，她担心那两个假小子整日令他不得安宁。”

大家陷入了沉默。妈妈是个友好的原住民，他们愿意跟妈妈说心里话。可是关于亚马孙号，他们必须保守秘密。妈妈注意到了气氛的变化，立刻就转移了话题。原住民当中就数她最好了。

生日派对的欢快气氛又回来了。女原住民讲起了孩子们出生前的故事。她说起自己小时候去马耳他、直布罗陀以及在悉尼港航行的经历。

下午他们洗了个澡，妈妈来到登陆点看罗杰游泳。他用俯泳的姿势完成了三次划水，又用仰泳完成了六次漂亮的踢水动作。

“既然如此，”女原住民说，“我想你可以留着这把刀。现在你要做的就是多多练习。”

约翰想要再环岛游一圈，向妈妈展示自己的实力，可她说一天游一圈已经足够了。提提表演了潜入水底采拾珍珠。苏珊跟约翰来了次短途游泳比赛，差点就把他打败了。

午茶时间到了。

最后该带维姬回家了。

空空的食篮被搬到了登陆点。

“你们什么时候才会厌倦这座小岛?”女原住民问。

“永远也不会，永远。”燕子号的船员们斩钉截铁地回答。

“目前为止，你们的运气不错，天气一直都挺好的，”她说，“你们似乎也都安然无恙。可是再过一个星期，我们必须去南方。出发前，你们可以一直待在这儿，除非天气有变。要是天气突变，我是说一旦暴雨来临，你们就得马上离开小岛。下暴雨时的荒岛，即便生存条件再好，也不宜居住。”

燕子号的船员们听到这话，面面相觑。

“一周的时间够长了。”妈妈说。

“可我们想永远留在这里。”罗杰说。

“我明白。”女原住民说。

她一一亲吻了大家。燕子号的船员们又亲吻了胖乎乎的维姬。保姆和维姬登上小船，在船尾安顿下来。

提提说：“妈妈，您不介意做个原住民，是吗?”

“一点都不介意。”妈妈说。

“那么一会儿，我也要做个原住民。我们碰碰鼻子怎么样?就像您告诉我们的，住在澳大利亚丛林里的原住民那样。”

提提和女原住民行了碰鼻礼，罗杰当然也不甘落后。

接着，女原住民跟燕子号的全体船员吻别后，登上了她的船。空食篮也被提了上去。约翰和苏珊将小船推入湖中，妈妈划船起航了。

“让我们护送妈妈回家。”约翰船长下达指令。

一眨眼的工夫，燕子号已经漂浮在湖面上了，船员们在船上集合，约翰船长用最大的力气划船前进。女原住民正靠在船桨上等着他们。接着，两艘船并肩而行。将燕子号划向霍利豪依农场可比来时吃力，因为燕子号吃水深，适合扬帆航行，而非手动划船。幸好女原住民不赶时间。最后，就在他们快要抵达船屋港的时候，约翰船长停了下来。他可不想再看到那船屋。于是他将燕子号调了个头。

“再见，原住民。”提提大声告别。

“再见，”女原住民高声回应，“应该说‘嘟噜’，是不是？嘟噜，嘟噜。”

“让我来划船吧。”罗杰说。

“让我来。”提提也自告奋勇。

约翰船长给他们每人一支船桨。他和苏珊坐在船尾，罗杰在船头划，提提则担任尾桨手，苏珊负责掌舵。

苏珊掏出手帕，向渐去渐远的载着原住民的船挥舞。手帕上还打着一个结呢。她将结解开了，却一句话也没有说。

当他们回到野猫岛的时候，约翰说：“提提和罗杰负责站岗，一起风就吹哨子。我们最好快点开战。”

第十七章

一阵微风

那晚，他们围在营火边，制定计划。明天早上肯定会起风，可风势究竟有多大，谁都说不准。刮南风是一回事，刮北风又得有完全不同的对策。若是风向罕见，让小船在湖里打转，那所有的计划都不管用了。可要是真的这样，那对敌我阵营倒也是一样的不利，就没必要制定作战计划了。不过，这样的风向难得一遇。无论头顶的云朵往哪个方向移动，在湖畔高山的作用下，风都会把云彩吹得上下翻飞。于是他们一共制定了两个计划，一个针对南风，一个针对北风。北风有助于亚马孙号轻松地来到野猫岛，南风则能顺利地将燕子号送往亚马孙河。回程的事暂不考虑，无论花多长的时间都没关系。

于是两个计划出炉了。

“在海上战役中，”约翰一边回忆自己熟知的书本里的内容，一边说，“有两个关键：目标明确，出其不意。”

“哦，”提提说，“那我们的目标是什么？”

“趁亚马孙号船员离船的时候，占领她们的船，而且我们一定要记住，她们一定也会想方设法，用同样的办法俘虏燕子号。谁先得手谁就获胜。这条规则是当时跟她们会面的时候就定下的。我们不能再浪费时间了，她们一定也会抓住时机快速行动。要是明天刮北风，她们肯定会向我们发动袭击，而要是风从南边来，她们也很清楚我们同样会采取行动。”

“要是她们乘着亚马孙号来这儿，我实在不知道要怎样攻占亚马孙号。”苏珊说。

“这正是我接下来要说的。”约翰船长说，“要是刮北风，我们就派一个人把燕子号开出去，把它藏在我们捕鱼的那片芦苇丛里。其他三人埋伏在港湾附近。亚马孙号的船员会把船开进港湾，然后登陆进入营地。趁她们身在营地，我们就占领亚马孙号，于是她们就走投无路了，我们也就赢了。就那么简单。”

“要是刮南风呢？”提提说。

“那么难度就会大一些，因为她们一定会等着我们出现，而且她们很有可能已经制定了一个完美的作战计划。”

“那样的话，我不知道我们该如何出其不意。”苏珊说。

“会更困难，”约翰船长说，“可是我们也能做到。至少有一件事是她们认为我们不行，而我们却能做到的。我们可以在漆黑的夜色中找到野猫岛，把我们的船驶进港湾。她们认识记号，却不知道我们已经设置了导航灯，所以她们一定会以为我们只能尽早展开攻击，以便能在天黑前回家。所以，我们不能这么干。白天的突然袭击一定会失败，她们可能在家里就能看见停泊海盗船的港湾。”

“就是海盗的老窝。”提提说。

“周围的原住民也很有可能会发现我们。我们一定得趁着她们上岸赴宴或是纵酒狂欢后睡觉的机会占领亚马孙号。”

“她们的船上有一只大桶，那么她们在岸上一定有许许多多的朗姆酒。”

具体来说，南风计划是这样的。燕子号以最快的速度驶向里约附近的岛屿，这样他们就能占领先机，再严防死守，观察亚马孙号是否驶出了亚马孙河。亚马孙号绝对不会藏匿在岛屿之间，因此一旦它出现在河面上，燕子号的船员们就一定能发现。要是没有发现亚马孙号的踪影，燕子号便于黄昏时分驶入亚马孙河，寻找船库，占领亚马孙号，再派出一名押解员（苏珊）将它在夜色中开回野猫岛。到那时，野猫岛上将亮起一座灯塔，同时为了确保船只在夜晚安全驶入港湾，导航灯也会被点亮。蜡烛无法燃烧一整天，于是必须派人留在岛上，在关键时刻将它们点亮，还要照管灯塔。提提将接受这项任务。做出这样的安排，一则是罗杰不能单独行动，二则是约翰和苏珊要分头驾驶两艘船。另一方面，提提一直渴望能独自拥有野猫岛，做一名孤独的灯塔看守人，或成为鲁滨孙，感受真正的荒岛。虽然时间不长，却满足了她的愿望。

一切安排妥当。灯塔的标志还得保留到早上。现在唯一的问题是，会起风吗？风又会从哪个方向吹过来呢？晚上曾响起过微弱的呼呼声，但是风力并不强劲。约翰来到岗哨，划亮一根火柴，将它高高举起。可是预示着起风的信号并没有出现——火苗纹丝不动。

早晨湖面上起了雾，从岛上已经看不见陆地了。约翰划船去湖对岸取来牛奶和新鲜的鸡蛋、黄油。与他同行的罗杰一遍遍地模仿雾角的声音，发出悠长、空洞的鸣声，犹如一艘穿过迷雾航行在海峡中的大船。满心期待着能独自拥有整座岛屿的提提登上岗哨，望着几米开外的湖面上将一切隐藏、包裹的柔软白雾，一遍遍地用哨子吹出《西班牙女郎》的曲子。回程的时候，约翰和罗杰差点与小岛失之交臂了。“要是大雾不散，”约翰不免担心起来，“我们的计划就全都泡汤了。”

可是早餐后，浓雾下的湖面现出了一丝微小的涟漪。树林间云开雾散，湖面上的雾气也渐渐消散了。慢慢地，广袤的群山和岛上醒目的林木便在薄雾中若隐若现了起来。起的是南风。随风而来的是一阵细雨，可是很快就止住了，而雾气也终于消失无踪。风力越来越大，阳光灿烂。

“这股风非常和顺。”约翰船长说。

“太棒了。”提提说。

“我们必须抓紧时间，”约翰说，“我们一定要确保赶在亚马孙号行动之前抵达里约周边的岛屿。准备三人份的口粮，大副，包括午餐和晚餐。行动吧，一等水手提提，还有你实习水手，得帮忙搭建灯塔。”

苏珊大副开始准备一天的食物。她将一只大饼干盒清空，用它来储存所有的食物真是再理想不过了，这样的话也不会占用船上的空间。中央划手座下方的空间恰好能容纳一只饼干盒。

约翰船长走进帐篷，拿出那卷之前他们带去里约的绳子。接着，他和一等水手、实习水手一起向岗哨出发。

岗哨旁有一棵极高的松树。它下端的树枝都不见了，长长的树干光秃秃的，就连最下方的大树枝离地面也有好长一段距离。

约翰试着伸出双臂环抱树干。幸好底部的树干不至于过分粗壮，爬得高一些之后，他就更容易抱住树干了。

“问题是，手里拿着东西我没法爬树。”

他将绳子的一头系在手腕上，将剩下的绳子交给提提。

“现在，”他说，“你把绳子放出去，确保不被任何障碍物卡住。”

“遵命，长官。”提提说。

约翰船长往手上吐了两口唾沫，摩拳擦掌。其实这对攀爬一棵像这样树皮粗糙的大松树并没有多大帮助，不过却能带来不少的心理安慰，所以还是挺有必要的。

接着他出发了。实际操作起来真的没有看上去那么困难。他爬得越高，便越发轻松，幸好树干不算太粗，每次他想要伸手攀向高处的时候，总能找到理想的落脚点。

“别站在树底下。”他下达命令，于是提提挪开了一两米。

“别踩在绳子上，罗杰。”提提说。她将剩余的绳子放在地上，按照约翰爬树的节奏一点点地往外放。

当约翰不得不经过从前曾生长过一根大树枝的地方时，终于迎来了第一个难关。树枝断裂的地方留下了一截锋利的断枝。他的手臂轻松就能避开，可是双腿却很难越过。即便只剩下丑陋的一截，也依然坚硬，可又不足以承受约翰的重量。

最后他终于抵达了大树枝。他把脑袋靠在上面休息了一会儿。接着他牢牢地抓住那根大树枝，双脚离开了松树，整个人悬在半空中。

“当心。”提提大喊。

可是就在她说话的当口，约翰已经完成了任务。他做出引体向上的动作，双脚蹬踢，将一条腿翘上了大树枝。转瞬之间，他便稳稳地跨坐在了大树枝上。

“真是个理想的岗哨，”约翰船长说，“我应该早点来。不过没必要把提灯挂得那么高，会被树枝挡住的。挂在下面一些效果更好。树干很适合用来固定绳子。多放点绳子，提提。”

他把下面的绳子往上拉了几下，解开了绕在手腕上的绳索，把绳头扔到大树枝另一侧的地面上。

提提一把将它抓住。

“牢牢抓住两头，”约翰船长高声说，“我下来的时候，让绳子离这棵树越远越好。让罗杰去把大提灯拿来。”

罗杰跑去拿提灯。提提抓住绳子的两头，来到岗哨边缘，这样绳子就不会垂挂在可能会妨碍约翰下树的位置。而约翰呢，一边跨坐在大树枝上，一边慢慢靠近树干。终于抵达目标时，他换了个姿势，将两条腿放到大树枝的同一侧，然后一把将树干紧紧抱住。同时，他的双腿环绕着树干，一路滑了下来。接下来的一切就简单多了。他本是下树的高手，不过刻意放慢了速度，采用先动胳膊再动腿的方式。

约翰还没到达终点，罗杰就已经带着提灯回来了。约翰船长将绳子的一头系在提灯顶端的把手上，将绳子的另一头固定在提灯底部的油槽附近。然后他用绳子将提灯吊到离地面四分之三、离大树枝四分之一距离的位置。做完这一切后，他环顾四周。“现在，”他说，“就算我们把绳子系在这棵灌木上，绳子也不会接触到提灯，就不会有着火的危险了。从现在开始，一等水手，你就是灯塔看守人了。先将灯放下来，点灯，再把它吊上去，最后将绳子固定，你把整个过程做一遍给我们看看。这儿有一盒火柴。你可以用另外一半绳子稳住提灯。”

提提拿起绳索的两头，一边松一头，一边拉另一头，顺利地放下了提灯。绳子畅通无阻地从大树枝上滑了下来。接着她打开提灯，将它点亮，又把它吊到了树上。

“是这个位置吗？”她问。

“再往上一点。”

“对了吗？”

“完美。现在将绳子绑紧。”提提把从大树枝那端垂下来的绳索固定在岗哨附近的一棵小灌木上，这样便把绳子和提灯拉开了好长一段距离。她又将从提灯底部垂下的绳子系在树干上，如此一来，提灯便垂直于地面了。多余的绳子就躺在松树与灌木之间的地面上。

“很好，”约翰船长说，“现在把灯放下来，然后把火熄灭。”

“遵命，长官。”

“就这么办。”约翰船长说，“等天色一暗下来，就为灯塔点亮提灯，把灯吊到树上。但是，在我们没有靠近入港标记之前，千万不要把提灯里的蜡烛点亮。除非你想把她们领入营地。到时候我们会学猫头鹰的叫声，你听到了以后再把标记处的灯点亮。听到猫头鹰的叫声，你就知道是我们回来了，而不是敌人。我说，提提，你真的认为自己可以独自胜任这项工作吗？”

“当然了。不过你们要抓紧时间，否则她们说不定会溜到岛上，我一个人可对付不了两个亚马孙号海盗。”

“在逆风的条件下，她们没有足够的时间，”约翰说，“可是我们确实应该立刻出发了。”

“走吧。”实习水手说。

他们返回营地。

“粮食准备好了，长官，”苏珊大副说，“我还带了一大瓶牛奶。可以

挂着导航灯的树

把它放在舱底冷藏。我为一等水手也留了一小瓶。她自己可以煮茶喝。留神别让火灭了，提提，”她又补充道，“要是你想睡觉，就学烧炭人的办法，把土盖在火上。晚上会冷的。”

“我不打算睡觉，”提提说，“我会裹着斗篷，看着营火。”

“罗杰，”苏珊大副接着说，“去你的帐篷，把每样东西都穿两件在身上。”

“每样东西？”罗杰有点摸不着头脑。

“没错，”大副说，“两件背心，两条衬裤，两件衬衫，两条灯笼裤，两双袜子。”

“我不可能同时穿两双鞋。”罗杰还是不明白。

“鞋不用。快去，把其他所有的东西都各穿两样在身上，假装你要去北极了。”

“领带也要两条？”罗杰边说边走进帐篷。

“大家动作要快，”船长下令，“时间紧迫。”说完，他便跟提提一起为燕子号安装桅杆，升起船帆。苏珊则带着补给品向登陆点走去。

“可惜，我们没有亚马孙号上的那种活动船板。”她边说边把饼干罐放到划手座下。

“当你逆风行驶在河道狭窄的地方时，活动船板确实能派上用场，”船长说，“不过燕子号即便没有，也能表现出色，况且活动船板还会占用不少空间。”

苏珊回营地去取牛奶。她把两瓶都带到了登陆点，一大一小。

“看，提提，”她说，“我把你的瓶子放在这儿的湖水里冷藏。别忘了。”

就在这时，实习水手罗杰大摇大摆地向登陆点走来。他像只圆滚滚的足球似的，双臂僵硬地伸直在身体两侧。

见此状，船长和一等水手哈哈大笑起来。可是大副认真地审视着他。

“他就应该穿得这么暖和，”她说，“为了以防万一，我们还会带几条毯子。”

她最后一次跑回帐篷，回来的时候怀里抱满了毯子。

“万事俱备了吗？”约翰船长问，“我带了指南针。你们的手电筒都带了吗？我的在这儿。”

“在我的口袋里。”苏珊说。

“我也带了，”实习水手说，“可我够不到。在我里面那件衬衫的口袋里。”

“没关系，”约翰船长说，“需要的时候我们再拿。好了，望远镜也拿上了。”

“望远镜不该留给我用来放哨吗？”

约翰考虑了一会儿。

“是的，”他说，“我觉得应该给你。”他把望远镜递给了提提。他最后将燕子号检查了一遍。“上船。”他一声令下，大副和实习水手爬上了燕子号，走向船尾。船长单膝跪在船头，将燕子号推入了水中，随后小船漂浮在湖面上，不一会儿他便忙着起航了。“别忘了那些灯，提提，”他向着岸上大声喊，“天黑了以后就全靠它们了。黄昏后就把灯塔点亮，听到我们发出猫头鹰的叫声以后，再点亮入港标记上的灯。”

“遵命，长官，”提提说，“燕子号必胜。”

过了一会儿，约翰升起船帆，固定桅杆。当船帆完全展开以后，他降下帆的下桁，将它固定好。这时他们已经驶出了野猫岛的背风处。很快，风就追上了他们的脚步。乘着这股微风，燕子号的船员们一起坐在船尾。大副正在掌舵。帆的下桁被固定在燕子号的右舷，小船鼓着棕色的船帆，轻巧地驶入灿烂的阳光中。

“万岁。”提提跑向登陆点，站在已经成为灯塔的树下欢呼。

“万岁，万岁。”湖面上传来燕子号的回应。

一等水手一直用望远镜观察着小船的身影，直到那棕色的船帆消失在达里恩峰的后面。她立刻变身成为鲁滨孙，向营地走去，开始掌管这座属于她一个人的岛屿。

第十八章

鲁滨孙和他的星期五

她环视营地，立刻感觉到了不对劲。对于一座只有一个落难水手的荒岛而言，只应有一顶帐篷，可现在却有两顶。有那么一会儿工夫，她思忖着是不是应该把船长的帐篷收起来，可她又想起从某种程度上而言她并非落难水手，而是在大部队踏上九死一生的探险之旅时，担任这座探险营地的负责人。从这个角度考虑，帐篷越多越好。于是她打消了先前的念头。“这是鲁滨孙的星期五的帐篷，”她自言自语，“当然了，我暂时还没找到他，可是他回来的时候得有地方住。”

接着，她走进了属于自己和大副的那顶帐篷。帐篷里处处都有苏珊生活的痕迹。她带走了自己的毯子，却把干草袋留下了。很显然，这顶帐篷有两个主人，并不属于一个孤独的落难水手。于是一等水手拿起苏珊的干草袋，把它放在自己的干草袋上，然后再把毯子铺在上面。转眼之间，帐篷就是她的了，而且只属于她一个人。等到了站岗放哨的时候，把大副的干草袋放回原位对她来说也很简单。

她躺在两只干草袋上。阳光洒进白色的帆布帐篷，透过门洞，她看见隐隐燃烧的火焰正冒出袅袅细烟。此时此刻，她终于体会到了孤身一人的感觉。就连帐篷后的石楠丛中嗡嗡不停的蜜蜂，都让她感觉到这座岛上除自己以外再没有旁人。她侧耳聆听。鸟儿的鸣叫不再此起彼伏，倒是有一只鹬正在附近啭鸣。远处传来湖水拍打西岸的声音，不时还有树叶被风吹拂发出的微弱的沙沙声。可是没有人类的喧嚣。没有人在开罐头。没有人在洗盘子。需要被人看管的罗杰不在这儿。常常负责照顾提提和罗杰的苏珊也不在这儿。约翰既不在岗哨，也不在岛屿另一头的燕子号上整理绳子。整座岛上没有一个人在干活。除了她。仿佛地球上只剩下她一个。

突然，她听到汽船行驶在湖面上发出的突突声。平常，除了罗杰，没人会关心汽船，可是今天，听到这个动静，一等水手提提一下跳了起来，冲出帐篷。透过西岸的树木间隙，她看见汽船正远远地经过小岛。她举起望远镜观察。甲板上站着许多人，舵轮前站着一名水手。说不定汽船上的人们也正把视线投向小岛。他们不知道，岛上除了二十五年前在此发生沉船事故后幸存的一个一等水手，再无一人。当然了，那是因为她并没有挥舞旗帜向人们示意，也不指望得到援救。可要是独自拥有了一座荒岛，谁还会挥舞旗帜呢？那简直有损鲁滨孙的形象。可惜最后他回家了，故事真不应该这样结束。

汽船匆匆地沿湖岸驶去，提提透过生长在西边悬崖上的树木的缝隙，用眼睛追随着它的身影。通向港湾的那条小径，也变得和那些人迹罕至的地方一样了。“仿佛我在这里已经待了很多很多年似的，”提提自言自语，“可惜我没有山羊。山羊很快就能把交错在小径上的枝叶消灭干净。要是你走得太快，这些枝叶还会扯住你的头发。”为了让小径畅通无阻，她取出随身携带的刀，开始修剪树枝。她将通往港湾的整条小径中央交错的树枝、生长低矮容易挡路的枝叶一一折断或砍除。大功告成后，她在营地和港湾之间来回跑了一次。现在这真的是一条名副其实的小径了。真奇怪，以前怎么没人想到要来清理一下呢？不知道为什么，孤身一人时，总有更多时间可以利用。

她来到港湾，把手伸向树杈上的钉子，确保自己能将提灯挂在上面。她很难够到，可是问题不大，因为她可以托住提灯底部，只要让顶端的圆环钩在钉子上就行了。画着白色“十”字记号的树桩上的那根钉子离地面可就近多了，完全不费吹灰之力。

她心想，要过好长时间天才会黑，而燕子号和同伴们的回航更是遥遥无期。可是，只要他们能将亚马孙号作为战利品带回家，那么一切都是值得的。如此一来，就可以向海盗们证明他们的实力。而到了明天，燕子号的船员们就将溯流而上去往亚马孙河，向海盗们宣布她们已经战败，然后将南希和佩吉带回来。她们既是战俘，同时也将受到优待。有那么一刻，提提真希望自己能跟大家一起在燕子号上。现在他们一定正在搜索里约群岛，密切留意着河面上的一切动静，在进入河口前等待黄昏的降临。她心想，不知亚马孙河长什么样。不可能凡事都十全十美，要是她没有选择待在家里、负责点亮灯塔和导航灯，她永远都不可能独自拥有这座岛屿。

她脱掉鞋子，踩着水来到港湾一边的大岩石。她爬到岩石顶上，趴在那儿，俯视湖底，看着摇摇摆摆驶向远处码头的汽船。就在这时，一只河乌跃入了她的眼帘。小鸟的模样又矮又胖，长着鹪鹩似的短尾巴，背部的羽毛是棕色的，看上去就像深色衬衣上套着一件白色马甲。它正站在距离提提十二米远、露出水面的一块石头上。它的脑袋一上一下，好像正在鞠躬，又像是很快地随意行着屈膝礼。

“它这是在干吗？”提提自言自语。她一动不动地趴着，而棕白相间的小鸟则在它的石头上不断地点头。

突然，河乌一跃而起，双脚浸入水中。它并没有像鸬鹚那样潜入湖底，而是把自己投入水中，笨拙得就像一个不知该如何跳入室内游泳池深水区的人。过了一会儿，它重新飞离水面，栖息在刚刚那块石头上，又一次做出频频点头的动作，好像在说：“谢谢你的掌声。”

接着鸟儿再一次从石头出发，跳入水中。这回它的目的地是提提正趴着的大岩石近旁荫蔽处的平静湖面。她低头一瞧，发现它在水底像在空中一样拍打着翅膀，快速地贴着岩石下方的湖底潜行。当它回到水面上时，并不像鸭子似的需要回到湖面休息片刻，而是立刻飞回到空中，就连动作都跟在湖底时一模一样，只是翅膀扇动的速度更快而已。

“好吧，我以前从没见过这种鸟。”提提说，与此同时河乌又回到了石头上，点了两三次脑袋，“这是我见过的最聪明的小鸟，也是最有礼貌的。真希望它再表演一次。”她撑着胳膊肘坐了起来，向河乌鞠了一躬，河乌也向她回礼。要知道，当 只河乌向你点头致意的时候，实在很难不以礼相待。可是河乌似乎并不喜欢这样，眨眼的工夫，它就飞到了离水面更近的岩石后面，消失在提提的视野中。

提提以为它会回来，于是等了好长一会儿。可是它再也没有出现。说不定，它已经回到自己居住的小溪流了。突然，提提想起自己肩负着保卫小岛不受攻击的任务，她应该拿着望远镜待在岗哨，而不是这里。于是她爬下岩石，踩着水花回到岸上，穿上鞋子。回程时，她没有选择那条已经清理干净的小径，而是考虑走另一条小路。其实那里充其量只能算是一条通道，当他们在港湾和岗哨之间往返的时候，偶尔会走那里。

那里的植物生长茂盛，灌木丛上缠绕着金银花，提提又一次变成了荒岛上的鲁滨孙。

岗哨就快到了，她却突然停了下来。就在她观察来来往往的汽艇和彬彬有礼的河乌的时候，这里发生了什么？一艘划艇搁浅在湖滩上，而她再也不是孤身一人了。片刻之后，她认出了这艘小船。那是从霍利豪依农场驶来的。她跑向营地，看见一个人正站在那里，看着空空如也的帐篷。正是妈妈。

“哈啰，星期五。”提提兴高采烈地招呼道。

“哈啰，鲁滨孙。”妈妈回应道。这正是妈妈最大的优点。她跟其他原住民有所不同，你总是可以从她的身上感受到这一点。

接着，鲁滨孙和星期五互相亲吻，仿佛她们正扮演提提和妈妈的角色。

“你肯定没想到我今天会来，”妈妈说，“不过我来是有话要跟约翰说。我猜他正跟其他船员在一起，待在你们的秘密港湾里，要知道我们这些可怜的原住民可是被禁止去那里的。”

“不，他现在不在岛上，”提提说，“岛上只有我一个人……现在还有您。”

“这么说，你真的是鲁滨孙，”妈妈说，“而我就是正儿八经的星期五。早知如此，我就在湖滩上留下一个清晰的大脚印了。可其他人呢？”

“他们都很好，”提提说，“他们一会儿就回来。他们坐着燕子号，踏上了一次短暂的探险之旅。”她只能透露这么多，要知道，无论如何，妈妈或许可以是星期五，可她也是一个原住民，即便她是世界上最好的原住民。

“我猜他们去跟布莱克特家的孩子们见面了。”妈妈说。

“星期五不应该知道那么多事。”提提说。

“好极了，我什么都不问，”妈妈说，“可是你一个人在干吗呢？”

“准确地说，我掌管着整座营地，”提提自豪地回答，“而且只要我是鲁滨孙，他们在与不在对我而言都没什么区别。”

“确实如此。”妈妈说，“他们给你留吃的了吗？”

“帐篷里有粮食。”提提说。

“你是时候吃饭了。”妈妈说，“能不能让星期五给营火添点柴，再烧点茶？我不能久留，可说不定在我走之前他们就回来了。”

“估计回不来，”提提说，“他们已经横跨了太平洋。跟他们去的地方相比，廷巴克图[①]根本不值一提。”

“好吧，无论如何，我要烧点茶。”妈妈说，“让我们瞧瞧，他们都给你留了哪些吃的。”

提提拿出自己的口粮，一大块牛肉干、一些黑面包、几块饼干，还有一大块蛋糕。星期五却对此不怎么满意。“无论如何，”她说，“我觉得我们还是应该做顿饭。有黄油吗？土豆呢？我们做个牛肉饼怎么样？”

星期五翻找了储物盒，发现了一些柔软的黄油。她闻了闻，说应该把它吃掉，不管怎么说，明天还能从迪克逊太太那儿补货。她还找到了土豆和盐。鲁滨孙就着茶水吃着她那卷在一张纸里的干粮。星期五又找

① 廷巴克图，非洲中部撒哈拉沙漠南边的一座城市。

到了一只烟盒，里面装满了白糖。

星期五添了些木柴，把火烧旺，很快，大水壶就被熊熊火焰包围了。她将几只土豆去皮，将它们放在一口搁在营火边缘的炖锅里煮熟。她像切肉一样将牛肉干切成小块。等到土豆变软以后，她把土豆从水里捞了出来，弄碎后同肉糜拌在一起，再加点培根，做成了六只小蛋糕状的圆形土豆饼。接着，她又将几块黄油放入煎锅中融化，再把土豆饼倒进锅里煎，直到黄油嗞嗞作响，冒出许多泡泡。烧茶水的工作则交给了鲁滨孙。

就在她们品尝美味佳肴的时候，鲁滨孙说："现在，星期五，您愿意跟我说说，您来到这座小岛以前的生活吗？"

星期五立刻就将自己的一连串经历娓娓道来，她如何差点被野蛮人吃掉，命垂一线时从炖锅里跳了出来才侥幸逃生。

"您没有烫伤吗？"鲁滨孙问。

"伤得很重，"星期五回答，"可是我在最严重的伤口上涂了黄油。"

很快，星期五又忘了自己的身份，重新变成了妈妈，聊起了自己童年时在澳大利亚绵羊牧场的经历：鸵鸟生的蛋有小宝宝的脑袋那么大；袋鼠把小袋鼠放在身前的口袋里到处乱跑，一脚就能要人命；蛇藏在尘土里。忘了自己是谁的鲁滨孙又变成了提提，告诉妈妈自己亲眼看见烧炭人棚屋的烟盒里关着一条蛇。接着，她又说起那只河乌，它如何向她点头致意，又如何飞入水中。然后，妈妈回忆起绵羊牧场的那次大旱，井水都干涸了，不得不把羊群赶到很远很远的地方才能喝到水，死了上千头羊。再然后，妈妈又谈起小时候养过的一匹小马，她的父亲在灌木从里逮到过一头小棕熊，以及她把手指浸在蜂蜜里再用舌头舔得干干净净的快乐往事。

时间飞逝，过得比鲁滨孙独自一人时快多了。可是星期五突然跳了起来，说她必须回家了。

“我不能再等了，”她说，“我必须回去照顾维姬。很遗憾，没有看见约翰。我知道昨天他因为特纳先生的话忧心忡忡，我本想问问他，是否想要我写封信给布莱克特太太，请她转告她的兄弟，约翰从来没有碰过他的船。”

提提不知该如何回答。事关亚马孙海盗，绝对不能让原住民掺和进来。于是她说只要约翰一回来，她就把妈妈的话告诉他。

“他们怎么那么长时间还不回家？”妈妈说，“你一个人待在这儿没事吧？要不要跟我回霍利豪依农场？你可以在那儿等着，看到他们经过时就大声喊他们，或者你就在家里住一晚，等他们明早去河对岸的迪克逊太太那儿取牛奶的时候，你再跟他们一起回去。我们可以给约翰留张纸条，告诉他你去哪儿了。”

有那么一刻，提提动心了。不知为何，随着妈妈的将要离开，小岛似乎比她到来之前更加孤独了。可是，她想起了导航灯和灯塔的事，以及自己正肩负着保卫营地的职责。

“不，谢谢您，”她说，“我更想留下。”

妈妈端着锅碗瓢盆来到登陆点，将它们一一洗净。提提把锅碗擦干后，妈妈把它们搬回营地，一一放回原处。她还将水壶灌满水，放在炉火旁。“这样烧着水，”妈妈说，“等他们回来口干舌燥要喝茶的时候，水差不多就能烧开了。”

“我觉得他们不会那么快回来。”提提说。

妈妈看了看她。

“你还是跟我回去吧，”她说，“营地没人看着也没事。”

“不了，谢谢您。”提提的态度很坚决。

“好吧，”妈妈妥协了，“只要你确定一个人可以。不过，你可别傻等着他们回来一起喝茶。说不定，布莱克特家的人会邀请他们留下一起享用茶点。”

提提一言不发。

妈妈上了船，划动船桨，将小船驶入湖中。

“再见，鲁滨孙。”她说。

“再见，星期五，”提提说，“真高兴您能来，希望您喜欢我的小岛。”

“我喜欢极了。”妈妈说。

妈妈慢慢地离开了湖岸。提提跑到登陆点的岩石上向妈妈挥手告别，看着她的小船从下方经过。突然之间，小岛变得万籁俱寂，提提改变了主意。

“妈妈。”她大喊。

妈妈停止了划船的动作。

“要跟我走吗？”妈妈大声问。

然而，就在那一刻，提提又想起自己不应该仅仅是被一艘过往船只搭救的鲁滨孙，还应该是一等水手提提，肩负着将提灯吊到身后大树上的使命，这样同伴们才能在黑暗中找到小岛；她还要点亮导航灯，这样同伴们才能带着战利品驶入港湾。

“没事，”她大声说，“只是跟您说声再见。”

“再见。”妈妈大声回应。

“再见。”提提高声大喊。她趴在岗哨处，通过望远镜看着妈妈的身影。突然她发现看不见妈妈了。她眨了眨眼，掏出手帕，先擦了擦望远镜的玻璃镜片，又擦了擦自己的眼睛。

“冒牌货，”她说，“看都看不清楚。换只眼睛试试。”

第十九章

亚马孙河

太阳在湖泊西岸的群山后落下去了。东边山顶仅存的一线日光越变越窄，最后终于不见了踪影。风停了。里约群岛的倒影静静地映在水面上。

“这样可不行，”约翰船长说，“说不定起风前天就黑了。我们最好横跨湖面驶去西岸，驾船沿湖岸航行。只要我们能尽量靠近陆地，即便她们一直在观察，也看不见我们。”

“她们会把我们当作渔夫。”苏珊说。

“只有船上的桅杆会露馅，”约翰说，“不过我们可以把它拆下来。不管怎么说，只要我们沿着湖畔走，一路都能得到掩护。而且要是再不起风，天色暗下来，我们就什么都看不见了。”

“走吧。”苏珊说。

“我来划船吧？”实习水手罗杰主动请缨。

等待是漫长的，而他们都为自己刚才的决定感到庆幸。早晨，微风很快就把他们从野猫岛带到了里约港。他们在港湾巡视一番后，转入了群岛间穿梭，以确保亚马孙号船员没有埋伏着等待再次攻占野猫岛的机会。他们确信亚马孙号船员还在亚马孙河内，计划的执行一如预期，他们将在今天晚上俘虏亚马孙号。黄昏时，他们在里约北部的一座小岛附近抛锚。在这个位置，他们既不会被发现，又能将湖泊的北部尽收眼底。他们一整天都密切观察着岬角，因为他们知道，亚马孙河和亚马孙海盗的大本营就在它的后面。可是下午的时光那么漫长，他们还差点发生了一次兵变。

“我们直接冲上去吧。”早已不耐烦的罗杰说。苏珊也表达了相同的想法：“还在等什么？”

约翰船长让他们恢复了理智。黄昏攻击行动的一切都已经计划好了，要是他们在光天化日之下溯河而上，根本没有机会攻占亚马孙号。何况，他们把一等水手提提留在野猫岛，是要她为他们照管灯光，好让他们在夜色中找到回家的路。他们不能不管提提，而把这次行动变得像一次寻常的野餐。苏珊同意了。罗杰转而提出游泳的建议。用书上的话来说，这场兵变在没有流血的情况下就被化解了。

作为奖赏，船长准许船员们上岸。他们在抛锚点附近的一座岛屿登陆。他们洗了个澡，在岸上生了一堆火，倒不是为了烧水，因为他们根本没带水壶，只是如果登上一座小岛后不生一堆火，似乎白来了一趟。他们喝了半瓶牛奶，消灭了一半的干粮。接着，约翰派大副和实习水手驾船去里约购买补给品，而自己则留在岛上。他们花一先令买了一块巧克力，里面有杏仁和葡萄干，这样相当于他们一次性就买到了三种食物。苏珊和罗杰回到岛上后，他们又参观了其他几座岛屿，在其中一座小岛上跟几个原住民进行了一次并不怎么愉快的会面。原住民指着一块告示牌说，这座岛是私有的，不允许外人登陆。

只有一次，约翰船长觉得自己看见了亚马孙船员正隐藏在岬角上的石楠中。可是因为没有望远镜，他也看不真切。说不定只是头绵羊。他们等待了整个下午，傍晚的时光漫长而令人疲倦。尽管这里有许许多多原住民的汽艇、摩托艇和小船，却无一例外地都没有船帆，只有遥远湖面上的大游艇除外。有生以来第一次，他们三个满心希望太阳赶紧落山。

现在，太阳终于下山了。暮色降临。风跟太阳一起不见了，最近的天气一贯如此，他们开始害怕夜色来得太快。燕子号上弥漫着骚动的气息。

桅杆被卸了下来，放倒在划手座上，从船头伸了出去。其实桅杆的长度比燕子号还短，足够容纳得下。可要是把整根桅杆都装进船里，就不得不把它放在船的正中，这样的话，划船的人就坐得很不舒服。

“为什么燕子号不能有一根船首斜桅?”约翰说，“而且，收放更快。”

罗杰划着船，约翰浏览起《海员手册》里的航海图，苏珊负责掌舵。

“把背挺直，”她说，“划桨动作结束前别弯胳膊。”

“我浑身上下都绷直了，”罗杰说，“可是我身上的衣服太多了。”

“他划船的动静太大了。”船长说。

“关键是还没等我们靠岸，他就没力气了。”大副说。

“我才不会呢。”罗杰说。

他们慢慢越过湖面驶向西岸。没人能够快速划动燕子号。暮色越发苍茫，群山已变成了一片黑影，山上的树早已看不真切了。刚刚因为天色太亮，他们经历了漫长的等待，此时此刻因为没有足够的光线，胜利的希望似乎反而渺茫了起来。

“听着，苏珊，”约翰说，“我看还是我来划桨吧。”

可是话音刚落，平静的银绿色湖面上突然泛起了一片涟漪。

“谢天谢地，”约翰船长说，“又起风了，风向也一样。有时候太阳落山后风向会变，不过现在刮的还是南风。”

随着风势越来越大，碧波荡漾了起来。

“那我们回家就是逆风了。”大副有点担心。

“那时候我们不赶时间，可以慢慢来。”约翰安慰道。

“要不要扬帆航行？”罗杰提议道，“不过我不累，还有力气划船。”

“幸好燕子号的船帆不是白色的，”约翰船长说，“在这样的光线中，她们发现不了棕色的船帆，更何况我们还靠岸航行。而且，还有风的帮忙。是的，大副，把大桨拿上来。”

“停止划桨，”大副说，“把大桨拿出来。”

罗杰停下了手里的动作，依次从桨架上取出两支船桨，把它们轻轻地放在甲板上。

“保持航行方向。”约翰船长下令。

“遵命，长官。”大副说。风平浪静的时候，帆船哪儿也去不了，可是只要有一丝微风，就能立刻改变船的航向。

为了避免打草惊蛇，约翰用最轻的动作安装桅杆，尽量不发出一点动静。他将帆桁勾在“旅行者”上，升起船帆。风向略微偏西，帆的下桁往右舷摆荡。

“现在燕子号正全速前进。”实习水手报告。

“我可不想那么快靠岸，”约翰说，“不过我倒是想趁着夜幕降临前，尽快抵达亚马孙河，看看海盗们要多晚才放松警惕地在大本营里大吃大喝。”

“佩吉说她们七点半吃晚饭。”苏珊说。

“现在已经过了七点半，”约翰说，“我觉得我们安全了。”

湖岸上到处闪烁着原住民屋里的灯光。船尾方向，群岛最高点的里约港散发出一大束亮光。天上的星星开始露脸了，因此天色倒也不是漆黑一片。

燕子号的航行速度很快，不一会儿，他们便与岬角平行了。岬角倒映在湖面上的巨大阴影离他们越来越近。

“我们现在必须撤帆。”船长说。

他亲自放下船帆。换作别人一定会发出声响，所以他对谁都不放心，就连苏珊也不例外。接着他弄湿桨架，这样就不会发出咯吱咯吱的声音了。

燕子号漂过了岬角，迎面而来的是一座宽大的港湾，两边是深深的河床。港湾顶头有一座房子，窗户亮着灯。灯光映在水里，将芦苇间的河口照得一览无余。过了一会儿，光照消失了，他们知道燕子号一定已经漂远了。

“现在，大副，”约翰轻声说，“你来划船吧，动作越轻越好。罗杰到前面去放哨。不管看见什么都别叫嚷，小声告诉大副就行了。”

“桅杆怎么办？”大副问。

“要是她们正盯着我们，她们就会看见这艘船，认出这是燕子号，”约翰船长说，“可要是她们没发现我们，那么有没有桅杆也无关紧要。要是她们现在在那些亮灯的房间里，那么她们什么都看不见。我敢肯定，只要我们能找到船库，就能赢得胜利。要是我们已经被发现了，她们早就向我们开战了。”

大副又慢又稳地划着船。她的船桨在水里没有发出一丁点声音。此刻，被高大的岬角庇护着，燕子号下的水面非常平静。约翰借助映在水里的灯光掌控着方向。芦苇间有条通道。他将船头对准了它。现在，他们的两边都是高高的芦苇丛。他们已在亚马孙河上。

“船库就在右岸上的什么地方，”约翰压低声音，“也就是我们的左手边。让罗杰留神左侧船舷。”

突然，芦苇丛中水花飞溅，随之而来的是响亮的嘎嘎声。

“什么东西？”苏珊吓了一跳。

“是鸭子。”船长说。

苏珊继续划船。

岗哨处传来低语：“在那儿呢。我看见它了。”

“在哪儿？”大副轻声地说着，并回头看去。

“那儿。”实习水手说。

离他们不远的地方，越过高高的芦苇丛，右岸上俨然有一座黑色方形大建筑。

“就是它。”船长耳语。

“船库。”大副说。

“安静。”

“嘘。”

船库矗立在芦苇丛中狭长水道的深处。约翰船长将船头对准目的地。

“停桨！”他低声下令。燕子号漂浮在无声的水面上。亮灯的屋子里传来音乐声。

“南希船长说船库上方有一个骷髅标志。”约翰船长轻声说。

“我看见了，我看见了。”罗杰失控地大喊。

“闭嘴，小点声。”大副嘘道。

“没错，我也看见了。”约翰船长轻声说。

在敞开的大船库前面，入口的上方，挂着一块木板，上面用白色的油漆醒目地画着一个巨大的骷髅和两根交叉的象牙。

“你能看清船库内部吗？”约翰船长问。

“里面有艘大船。”罗杰说。

“她们也是这么说的。那一定是原住民的汽艇。我们的桅杆能顺利通过横梁吗？轻点，再轻点。”

随着苏珊一下一下地划动船桨，燕子号滑进了黑魆魆的大船库。

“那里有艘划艇。”尽管罗杰压低了音量，可在约翰和苏珊听来依然显得特别响亮。

“当心，别撞到汽艇。”苏珊轻声说。

“没有别的船只了，”罗杰说，“亚马孙号不在这儿。”

约翰站在燕子号的船尾，紧紧地抓着汽艇的船舷。他掏出自己的手电筒。“她们在屋子里看不到这里的亮光。”他说着按下了开关。

明亮的灯光摇曳在船库中。映入眼帘的是划艇和大汽艇，旁边还空着一块地方。显然，平常一定有艘船停泊在那里。船库的木码头沿墙而建，此刻码头上俨然钉着一只大信封，在灯光的照耀下白晃晃的。约翰船长推开游艇，燕子号向墙面驶去。罗杰一把抓住了信封。

“给我。”大副说，实习水手乖乖地把信封递给了她。

借着灯光，船长和大副将信封仔细检查了一遍。上面也有一个骷髅

敌人的船库

图案，是用红色铅笔画的。下方用蓝色铅笔写着："致燕子号船员。"约翰撕开信封，里面是一张信纸，有一个蓝色骷髅映入眼帘，下面用红笔写着两个大字："哈！哈！"再下面是"亚马孙号海盗"，还用红笔写着两个名字——"南希·布莱克特船长"和"佩吉·布莱克特大副"。

约翰船长思考了一会儿。

"很简单，"他说，"她们把亚马孙号藏起来了，这是海盗的老把戏。我们观察了一整天，显然她们没有把船驶入海里。走吧。"他关掉了手电筒。

他们把船划了出去。

离开漆黑一片的船库，外面突然显得亮堂了起来。

"现在，大副，使劲划桨，"约翰船长下令，"趁着还有亮光，只要我们速度够快，就能找到她们。"

苏珊大副拼命地划动船桨，燕子号全速前进。约翰一边挡开阻碍小船前进的芦苇，一边聚精会神地观察着暮色中的一切。很快他们便绕过了一个河湾。

河口的芦苇丛里又一次传来水花飞溅的声音。一只鸭子嘎嘎地大叫了两三回，直到一个声音严厉地说："停下，傻瓜。别太过分了。"

一艘船冲出了芦苇丛。站在船头的正是南希·布莱克特船长。她一边四下观察，一边侧耳聆听。

"警报解除，"她说，"他们已经沿河而上了。这对我们十分有利。走吧。"

佩吉·布莱克特站在船尾用篙撑船，在芦苇丛里激起了一片水花。

小船离开芦苇丛，进入了河口，接着向湖泊漂去。南希船长拿起船桨，用力划了一两分钟。

“现在我们彻底安全了，”她说，“我去把桅杆装上。幸好我们及时把它卸了下来，否则隔着芦苇丛一定会被他们发现的。抓住主帆索，你这个厨子的儿子。”她一副志得意满的样子，升起了船帆。

“喂，我的水手们，”南希船长一边登上船尾一边发号施令，“野猫岛必胜，亚马孙号必胜！我们已经稳赢他们了。”

第二十章

孤身一人的提提

妈妈走后，一等水手提提觉得自己最好在岛上巡视一番。一切正常。河乌回到了港湾外的一块石头上，一次次地向她点头致敬，而一等水手提提也用同样的姿势向它回礼，只不过这回因为离得太远，河乌没再飞走，而是站在它的石头上，一分钟点两三下脑袋。她看着它，直到河乌扑通一声跳进水里，接着展翅高飞，提提才重新踏上她的巡逻之旅。最后她回到营地，往火里添了些木柴。

这时，她想起鲁滨孙有写日记的习惯，而她身边正好有本练习本。她坐在帐篷前的阳光中，在第一页上写下“日记”两个大字。想到自己没有使用在树枝上刻凹痕的办法来计算日子，不禁觉得遗憾，不过反正也只有一天可以写进日记，所以也没什么要紧。于是她写道：

> 二十五年前的今天，我的船在这座荒无人烟的岛屿附近失事了。西南风。海有小浪。拂晓时有雾。遇见了一只彬彬有礼的鸟儿。我看着它飞入水下。我在岸上发现了一艘原住民的独木舟。这是一个友好的原住民，她的名字叫星期五。她的祖国有袋鼠，还有熊。当我孤身一人的时候，能听到人类的声音，尽管是个野蛮人，依然令我欣喜。星期五做了晚饭，有牛肉干、蛋糕和茶水。她坐着独木舟去了原住民居住的大陆。她……

一等水手提提想不出更多的内容了。她已经心满意足，除非还有别的事发生，否则已经没什么可写的了。她开始翻阅《鲁滨孙漂流记》，看得不那么仔细，要知道她已经读过许多遍了。她翻到了因为害怕遇见饥饿的野兽而在树上睡觉的那一段，轻声念了出来：

> 我向那棵树走去，接着爬了上去，尽可能躺得稳当一些，以防睡着的时候掉下去；我还砍了一根短树枝，充当短棍防身。安顿好后，我筋疲力尽，很快就睡着了，还睡得特别香。我相信，处在我这样的境地中，极少有人能像我睡得这样好。

她心想，不知道鲁滨孙是不是经常睡在树上，不知道野猫岛上是不是也有适合睡觉的大树。不过，有一点是肯定的，这里绝对没有饥饿的野兽。

接着，她又读了沙滩上发现脚印的那段，回忆起她跟星期五说的好多话。

就这样，她又翻着书，读到了一段话令她想起了弗林特船长：

> “我一直在工作，”鲁滨孙写道，“为了解闷，我试着跟鹦鹉聊天，教它说话；我很快就训练它学会了说自己的名字，最后还能大声说出来……‘波尔’……这是几个月来我在岛上听到的、不是从我的口中说出的第一句人类的语言……”

当然了，要是她也有只鹦鹉，那就完美了。她想起了船屋栏杆上的那只绿鹦鹉，又想起了燕子号船员们拜访烧炭人的那天，在树林里叽叽喳喳叫个不停的松鸦。跟绿鹦鹉一样，松鸦也让她想起弗林特船长，因为她想起了老人带给亚马孙号船员的那个口信。她依然记得那个讯息，老人认为有人打算闯入船屋，弗林特船长应该把门锁好。接着她回忆起约翰曾经试图送信，然而弗林特船长却怒不可遏，不肯听一听，还叫约翰骗子。而现在妈妈想通过给亚马孙号船员们的母亲写信的方式，给弗林特船长传达这条信息。约翰去了亚马孙河，不是为了去见亚马孙号的船员，而是为了占领她们的船。因此，亚马孙号的船员最早要明天才能收到这条信息。

"弗林特船长真讨厌。"她大吼一声，放下书，拿起望远镜走去岗哨放哨。通过望远镜，她看见湖面上航行着许多船只，还能看见鸬鹚岛光秃秃的树干上的鸬鹚。虽然有它们陪伴，时间依然过得十分缓慢。当生活节奏变慢，烧茶、煮两只鸡蛋，然后再将它们和圆面包、橘子酱一起消灭干净，似乎都没花多少时间。仿佛她在回岗哨思念其他燕子号船员之前，在营地里煮饭、吃饭、刷碗只用了一两分钟似的。她知道他们得等到黄昏时分才能驶入亚马孙河，因此短时间内回不来。黄昏似乎姗姗来迟，对远在里约的船长、实习水手和大副是如此，对独自在岛上的一等水手提提更是如此。

最后，太阳终于下山了。最后一艘轮船离开了湖面，而罗杰的就寝时间也到了。最后几个原住民渔夫乘着暮色远去，消失在视野中。提提变成了一座孤独岛礁上的灯塔看守人。

她点亮大提灯，将它固定在树上。顿时，头顶散发出明亮的灯光，她真想游到湖里，瞧瞧从水里望过来是怎样一幅景象。可是，她很快就打定主意，这可不是一个称职的灯塔看守人会做的事。她也许会被洋流卷走，如此一来，当灯光熄灭的时候，就没有人加灯油了，这会让一些大船在黑暗中触礁。

趁着天色还没有一片漆黑，提提将一盏蜡烛灯挂在分叉树上的那根钉子上。先把灯挂上再点亮，要比把灯点亮后再挂到钉子上轻松得多。一切就绪后，她回到营地。这会儿，他们随时都可能攻占亚马孙号，她一边在心里盘算着，一边发现要让提灯静止不动没那么简单。有一两次，她跑到岗哨处，想看看提灯的蜡烛是否仍然在正常燃烧，虽然她其实不用离开营地，就可以透过树林看见那点微光的。

最后，她决定耐心等待，并且留神猫头鹰的叫声，那个信号会告诉她是燕子号的船员回来了，正等着她点亮导航灯，好让他们将燕子号和亚马孙号驶入港湾。“要是他们已经占领了亚马孙号，该多好。”她说。

她把火烧旺，将火堆里的木柴都堆到火焰的中心，再将苏珊预先留下的土块盖在上面。火光突然变暗了，于是她又把土块撤走。幸好，两天前他们带回了足够多的木柴。她点亮了另一盏蜡烛提灯，打算借着灯光读会儿书，可是火苗蹿得太高，在书页上投下了一大片阴影，提提只能打消了这个主意。这时，她想起提灯里的蜡烛只剩下一小截了，这盏灯还得在港湾里派上用场，于是便吹熄了蜡烛。她又担心自己会睡着，听不到燕子号返航的信号，便也不敢躺在床上。于是她把自己的两条毯子都搬出了帐篷。她将其中一条裹在身上，将另一条做成一件斗篷，坐在营火边，身旁放着手电筒和蜡烛提灯。她的口袋里有一盒火柴，对此她十分确定。隔着毯子她也能感觉到……

这是她记得的最后一件事。

提提被拂面而来的风和猫头鹰长长的鸣叫声唤醒了："咕呜——咕呜——"

她一下子坐了起来。她在哪儿？营火只剩下红色的余烬。四周一片漆黑，只有身后树林上方有闪烁的灯光。一定是灯塔。她多久前听到猫头鹰叫的？是在她睡着前？现在？还是在梦中？

她本想一跃而起，可压根忘了自己像个木乃伊似的裹在毯子里。一定是猫头鹰的叫声把她唤醒的。约翰、苏珊和罗杰一定正在夜色中驾驶着两艘船，心里奇怪为什么灯没有点亮。她慌忙站了起来，侧耳聆听。有那么一会儿，她什么都没听见，接着，从湖面上传来嘎吱嘎吱的细微声响，正是船只行进的声音。

她在地上摸索着手电筒。很快她就找到了，提灯也在旁边。她打开手电筒，跑出营地，用最快的速度沿着小径冲向港湾。妈妈为了庆祝维姬的生日，送给他们的手电筒真是帮了大忙。在夜色中奔跑，即便有手电筒照明，还是看不太清楚。同样值得庆幸的是，她将挡路的树枝都清理干净了。

她找到了那棵分叉树，掏出火柴盒，暂时将手电筒放入口袋里，腾空了双手。她接连两次举起划亮的火柴点亮提灯时，火柴都熄灭了。第三次终于成功了。她轻松地点亮了另一盏提灯，将它挂到画着白色"十"

字记号的树桩上的钉子上。

好了，现在约翰和苏珊能看见灯光了。可要是他们已经等了很长时间怎么办？她——提提，身为一等水手，竟然在最该保持清醒的紧要关头睡着了。要是他们设法摸黑进入港湾，却在岩石外围失事了怎么办？

突然，一只大猫头鹰从她的脑袋上、两盏导航灯的中间掠过，它被闪烁的灯光弄糊涂了。

“咕呜——咕呜——”随着猫头鹰的身影消失在黑暗中，耳畔仍传来它的叫声。

也许她刚才听到的并非返航的信号，说不定只是虚惊一场，燕子号依然远在千里之外。更何况，那声像极了燕子号船帆下桁发出的嘎吱声正渐行渐远。

可就在这时候，从前方的港湾外围传来了收帆的声音，接着又响起一声嘎吱声。声音虽然很快就消失了，却像是有人在船尾划动船桨时发出的动静。

她正打算兴高采烈地大声欢迎燕子号的船员们回家，却突然意识到这个声音既不是约翰的，也不是苏珊的，更不是罗杰的。

这个声音在说：“在记号上挂灯，他们的主意可真不错。”

有那么一会儿，提提想要把灯熄火，可是已经来不及了。那艘船已经逼近了小岛。一眨眼的工夫，它就在港湾里距湖岸不到六米远的地方登陆了。

提提躲在一块岩石后面。她怎么会睡着的？她听到的是真正的猫头鹰的叫声，压根不是燕子号发出的信号。要是她醒着，就一定会知道。

而现在，因为她擅离职守，所以引领入港湾的是亚马孙号，当燕子号的船员们回来的时候，等待他们的是小岛已落入敌手的命运。他们会原谅她吗?

南希·布莱克特来到了湖岸上。

“我实在想不通，”她说，“他们到底是怎么赶在我们之前回到这儿的。我确定听到他们沿河而上的声音了。他们的速度一定像阵烟一样快。他们不可能扬帆航行。即便我们一路全速航行，也绝对没想到他们的船能划得那么快。有趣的是，我们一路都没发现他们的踪影。来吧，佩吉，加把劲，把灯点亮。”

“火柴受潮了。”佩吉说，可话音刚落，船上便火光一闪，不一会儿，她拿着一盏提灯上岸了。

“他们怎么不在这儿?”她说。

“他们刚刚为我们点亮了灯，然后溜回了营地，”南希船长揣测着，“假装他们已经回来好久了。走吧，把灯带着。”

亚马孙海盗从提提的身边走过，距离近得都能摸到她了。她们匆匆踏上了小径。

提提蹲在地上，瑟瑟发抖。

她听见佩吉说：“等等我，没有提灯我看不见路。”

她们的脚步声渐渐远去。除了风吹拂树叶的声音，四周一片寂静。亚马孙号的船员已经往营地去了。

提提不知所措，挫败、郁闷和恐惧充斥着她的心胸。燕子号没有攻占亚马孙号，苏珊也没有驾驶着战利品回家，计划全都被打乱了，而亚马孙号反倒登陆野猫岛，她们的海盗船竟然依偎在港湾里。要不是她把灯点亮，天亮前她们绝对找不到路，而那时候燕子号就该回来了。

就在这时候，她听见岛屿的另一端传来亚马孙号船员的大叫。“燕子号船员！约翰船长！”

声音越来越近。亚马孙号的船员们又回来了。

说时迟那时快，提提心生一计。

由哪一位燕子号船员占领亚马孙号根本不重要。而亚马孙号就在这里，处于无人防卫的状态。她何不放手一搏？

提提立刻来到湖岸边，悄悄地爬进水里，不一会儿她便浮在湖面上，沿着大岩石的边缘来到船侧，紧紧抓住了亚马孙号的船尾。接着为了找到船桨，她掏出手电筒，打开了片刻。亚马孙号的船桨与燕子号的不尽相同，可是她能够驾驭。她站在亚马孙号的船尾划动船桨，同时盯着自己点亮的那两盏灯。她知道无论发生什么情况，她都必须让两盏灯处于一条直线上。尽管有时灯光还是会歪斜，即便活动船板箱、降下的船帆连同帆的下桁和帆桁全都碍手碍脚，她依然出色地驾驭着小船。她毫不费力地避开了所有的障碍物，就在其中一盏提灯的蜡烛燃尽的当口，她将亚马孙号的船尾驶出了岩石地带。那盏灯是我在营地里用过的，她心想，幸好我没有再用它看书。她又略微向后划了一段，确保自己已经安全了。她知道风会把她吹回小岛，于是将亚马孙号调了个头，坐在划手座上，双腿分别跨在活动船板的两侧，力道均衡地划动船桨，始终让自己的右脸颊迎着风。

另一盏导航灯也不见了。突然她又看见了灯光，接着，树林间出现了提灯闪烁的灯光，亚马孙号船员即将打道回府，正向港湾走来。

她靠着船桨，任凭小船随波逐流，侧耳细听，可是四周没有任何声响。现在她又看见了另一盏高悬的灯光。那是灯塔，岗哨旁高挂在树上的提灯还亮着。她知道此刻风正将她送往湖面，与小岛擦肩而过。她用力在左侧划动船桨，让亚马孙号的船头离风更近一些。接着她的动作平稳了下来。

这是一项艰苦卓绝的工作，她无法坚持一整晚。她所能做的就是在一个尽可能安全的地方抛锚停泊。她不再划船，收起船桨，打开手电筒，匍匐着爬向船头。没错，那里有船锚，还有许多绳子。她记得曾听约翰告诉过苏珊，在没有确保连接船锚的绳子系紧之前，千万不能放下船锚。她用手电筒仔细查看了一圈圈绳索。没问题。绳子系得可结实了。她将船锚放在自己轻松就能够到的地方，接着又回到船桨旁，竭尽所能地让小船略微乘着风，越过湖面，向着西岸前进。此刻，除了灯塔树散发出的亮光，周围漆黑一片。她可不想在黎明来临之际，在靠近岛屿的任何地方停泊。谁知道这些海盗的游泳技术有多么高超呢？湖的另一边则安全多了。

突然，她的耳畔传来水花拍打岩石的声音，而且就在近旁。绝不能让亚马孙号在一片漆黑中搁浅。她停止划船的动作，又一次匍匐前进，将船锚放到船头下方，双手交替着一点一点放下绳索。船锚终于沉入湖中。接着，船身突然变轻了，船锚已经来到了湖底。她放下剩余的绳子。亚马孙号漂回了湖中，随着一次轻微的颠簸，小船停了下来。

“无论如何，天亮之前应该不会再有新情况了。”一等水手提提自言自语，“只剩下一盏导航灯了，约翰不会尝试在伸手不见五指的情况下登陆的。亚马孙号在我的手里，燕子号胜券在握。不会有事了。”

她错了。现在说这些还为时尚早。

此刻她的战利品正安全地抛锚停泊着，她已尽了最大的努力让一切顺顺当当，可是尽管有一支小手电筒帮忙，周围还是太暗了，有很多事情都做不了。不过她还是尽可能卷起了船帆。她找到了一块小地毯，将它裹在自己身上，夜晚的湖上寒气逼人，尤其是停止划船后，她更是冷得瑟瑟发抖。她还找到了一大块巧克力。她当然不会客气啦。“在被俘的船上找到的食物，当然是可以吃的。”当她一度犹豫到底要不要吃这块巧克力的时候，便这样告诉自己。她在船尾的活动船板箱旁边安顿了下来，这样既能保暖，又能避风。巧克力吃完了，她开始想不知道还要过几个小时天色才会破晓，就在这时候，她突然僵住了，就像一只冷不防在田野里撞到了人类、受了惊的兔子。

她听到了新的动静。

是划船的声音，动作迅速而有力，是原住民船上的两对船桨一起发出的，还有小浪花拍打船头的声音。她绝对不会听错。

声音越来越近，与她擦肩而过。扑通，扑通，船桨拍打湖水的声音清晰入耳，令她有种错觉，似乎自己能透过眼前的黑暗看到这艘船。

一等水手提提紧张得无法呼吸。来者既不是燕子号的船员，也不是亚马孙号的海盗，而是原住民。深更半夜的，大家都在睡觉，当然了，只有海盗和探险者例外，可此时跑来这里的人究竟要干什么？

“我们现在一定就在附近。”风中响起一个男人的大嗓门，冲破黑暗，传入提提的耳中。

“还没有。看看那些孩子在另一座岛上点的灯。肯定至少还有几百米远。”

“我听见声音了。我打赌现在一定不远了。接下来就容易多了。”

前方不远处传来碎裂声。

“告诉你，你这个傻瓜，你把这艘破船撞烂了。”

“那就快把船停下。”

“把你的帽子从灯上移走，增加点亮光。”

水花飞溅的声音和船碰到石头停下来的声音接连入耳。接着亮起一丝自行车灯的特有的亮光。

“船没事。可能掉了一点漆。幸好没有撞破。”

“把箱子藏在这里吧。没人会到这儿来找它。”

“要是你让灯光四处乱晃，他们就会找上门来。最好还是把箱子带着一起走。”

“我们不能把箱子放在摩托车上。要带上它就得开汽车。”

“该死。你为什么不带把凿子来把它撬开呢？”

“真聪明，可谁能想到他会把东西藏在这个东西里面？要把它弄开，一把凿子可不够。”

“真是一场愚蠢的游戏。”

“不管怎么说，我们成功了。掂掂分量就知道，里面装着的东西肯定很值钱。要不是这样，他也不会把东西藏在里面。来吧，帮个忙。”

接下来，传来攀爬石头、骂骂咧咧的声音，然后有人将沉重的石头砸到了某种木头和金属做成的东西上。

又有人说话了。

“下次来的时候得带上钓竿，这样还能钓点值钱货。现在就算他们真的来找，也发现不了它。而你从头到尾一直在抱怨。我真应该自己一个人来的。”

“真希望如此。”

“现在开船吧。确定没有漏水？”

“没有，这艘船不会漏水的。可要是漏水了，也是你的错。”

“走吧，专心开船。得在被人发现前赶紧离开。”

又响起了划船的声音，但很快就微弱了下来。

听起来他们并不是友好的原住民，提提暗自思忖。她吃惊地侧耳聆听，直到四周安静下来，只剩下眼前漆黑的夜色。她打了一两次瞌睡。她努力保持清醒，用手指撑开眼皮。“我又要睡着了，”她说，“我就知道会这样。”

她是对的。

第二十一章

夜色中的燕子号船员

苏珊大副把控船桨，罗杰坚守船头的岗哨，约翰船长负责掌舵，燕子号在迅速降临的暮色中沿亚马孙河而上。两岸均是高高的芦苇，间或零星散布着几块草地，每每经过时，夜色下的树影便跃入眼帘。很快，湖畔又被芦苇从遮挡，燕子号仿佛行进在两堵高墙之间。突然，河面豁然开朗起来，变成了一池开阔的水潭，高高的芦苇环绕四周，只留下他们刚刚经过的那一条河道。

“这一定就是她们口中的潟湖，”约翰船长说，“她们要是想把船藏起来的话，这里真是绝佳的地点。真希望天色能再明亮一些。”

他用力打了个右满舵，于是燕子号突然来了个左转弯。

“你这样急转弯实在太吓人了。”苏珊说。

“抱歉，”约翰说，“我想沿着湖岸走。我可不想错失目标。”

“有东西在拉我的船桨，”苏珊说，“我提不起来了。”

小船停了下来。

约翰从船侧探身张望。

“是睡莲，”他说，“天太黑了，什么都看不见。”

“它们就像章鱼一样挂在我的船桨上。”苏珊抱怨。

“说不定就是章鱼，”罗杰说，“提提读给我听过，章鱼如何伸出它们的长胳膊，一把抓住船上的人。”

恐怖的气氛顿时笼罩了前甲板。为了稳定军心，约翰船长立刻发话了。

“胡说，罗杰，”他说，“根本不是章鱼。只是一些花而已。”他弯下腰，不费吹灰之力地摘下了一朵，“给，”他说，“递给他，苏珊，让他好好看看，它们只是花朵，只不过花茎很硬罢了。试着把船划到中间来，大副。”

“好的。只是花朵，”罗杰边说边摆弄着睡莲，手指划过粗壮、潮湿的茎干，“可即便真是章鱼，我也不在乎。”

苏珊拼尽了全力，可是船桨还是被缠住了，这回莲叶也来添乱了。睡莲那肥嘟嘟、滑溜溜、长长的茎干犹如结实的绳索一般令船桨动弹不得。一不留心，一支船桨落入了水中。漆黑一片中，苏珊只能在水面摸索，所幸及时将它捞了起来。就在这时，原本正常行驶的燕子号像是撞到了什么东西，被弹了回来。这股力量开头微小，接着越来越大，竟把小船推了回去。

“这些花真烦人。”罗杰说。

“让我来划会儿吧。”约翰说。

船长和大副交换了位置。约翰尽量不采用平掠回桨的方式，而是让桨叶倾斜着一上一下，这样就不会接触太多河水，也触碰不到肥大的莲叶。这样便好多了。现在燕子号已经摆脱了睡莲的纠缠。

“船舵太沉了，我摆弄不动，”苏珊说，“只航行了一小段路。”

“一定是有根茎卡在船舵和船中间了，”约翰船长断定，“让我把它弄出来。”他脱下外套，卷起袖子，把手伸进船尾下的河水中。可不止一根，而是有六根花茎缠在一起，卡在船舵上。他扯断了几根，接着将断枝从船舵和龙骨之间移除。

“清理干净了。”他说着又拿起船桨，一边划船一边嘱咐苏珊别让燕子号太靠近芦苇丛，那里也是睡莲的地盘，但也不要离岸边太远了。与睡莲之间的战争耗费了不少时间，天色越发暗沉了。

“我说，”苏珊开口了，“天色那么黑，一定找不到亚马孙号。我们要不还是放弃，打道回府吧？”

“只要等到天亮就一定能找到它。”约翰船长的意志很坚定。

“可是提提怎么办？”苏珊忧心忡忡，“何况，亚马孙号可能压根就不在这里。”

“它一定在亚马孙河上的什么地方，”约翰说，“不过我倒是把提提忘了。我们回去吧。”

他将燕子号调了个头，继续划桨航行。

“没必要再掌舵了，”苏珊说，“我什么都看不见。”

约翰突然猛拉其中一支船桨。

“睡莲又来了。”他说。

他好不容易让燕子号摆脱了睡莲的纠缠，船头又直冲着芦苇丛而去。

“留神啊，罗杰。”大副说。

“什么都看不见，”罗杰说，“等我看见的时候已经来不及了。”

他们花了好一番工夫才找到水潭的出口。因为害怕离芦苇丛太近，刚才他们是将船头对准入口直接进来的。最后他们认定即便有人看见这里有灯光，也不会起疑心，于是便打开了手电筒。罗杰一时找不到自己的手电筒，于是便借用约翰的，反正他忙着划船，暂时也用不上。可是即便有了手电筒的照明，想离开水潭依然困难重重。那一小片苍白的灯光所及之处，满眼都是随风摇曳的芦苇丛。而灯光之外则是无尽的黑暗。随着燕子号的移动，被那一束圆形灯光照亮的地方，由漆黑一片变成了丛丛芦苇。最后他们发现了一处地方，那里的芦苇像帘幕一样分开，出现在圆形光束的两侧，当中是一片虚空。

“这一定就是出口。”约翰说。

他向着那一片漆黑划了一两次桨。燕子号周围的河水依然清澈，只不过手电筒的灯光显示芦苇丛分布在左右两侧。芦苇整齐划一地向一边弯曲，尽管约翰已经停止了划桨，燕子号依然向着芦苇倾斜的方向漂去。小船终于回到了主河道的河面上。

接下来，约翰任由燕子号随波逐流，只在它碰到两岸芦苇的当口才动用船桨。

“别挥舞你的手电筒，苏珊，”他说，“会被人看见的。我们现在一定离屋子越来越近了。把你的手电筒关了，罗杰。我们可不想招来原住民。”

有那么一两次，在河湾处，他们一头撞进了芦苇丛，不过幸好都轻松脱身了。

现在他们越过湖面，遥望着大屋散发出的灯光。

“我们一定就在船库附近。”约翰断定。

“这不就是船库吗？”苏珊说。

约翰将燕子号倒退了一段距离。“我们得再进去看看，”他说，“确保亚马孙号不在那儿。”

苏珊将手电筒的光柱对准了船库。一只蝙蝠飞出船库，几乎向着他们迎面而来。大汽艇和划艇依然停在那里。原本应该停泊亚马孙号的地方还是空空如也。

“她们一定把它藏在溯河而上的什么地方了。”约翰说。

就在这时候，大屋里的灯光一盏接一盏地熄灭了。

“快关灯，大副，”约翰船长急忙下令，“要是有人透过窗户往外张望，就会发现我们。”

他又将燕子号驶回了河上。小船漂浮在漆黑的夜色中。

有那么一会儿，谁都没有说话。计划失败了，突袭式的探险活动一无所获。

突然，他们觉得风势好像略大了一些。

“我们一定是来到了外海，”约翰船长说，“现在可以打开手电筒了，大副。”

苏珊打开手电筒，扫视四周。芦苇丛已不见了踪影。环绕他们的只有荡漾的水面。

“喂，”罗杰大叫，“我看见远处有灯光。”

“里约的灯光，”约翰说，“我们离开了亚马孙河。我去升起船帆。为我提供照明。爸爸过去常说：‘永远不要羞于在夜色中为一艘小船扬帆。’”

可是，即便有一位忠心耿耿的大副举着手电筒帮忙，这项工作依然不那么轻松。然而，最后还是大功告成了，约翰将燕子号的船头对准了风向，升起船帆，与此同时苏珊则把控着船舵和主帆索。

“右舷受风，”燕子号刚刚迎风航行，约翰便发出指令，“同时保持满帆。要确保远离岬角周围的岩石地带。”

即便没有扬起船帆，伴随着船首下方不断传来的呼呼声，也表明有足够的风让燕子号快速穿越水面。

“我们正向东航行。”约翰说。

“你怎么知道？”苏珊问。

“瞧。”约翰说。

头顶出现了一片繁星密布的晴空。

“看，”约翰说，“那里有口平底锅，那是手柄，那是锅身，锅子最前面的那两颗星星正好指向北极星。所以，那颗就是北极星，而它远远地在我们的左舷方向，因此我们一定是正向东方航行，而里约的灯光远远地在南边右舷的方向。”

“为什么原住民总是把平底锅叫作大熊座？”苏珊问。

“我不知道，”约翰说，“它的样子一点都不像熊，更像一头长颈鹿。可是最像的还是平底锅。”

“燕子号离风向越来越近了。”苏珊大副说。

“保持满帆，”船长说，“继续航行。不过我们现在一定已经远离岬角了。我来看看指南针和航海图。”

重新回归大海的怀抱，无须在黑暗中摸索芦苇丛和睡莲，燕子号船员们的精神又振奋了起来。只有汪洋大海最能激发水手们的斗志。

“你冷吗，罗杰？”大副问。

“当然啦。”岗哨上的水手回答。

“到船舷下面来，裹上这条毯子。”大副说着将一条毯子交由船长递

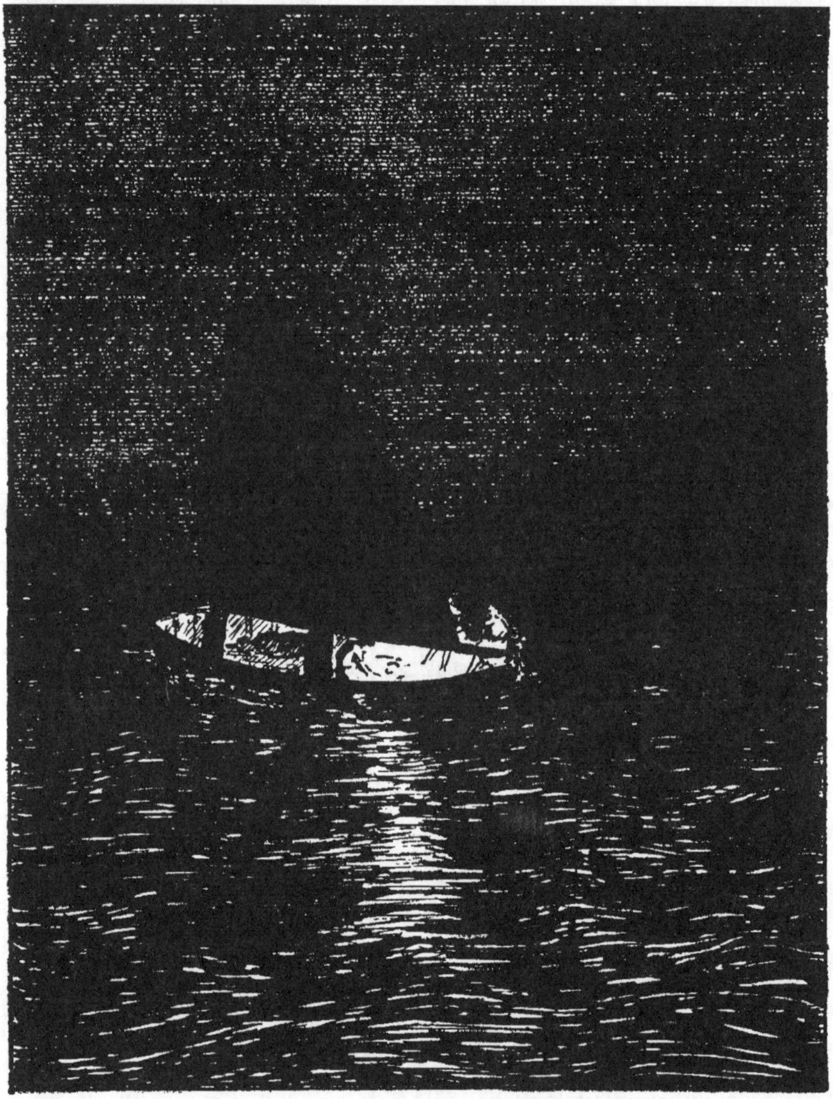

夜晚行船

了过去。

约翰也蹲在舱底。他取出《海员手册》，在手电筒的帮助下找到了航海图。接着他将指南针搁在中间的划手座上，于是表盘边缘的黑线便离船头很近了。可是这么做无济于事，因为燕子号正向一侧倾斜，而指南针也随着小船移动，根本没法正常工作。他只得将它拿在手里，可是指针晃动得更厉害了。他尽量稳住指南针，同时用另一只手将手电筒的光照在表盘上，观察哪个点位于黑线的对面。指针转悠个不停，反复从一边晃向另一边。

“现在航向几乎为正东，”他最后说，“现在让燕子号离风更近一些。”

大副同时将船舵往下压了些许，燕子号的船头离风越来越近了。

“东，东偏南，东南东，东南偏东，东南。”他的语速极快。

“没法更近了。”大副说。

“保持航向，”约翰船长说，“现在差不多是东南方向。”他看了眼航海图，“接下来燕子号会来到这里附近，然后最好转向西南方向。可问题是，我们不知道自己的航行距离。我们只能在每条航线上短暂航行一段差不多的距离，这样我们就能让小船行驶在两岸中间。等我们靠近岛屿的时候，就能看到里约的灯光了。我每次从一数到一百，我们就改变航向。”

“里约的灯光不见了。”苏珊大副说。

它们刚才还在呢，现在里约港上方山丘上的灯光接连消失了。

“一定已经很晚很晚了。”苏珊说。

云朵又将星星遮住了。四周一片漆黑。夜色中，小小的燕子号并没有降低速度，苏珊令它正面迎风，一旦感觉左边脸颊凉飕飕的，便将舵柄抬高一些。

“九十二,九十三,九十四,九十五,九十六,九十七,九十八,九十九,一百……准备转向。”约翰说。苏珊调转船头。有那么一会儿，龙骨下的水面波澜不惊，随着燕子号开始加速，波浪的喧嚣声再度响起。

“你来掌舵，约翰，”大副说，“我去给实习水手拿点巧克力。”

约翰接过船舵，稳定而缓慢地数着数。他随身带着指南针，间或打开手电筒，将它夹在两膝之间，照亮指南针。他原以为这样会有帮助，其实这么做意义不大。他唯一能做的就是让燕子号继续航行，并且在每条航线上行驶同等的距离。可是——如果风向变了该怎么办呢？

大副取出蛋糕和巧克力。这时，大副和船长发现自己也跟实习水手一样饥肠辘辘。实习水手穿着两套衣服，裹着毯子，高兴坏了。

“提提会不会也喜欢这样？”他问。

“喜欢什么？”苏珊问。

“喜欢这样在夜色中航行。”实习水手说。

苏珊没有接话。只要一想到提提独自一人在岛上待了那么久，她便忧心忡忡起来。

约翰也没有说话。一方面，他正在数数，而且快要数到一百了。另一方面，苏珊为了在船底切蛋糕和弄碎巧克力打开了手电筒，约翰为了查看指南针也打开了手电筒，两束灯光令黑夜更黑了。现在的处境总比困在河上好，好多了，可是约翰船长心里明白，他并不知道他们究竟离岸边还有多远。他身为燕子号的船长，绝不能让小船失事。爸爸坚信他不是傻瓜，可是在这样一片伸手不见五指的黑暗中航行，他似乎失去了白天时的自信。更何况，现在连里约的灯光也消失了。周围一片漆黑。他唯一能做的就是抢风航行，并且思考当燕子号靠近群岛的时候该怎么办。而他又该如何知晓小船正靠近岛屿呢？绝不能让船员们知道他的担忧。于是他一言不发，只是继续数数。可能声音比刚才大了一些。他数到一百，将燕子号转向，然后重新开始："一，二，三……"小船又来到了另一条航线。

来来回回地，燕子号匆匆地在黑夜中越过湖面。群岛一定就在不远处。

突然，约翰停止了数数。

"听，"他说，"树。我能听见风吹树林的声音。那是什么？"他将手电筒的光柱扫过一侧湖岸。白色的浪花拍打着一块岩石。风在树林中穿梭的声音就在前方不远处。

"松开吊索，"约翰大声下令，"放下船帆。帆桁下来的时候抓紧了。"

苏珊以最快的速度行动了起来。她从约翰的声音里听得出来，时间刻不容缓。船帆急速下降，她手脚麻利地将船帆收拾妥帖。接着她打开手电筒，照向前方的黑暗处。

"附近有东西。"她说。

燕子号漂浮在平静的水面上。约翰摇起船桨。

"就在这儿，"苏珊说，"靠近了。划，划左边的船桨。是座栈桥。"

燕子号轻轻地撞在木头上。

“别管是什么，先抓住它。”约翰下令。他收起船桨，向船头爬去。借着手电筒的亮光，其中一座栈桥上潮湿的黑色木头船梁映入眼中，那是原住民为了划艇而建的。

“把手电筒举高点，苏珊，”他说，“我要上岸了。”

苏珊举起手电筒。不一会儿，约翰就爬上了栈桥。

“好了，”他说，“我找到系船索了。”他打开手电筒，他的身影出现在苏珊的视野中。就在燕子号正要向后漂去的当口，约翰将系船索拴在了一根柱子上。

“好了，成功了，”他说，“幸好没有撞上沿途经过的那些岩石。不知道这是什么岛。”

他一边沿着栈桥向前走去，一边用手电筒照路。不一会儿他又走了回来。

“那里有张告示，上面写着：‘私人岛屿，严禁登陆。’”

“我们该怎么办？”苏珊有些不知所措。

“登陆，”约翰船长决定，“如果我们想靠岸泊船的话，就得这么干。反正原住民现在都睡觉了。我们就在这儿待到天亮。黎明应该很快就要来到了。只有傻瓜才会在这么黑的时候穿过群岛。”

“那提提怎么办？”苏珊还是不放心。

“提提在营地呢。她有帐篷，不会有事的。我们也会平安无事的。”

约翰船长高兴极了。现在危机已经过去了，他深知只有笨蛋才会在黑夜中航行的道理。而燕子号并没有撞上岩石，此刻它正安逸地停泊在栈桥旁。他们身在何处无关紧要，黎明的到来自会揭晓答案。

苏珊说："罗杰，你该睡觉了。"

没有人回答。罗杰已经睡着了。

约翰回到船上。

"当心，别把他吵醒了。"苏珊说。约翰轻手轻脚地跨过熟睡的船员。

"还有两条毯子。"苏珊说。

"我不睡，"约翰说着舒舒服服地在船底坐了下来，"你去睡吧。"

"我说，约翰。"一两分钟后苏珊小声地说。

再一次没有人回答。

几分钟之后，她也睡着了。

风儿吹走了云彩，闪亮的星星高高地挂在天上，将星光洒在燕子号和熟睡的船员们身上。东边群山处深蓝色的天空开始泛白了。里约港周围的岛屿也渐渐亮了起来。湖水的颜色变了。刚才还跟山丘、天空一样是黑色的湖面，现在也随着它们变浅了。黑漆漆的岛屿变成了灰绿色，荡漾着涟漪的湖水泛出了锡茶壶的青灰色。

约翰醒的时候，离日出还早着呢，不过对航行而言，天色已经足够明亮了。他突然惊醒，因自己沉入梦乡而难免觉得有些羞愧。不过幸好他是第一个醒来的。他立刻就知道了他们的方位——正停泊在里约港南端一座小岛的栈桥边。他解开缆绳，升起船帆，尽量不把其他船员吵醒。可是，他一动，他们便都醒了。

罗杰打了个哈欠，撑着船舷坐起身，看了看周围。他只看了一眼，一句话都没说就又躺下睡着了。

苏珊睡醒后的第一个念头就是要为家人准备早餐。

“我说，”她说，“我们早就可以出发啦。天已经那么亮了。”

“那就走吧，”约翰说，“你负责主桅帆操纵索，我来扬帆。我原本不想把你吵醒的……可我自己也刚刚睡醒。今天又是个晴朗的日子，风向也和昨天一样。”

他解开系船索，绕着栈桥的柱子转了一圈后取下。接着，他升起船帆，却忘了它已经被捆起来了。不过，不一会儿他就把船帆解开了。比起在漆黑一片中行动，现在做起来可就简单多了。他又一次扬帆起航。燕子号向后漂了一段，借着一阵风鼓起船帆出发了。约翰来到船尾掌舵。

苏珊看了一眼禁止登陆的告示牌。

“我们并没有登陆。”她说。

燕子号行进在里约和群岛之间。里约港万籁俱寂，这可是他们从未见过的。人们还没有起床，所有的房子都门窗紧闭，游艇停泊在港湾里，原住民的划艇停在岸边，却不见原住民的踪影。

“太阳没那么快升起来。”约翰说着望向山丘上空的鱼肚白。

他们驶出群岛，来到开阔的湖面，然后行驶了很长一段距离。接着又开始反复调转航向。第二次转向的时候，他们看见了霍利豪依农场下方的那座狭小的港湾。坐落在坡田顶端的霍利豪依农场，在紫杉和冬青树丛中泛出白色的光彩。妈妈、维姬和保姆正在那里睡觉呢。约翰和苏珊看了看彼此，他们内心的想法是一样的，只是谁都没有说出来。这并不是一个令人愉快的念头。不过，他们很快就要回到位于野猫岛的营地了。

最后，苏珊终于说道："但愿提提昨晚也睡觉了。"

"我打赌她肯定没睡，"约翰说，"她一定不想睡觉。"

他们绕过了达里恩峰。约翰看见船屋停在船屋港里，这不禁让他想起自己与弗林特船长的会面，于是便转过头去。

现在他们能看见野猫岛了，就在这时，苏珊突然说道："提提醒了。她把火生得好旺。"

一股烟柱从岛上升起，被风吹散了。

"瞧，"约翰说，"那里有艘船。哎呀，是亚马孙号。"

"在哪儿？"苏珊问。

"那儿。船头方向。就在鸬鹚岛旁边。我们沿Z字形航线走，就能占领它。"

"没错，是亚马孙号，"苏珊说，"可是上面没人。一定是船索松了，从哪儿漂到这里来的。"

约翰仔细观察了一番。

"它没在漂，"他说，"它抛着锚呢。说不定亚马孙号船员正在船上睡觉。好哇！这回一定要将它占领。我们别吵醒那两个海盗，先找到船锚，然后把船拖进港湾。等她们睡醒的时候，就变成我们的俘虏啦。"

"我敢肯定船上没人。"苏珊说。

"胡说，"约翰反对，"它不可能自己跑到这儿来，自己抛锚停泊。"

"好吧，等着瞧吧。"苏珊说。

约翰并没有立刻改变燕子号的航向。沿Z字形航行就能把燕子号带往亚马孙号的上风口，到时候，他就能划着船桨小心翼翼地后退一小段距离，然后一把抓住锚绳，拖走亚马孙号而不会惊醒熟睡中的海盗。可是他很快又改变了主意。最好还是先靠近亚马孙号的船尾一探究竟。要是海盗们只是在装睡，那么直接拖锚绳就太愚蠢了。

“我敢肯定上面没人。”当他们向着停泊的小船疾驰而去的时候，苏珊依然坚持己见。

可就在这时候，船舷上出现了一只手，过了一会儿，就在他们经过亚马孙号船尾的时候，提提白净的脸庞顶着一头乱糟糟的头发冒了出来。

一等水手提提已经打好了腹稿，一堆诸如“报告”“占领”“敌人”“战利品”之类的词，可是最后关头她的脑子里一片空白，她只说了一句话：“我把它拿下了。”

指南针

第二十二章

白旗飘飘

约翰船长不由自主地发出了一声欢呼，把自己都吓了一跳，也吵醒了睡梦中的罗杰。

“提提，提提，你是怎么做到的？”他问道。

“干得漂亮，提提。”苏珊称赞道。

罗杰在船底坐起身。“你好，提提。”说完又蜷着身体睡着了。

约翰改变了燕子号的帆向，迎着风来到亚马孙号的旁边。苏珊大副爬到船头，抓住亚马孙号的船舷。

“亚马孙号的海盗哪儿去了？”约翰问。

“她们占领了我们的营地。她们占领了野猫岛。”提提说，“我无能为力。我睡着了，听见了猫头鹰的叫声，还以为是你们。然后我点亮了灯，发现她们进入了港湾。后来她们跑去营地，而我占领了亚马孙号。”

“谁在乎营地？！”约翰大声说，“重要的是谁能占领对方的船。现在我们赢了。我还以为咱们输了呢。这下燕子号是旗舰了。干得漂亮，提提。”

提提本想把自己的经历告诉他们，她是如何在夜色中将船推入湖中，如何在对岸附近抛下船锚，直到天亮才发现她把船停在了鸬鹚岛旁的。还有猫头鹰……划船声……两个男人吵架的声音……导航灯熄灭了……一切都乱成了一团。

“最重要的是，”约翰船长说，“亚马孙号是我们的战利品了。现在整支舰队要一起出发。我们要在敌人面前登陆，夺回野猫岛。或者我们先不上岸，要求她们投降，如果她们不从，我们就封锁湖面，直到她们饿得受不了。她们除了让步，再也没有别的选择。看，她们在干吗?”

苏珊、提提和约翰定睛看着野猫岛。罗杰醒了，也一起盯着看。

一条大毯子正顺着灯塔树慢慢升起，在风中笨拙地飘扬。他们看见亚马孙海盗们正拽着绳子站在树下。这条毯子又大又厚，尽管风很大，但还是不能将毯子全部吹开，只能让它轻轻地飘动着，一副垂头丧气的样子。

“那是我们的毯子。”苏珊说。

“那是白旗，”提提说，“她们在投降。”

“也不是雪白的啊。”罗杰睡眼惺忪地说。

“这样做就代表着投降，”提提说，“我知道那就是白旗。”

“很快就水落石出了。”约翰船长说，“我说，大副，你来驾驶战利品，还是我来?”

“船上有活动船板，”苏珊说，“还是你来吧。”

“好，”船长说，“罗杰跟你留在燕子号上。提提待在亚马孙号上。小心，提提，我要过来了。”

他从燕子号爬上了亚马孙号。

“我要升起亚马孙号的船帆，你拉住燕子号的系船索。”他说。

“遵命，船长。”提提说。

苏珊大副放开亚马孙号的船舷，燕子号顺着系船索的一头漂向船尾方向。

“海盗旗在哪儿？”约翰船长发现桅杆上除了船帆，什么都没有，于是问道。

“海盗们把旗帜留在了桅顶，”提提说，“天亮以后我一看见就把它降下来了。我压根把它给忘了。”

“你做得很对，”约翰船长说，“作为战利品，绝对不能悬挂原来的旗帜。应该把我们的旗帜升上去，可我们没有多余的船旗了。”

亚马孙号的船帆和燕子号的一样，是块标准的四角帆，于是约翰不费吹灰之力地把它升了起来。接着，他开始着手拉锚绳。

“来吧，一等水手，你来掌舵怎么样？说实在的，这可是你的战利品。准备好了吗，大副？燕子号可以起航了吗？”

“准备好了。”苏珊回答，“罗杰，去前面把系船索卷起来。”

罗杰此刻已经完全清醒了，急忙跑去船头。提提解开燕子号的系船索。罗杰双手交替地把它拉了过来，卷成一卷。约翰拉起亚马孙号的锚绳，直到把绳子拉直。

“准备好了吗，提提？”

“准备好了。”

“我们出发啦。保持满帆。”约翰用最快的速度拉起船锚。亚马孙号开始航行，却朝下风口滑去。

“活动船板还没放下来，”约翰说，“只要一放下来，亚马孙号就能正常航行了。它可没有燕子号那样的龙骨。”

他将活动船板放平，亚马孙号停止了滑行，航迹令船尾显得更长了。

“怎么样，提提？”他问。

“很好,”她说,“我是说,没问题,长官。”这可是她第一次驾驶亚马孙号。她的嘴巴微张,目不转睛地看着船帆,一时说错话也在所难免。

在清新的晨风中,燕子号打头阵,舰队向着野猫岛挺进。

水面上传来苏珊大副的声音:“要我直接把船驶进港湾吗?这次调转航向的时候正好能开进去。”

“不行,”约翰船长大声回应,“我们还是先去岗哨,问问她们那条毯子是什么意思。”

“我肯定那就是白旗。”提提说话的时候视线并没有离开船帆。

“无论如何,我们必须弄清楚,”约翰说,“说不定她们会在我们把船开进港湾的时候发起突袭。”

位于岗哨的灯塔树上,昨晚原本悬挂的提灯被随风摆动的大毯子取代了,亚马孙号的海盗们正站在树下。她们并非一动不动地站在那儿,而是看起来像在跳舞。

“她们在干吗?”约翰船长问。

“那个上蹿下跳的是南希船长,”提提说,“说不定她气疯了。”提提把所有的注意力都集中在船帆上,只用眼角的余光瞄了一眼。她正驾驶着海盗们的船,要向她们证明自己的实力,也想像她们一样留下一道笔直的航迹。

驾驶燕子号的苏珊在抵达小岛前改变了航向。亚马孙号紧随其后。

“岗哨下的湖水很深,”约翰说,“你可以把船靠过去。虽然这样会偏离风向,不过风会从另一边吹过来。现在的风足够把它带到那里。”

“遵命,长官。”提提说。

岗哨上的亚马孙海盗们仿佛在向他们招手。“快点。”她们喊道。

提提把船驶近岗哨，约翰对海盗们大喊：“你们投降吗？”

南希·布莱克特高声回答：“我们投降。我们真的投降。你们快点上岸吧。”

“快点。”佩吉也在一旁喊道。

“别耍花招。”约翰大喊。

“我们是诚实的海盗。”南希回答。

“也是诚实的印第安人？”约翰还是有些怀疑。

“诚实的印第安人，”南希保证，“你想叫我们什么都可以，就是别再浪费时间了。快把船开到登陆点去。”

“我们要把船驶入港湾。”约翰船长说。

“登陆点更近。”

“亚马孙号是我们的战利品，”约翰船长大声宣布，“我们从港湾上岸。”

一眨眼的工夫，亚马孙号已经扬帆穿过了岗哨下方岩石遍布的水面。此刻它又一次聚集风力，正快速穿过小岛和东边湖岸之间的航道。

“迎风航行，提提。”约翰船长说。

“遵命。”一等水手提提说着让小船离风更近一些，“可她们为什么那么着急呢？”

“不知道。”约翰船长说，“别减慢速度。我们要跟苏珊比赛，看谁先到达港湾。她正从旁边悄悄地迎头赶上呢。”

可是燕子号的开局就很不错，此刻已经来到了开阔的湖面上。当提提驾驶着她的战利品绕过小岛南端的岩石的时候，燕子号早已先一步抵

“你们投降吗？”

达了。苏珊已经卸下了船帆，取出了船桨，正在港湾入口外等着他们呢。

“没事，”约翰大声说，“进去吧。她们已经投降了。她们好像急着要干点什么。我们一起进去。”

“我来把亚马孙号划进去，”提提说，“昨晚我就是摸黑把它划出来的。”

“看这儿，提提，能看见标记吗？现在的风向正合适。你可以依靠船帆把它驶入港湾。我会在适当的时候降下船帆的。你什么都不用管，只要保持两个标记在一条线上就行了。”

“我试试。”提提说着引导小船从港口缓缓驶入。

“别管我，”约翰说，“只管注意标记。”他们才刚进入岩石地带，他便降下船帆，抬起活动船板，“看着标记。对了。小心撞到燕子号。干得漂亮！”

燕子号刚到岸，亚马孙号也轻轻地在它近旁靠岸了。

亚马孙海盗们正等在岸上，两个人看起来都很友好。佩吉·布莱克特把燕子号拉上岸，南希·布莱克特则去帮助亚马孙号。可是约翰船长依然不敢贸然行事。

“南希船长，”他说，“哪艘船是旗舰？”

南希船长毫不犹豫地回答：“当然是燕子号。你们赢了。不过得赶紧了，没人知道我们在这儿。这个时候我们应该在床上睡觉才对。我们必须尽快回家，会有人来喊我们起床吃早饭的。”

“你们肯定来不及了。”约翰船长说。

“不，来得及。风越来越大了，太阳也才升起来。快点，帮忙拿东西。还有很多事情要商量呢。”

提提从亚马孙号的船头爬了出来，南希船长跟她握了握手，拍了拍她的后背。“太棒了，一等水手，”她说，“真希望你能做我的船员。今天早上，当我看见你独自一人把我们俩打败的时候，我简直想把船锚吞下肚。你做的正是我们原本所计划的。”

苏珊正将毯子和其他物品从燕子号上搬下来。罗杰已经一溜烟地跑回营地了。其他人都忙着搬东西。就在这时候，罗杰又跑了回来。

“她们把火生得好旺，”他说，“水也开啦。”

“谁要喝茶？”苏珊大副问大家。

“没时间喝茶了。”佩吉说。

“大家快点吧，”南希说，“还有很多事情要商量，可以边喝茶边说。”

燕子号的船员和亚马孙号的船员结队沿着小径走向营地。一路上南希和佩吉说个不停。

“事情是这样的，”南希船长说，“从后天开始，我们得离家到岛上来住几天……”

“是明天。”佩吉更正道。

“妈妈昨晚在家里举办了一个派对，今天还有很多客人会来，就是那种我们必须盛装打扮迎接的客人。因此昨天我们只能在晚上发起攻击。要是我们住在同一座营地的话，彼此之间一定无法顺利开战。前几天一直没风，所以我们来不了。要是昨晚再不行动，我们就没机会了。但一等水手提提把我们打败了。她真是太厉害了。”

“当我们发现亚马孙号不见了的时候，我挨了好一顿骂。”佩吉插话说，“南希船长认为是船漂走了，而我说了它不可能逆风漂走……”

“你先等等，佩吉。”南希船长威胁道。

“哦，好吧，”佩吉说，“你知道自己当时说了什么！后来直到天亮，我们才知道到底是怎么回事。其实我们刚开始也不明所以，直到我们看见一等水手提提从船里坐了起来，降下了我们的船旗。”

“行了，”南希船长说，“你们的计划很完美，任何人都会上当。我们看见你们在船库的时候……”

“当时你们在哪儿？”约翰船长问。

“我们在河口的芦苇丛里。”

“我压根就没想到你们会在那里。”约翰船长说。

“看见你们沿河而上的时候，我还确信所有燕子号的船员都在船上。我知道你们在河上一定一无所获，便以为我们可以有时间在天黑以前拿下野猫岛。我想你们一定很快就会回来，却没想到你们会派人在岛上留守，去上游只是为了让我们以为自己设下的圈套成功了。这招真是太厉害了。”

“可我们其实原本不是这么计划的，”约翰船长说，“至少我从来没这么想过。不过，你们原来是怎么打算的？”

“好吧，不管怎么说，我们的计划也成功了。”南希船长说，“很简单，我们打算去野猫岛。大副送我上岸后去另一处港湾等我。我藏在岛上，等你们回到营地的时候偷偷夺取燕子号，再去跟佩吉会合。”

“那你们出了什么事？”苏珊说。

“到达野猫岛的时间比我计划的长得多。天黑得太快，我们花费了很长时间才穿过群岛。后来我们看见了你们的提灯……”

“是灯塔。”提提说。

“我们以为你们已经赶在我们前面回来了。接着我们看见岛上有光在移动。”

“那是我的手电筒。”提提说。

“本来我们想继续航行，停在什么地方等待，到天亮了再说。然后我们又看见两盏灯，我立刻就猜到它们是挂在标记上的，于是划船上岸，想来告诉你们明大的计划。但我们来到营地，发现一个人都没有。我们喊了几声，接着回到港湾，发现亚马孙号不见了。提提的表现棒极了。”

“后来呢？”苏珊问。

“我们吵了一会儿。”南希说。

“就一会儿？”佩吉说，“吵了整整一个半小时。”

“后来我们找到一块香籽蛋糕，就把它吃了。希望你们别介意。”

“没关系，”苏珊说，“今天还会有新的。”

“我把亚马孙号上所有的巧克力都吃完了。”提提说。

“那是你应得的。”南希船长慷慨地说。

他们来到营地。营火熊熊燃烧，茶壶突突地往外冒着蒸汽。

“我来泡茶怎么样？”佩吉·布莱克特说。

“等等，佩吉，”南希船长说，“这次比赛我们输了。约翰船长才是舰队的指挥官。约翰船长，你的大副能不能给我们杯茶喝？”

“大副，”约翰船长说，“让我们大家都喝杯茶吧，这是个好主意。”

“可是没有牛奶，”苏珊说，“现在去农场取还太早。”

“也没时间了，”南希船长说，“就别放牛奶了。”

“就当是喝热的兑水朗姆酒吧。”提提说。

于是热腾腾的兑水朗姆酒一杯杯地端了上来。第一道曙光悄悄地爬上了对面的山顶，在野猫岛上，没加牛奶的茶水味道反而更好了。可是茶水实在太烫，而亚马孙号船员又急着要走，于是佩吉被派去登陆点打一瓶凉水回来给兑水朗姆酒降降温。

“战争结束了吗？”南希说，“既然我们明天要搬过来，要不还是停战吧。”

“好的，停战。”约翰船长一口答应了。

“那就快去把白旗降下来。”南希下令，于是佩吉把自己的杯子放在地上，来到岗哨，把毯子从灯塔树上放了下来。

“太阳出来啦，”佩吉回到营地，向大家宣布，“我们该走了，否则真的来不及了。”

“走吧，”南希说，“明天我们会尽早出发，我们会带上自己的帐篷，然后一起突袭弗林特船长。”

“我说，”苏珊说，“我们差点忘了把口信告诉你们。”

“什么口信？”

“野蛮人托我们带的口信。”提提说，“我们去了森林，见到了野蛮人，他们还给我们看了他们养的蛇。”

“你们去见过比利家的烧炭人了？”南希问。

“是啊，他们住在一座棚屋里。”

“他们让我们给你们带个口信，”苏珊说，“我们本来打算请你们转告他……”

“转告谁？”南希船长问。

“弗林特船长。”提提说。

“我忘了是老比利还是小比利说的，他们想提醒弗林特出门的时候应该替他的船屋装一把结实的门锁。”

“为什么?”南希不太明白。

“因为我们?”佩吉问。

“不是,”苏珊说,“因为比利从其他原住民那里听到了一些传言。”

一直没说话的约翰此刻开口了。“我们没能给你们带口信,因为没有起风,”他说,“我不知道该怎么办。我试过直接把口信带给他,可是他不愿意听。你们愿意转告他吗?”

“可要是他把船屋锁上了,我们就没法发动突袭,也拿不到绿色的羽毛来装饰我们的箭矢了。”佩吉说道。

“要是他不上锁,船屋说不定会被别人攻占,”南希说,“不能让它落在原住民的手里。”

他们匆匆赶往港湾。一路上大家各抒己见。最后南希一锤定音。

“我们会告诉他,”她说,“让他给船屋上把挂锁。让他挂十把锁。到时我们用铁橇撬开就行了。回家的路上我就去告诉他。”

“可是你们找不到他,”约翰说,“他不在船屋上。”

“不在?”南希边说边将亚马孙号推入湖中。

“我看见他走了,还带着他的鹦鹉。”

“好吧,他已经回来了,”南希说,“昨晚我们来这儿的路上,看见他的船屋亮着灯呢。舷窗里灯火通明。”

“可我们现在没法告诉他。”佩吉说。

“为什么不行?”南希问。

“因为我们这时候应该躺在家里的床上睡觉。”佩吉说。

“幸好你提醒我了,”南希船长说,“我都忘了。开船吧。再见,指挥官。”

亚马孙海盗们用最快的速度把船划出港湾，扬帆起航。时间刻不容缓。湖面上已经晨光初现。燕子号的船员们回到了营地。就在他们抵达的时候，突然听到水面上传来一声大叫，约翰和提提连忙跑去岗哨。亚马孙号恰好正从那里经过，小船借着清新的晨风乘风破浪，船帆在右舷飞扬。桅顶再一次飘扬着海盗旗。佩吉正拽着升降索。突然，旗帜掉了下来，落到了桅杆中部。不一会儿它又再度升起。

“燕子号船员万岁。”南希和佩吉在湖上高呼。

“亚马孙号船员万岁。”提提和约翰大声回应。罗杰也跑了过来，正好赶上一起大喊“万岁”。苏珊正忙着给两顶帐篷分配毯子。不久，她也来到岗哨，其他人正看着白色的船帆渐行渐远。

“罗杰，”她说，“你该下班了，马上去睡觉。”

“可现在已经是第二天了。”罗杰说。

“就算是第三天也不行，”苏珊说，“快去！”

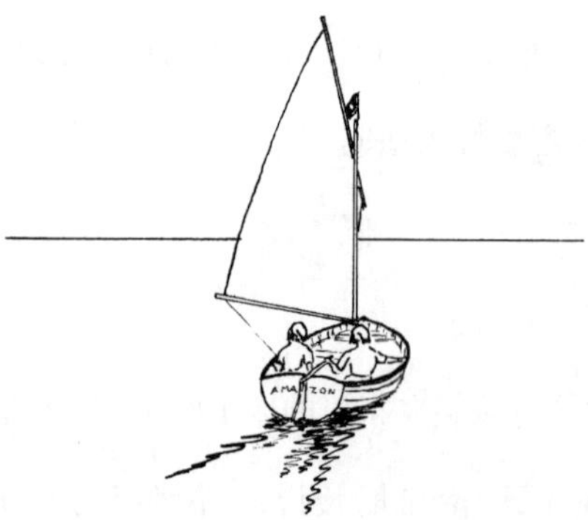

第二十三章

养精蓄锐

这天，直到下午一点，约翰和罗杰才划船去迪克逊农场取牛奶、鸡蛋和黄油。苏珊催他们赶紧睡觉的时候，已经是早晨七点了。没有一只闹钟能把他们叫醒，更何况野猫岛上也没有闹钟。最后整座营地被罗杰吵醒了。午后他一觉醒来，迫不及待地要吃早饭。

苏珊醒来，发现实习水手正一边摇晃自己一边说："我要吃东西。"她给了他一块饼干，说："拿到牛奶以后才能吃早饭。"可是要填饱肚子，一块饼干远远不够。

罗杰刚离开，提提突然惊醒了过来。她一下子坐起来，睡眼惺忪地觉得自己听到了猫头鹰的叫声，以为自己还守在营火旁。她睁开眼睛，发现自己正和苏珊一起待在帐篷里，火辣辣的阳光洒在白色的帆布上，于是她又躺了回去，在梦中继续昨夜的探险。

罗杰回到船长的帐篷。船长的双脚从毯子下面伸了出来。罗杰隔着毯子用双手抱住其中一只，用力一拉。约翰猛地把脚抽了回去，醒了过来。

"苏珊说：'该去取牛奶了。'"罗杰说。

"我没这么说过。我说的是没有牛奶我们就吃不了早饭。"苏珊在另一顶帐篷里大声说。

约翰打了个哈欠："那就出发吧。我们的毛巾去哪儿了？"

"待会儿再游泳吧，"罗杰说，"我饿坏了。"

约翰翻身看了看和无液气压计一起躺在锡盒里、藏在帐篷后的计时器。他一看到时间，便掀开毯子跳了起来。

“走吧，”他说，“我们现在就去拿牛奶。”

“带只篮子放鸡蛋。”苏珊说。

船长和实习水手来到港湾，将燕子号推下岸，划桨前行。微风徐徐，他们决定扬帆航行，这样速度会比划船更快。

“怎样才能告诉别人燕子号是旗舰呢？”实习水手问。

“什么也不用做。”船长回答。

“什么是旗舰？”实习水手又问。

“就是舰队的首领船只。”

“跟‘旗’有什么关系呢？”

“因为舰队司令或者指挥官（也就是我），会在旗舰上悬挂自己的旗帜。”

“可是你没有旗帜，只有提提做的那面旗。”

“那面旗帜很漂亮，”船长说，“最重要的是与众不同。”

他们上岸后急忙提着牛奶罐向农场跑去。

“你们今天来得可真够晚的。”迪克逊太太正在刷洗牛奶房的石板地面。“早上好，”她说完又连忙改口，“不对，现在已经是下午了。我刚刚还跟迪克逊先生说，他该去岛上看看你们，要不就去霍利豪依农场，看看你们是不是回家了。”

这些原住民！尽管友好，却永远不知道他们会惹出什么麻烦事来。正是因为想到了这一点，约翰才在看到时间的那一瞬间突然从床铺上跳了起来。要是迪克逊先生真的去了霍利豪依农场打听情况，或者去问是不是不要牛奶了，妈妈都会以为孩子们出了事。可其实什么事都没有。一切正常。约翰明白，妈妈正是通过他们每天早晨去迪克逊农场取牛奶来获悉燕子号船员的情况的。妈妈知道，要是没人提着牛奶罐去农场取牛奶，迪克逊夫妇一定会立马向她通风报信。原住民就是这样，这么做有时候确实能帮上忙，有时候却是个麻烦。他们紧密地团结在一起，结成了一张巨大的信息网，传播八卦和小道消息，探险者和海盗们很难逃出他们的掌控。

“本来我要亲自去岛上看你们的，”迪克逊太太说，“可我太忙了。”

好吧，约翰在心里暗暗庆幸，幸好原住民有那么多事要忙。

“你们到底发生什么事了？”迪克逊太太一边问，一边忙不迭地从一只大桶里为他们倒出牛奶，“睡得那么沉，都不想吃早饭了？”

“我是想的。”罗杰说。

“我们睡过头了，”约翰说，“我们很晚才睡觉。”

“你们睡得确实够晚的，”迪克逊太太说，“我们昨晚睡觉的时候，看见岛上的灯还亮着呢，那时候已经十点了，我们睡得也不早了。”

“我们睡得比你们晚多了。”罗杰说。正当他想将他们俘获亚马孙号、直到日出才睡觉的事和盘托出的时候，突然记起迪克逊太太是个原住民，于是连忙打住。

“睡得晚总比不睡好。”迪克逊太太说，“你们的牛奶。我在你们的篮子里放了一打鸡蛋。还有这条长面包、这只圆面包、这块香籽蛋糕，是昨天晚上霍利豪依农场送来的。希望苏珊小姐和提提小姐一切都好。”

“苏珊小姐和提提小姐”！迪克逊太太这样称呼大副和一等水手，可见原住民的生活和他们之间存在着巨大的鸿沟。

“她们很好，谢谢您。”船长说。

“我把香籽蛋糕放在鸡蛋上面，”迪克逊太太说，“它比较轻，不会把鸡蛋压坏。可是我真的不知道该把长面包和圆面包放哪儿。”

“我拿在手里吧。”罗杰自告奋勇。

他们小心翼翼、步步谨慎地穿过田野。船长一只手提着牛奶罐，另一只手提着篮子。罗杰两只胳膊下面各夹着一只面包。他们能看见岛上升起的袅袅炊烟，当他们穿过湖面抵达登陆点的时候，苏珊已经把水烧开了，泡好了茶，只等着牛奶和鸡蛋了。

这顿早餐吃得很安静，大家只顾着吃，谁都没有说话，转眼晚餐时间就到了。

“我们继续吃吧。”苏珊提议，大家一致表示同意，尽管此刻他们已经把鸡蛋消灭干净了，下一道菜是面包和橘子酱。这时，约翰打开了一听压缩牛肉干罐头。

“为什么原住民吃完面包和橘子酱以后，不吃压缩牛肉干呢？”罗杰问，“这样味道好极了。我可以把橘子酱抹在我的牛肉干上吗？”

“不行。”苏珊说。

“为什么？”罗杰不明白。

“这么吃会生病的，就像你去年生日时那样。”

罗杰想了想。“我不这么认为。”他说。

“就是不行。”苏珊坚决不同意。

一等水手提提发现，苏珊这天说话的语气像极了原住民。也许昨晚的探险活动在她心理上造成的影响，远远大于其他的燕子号船员。也许，她需要休息。从她不允许罗杰和提提吃完早午饭后洗澡，就能看出她的暴脾气。这顿饭包括葡萄干、鸡蛋、橘子酱面包、夹了压缩牛肉干的面包、果酱甜面包、从树上摘下来的新鲜香蕉（亚马孙海盗们一人吃了两根，那一串上还剩下许多）、香籽蛋糕和茶。吃完以后还得立刻按照原住民的习惯洗碗。这些事情全部做完以后，苏珊还要替他们缝纽扣。

“你怎么会掉这么多扣子，真是搞不懂。”她对罗杰说。

“是你让我什么都穿两套啊，”罗杰觉得冤枉，“穿得太臃肿，扣子都被挤掉了。”

今天一早，船长、大副和实习水手回来的时候，发现提提带着她的战利品停泊在鸬鹚岛的旁边，亚马孙海盗们却被困在野猫岛上，还急着要赶回家去。在这样的情况下，燕子号的船员们根本无暇交流。现在，提提当然很想听听他们在亚马孙河上的经历，而关于那个满是“章鱼”的潟湖，罗杰也有一肚子的话要说，要知道那些“章鱼”被打捞上来以后可都变成了莲花呢。接下来，她还得听他们说说如何在黑暗中行驶，如何差点在里约群岛撞船，以及一直在那里等到拂晓的故事。而约翰对提提留守在岛上和占领敌方船只的过程也充满了好奇。于是她说起了那只河乌，说起了亚马孙海盗的到来，还有她睡着后怎么被一只真正的猫头鹰吵醒，却错以为那是燕子号返航的信号。然后她又将自己如何成为鲁滨孙、在登陆点发现一艘奇怪的船以及“星期五”来访的经历娓娓道来。就在“星期五”即将登场的时候，她才想起自己有话要转告约翰。

“哦，对了，”她说，“我答应过要告诉你的。妈妈来这儿其实是为了找你，不是找我，是跟弗林特船长的态度太过恶劣有关。她想知道你是不是想让她给布莱克特太太写信，请她转告弗林特船长真正的骗子是他自己，而不是你，你从未碰过他的船。”

“你怎么说的？”约翰连忙问。

“我说我不知道。我说我要问问你。”

约翰一跃而起，冲进帐篷查看时间。

“我现在就去霍利豪依农场跟妈妈谈谈。”他出来的时候说。

“跟原住民谈？”提提问。

“是的，”约翰说，“我得告诉她，最好别写信。”

“我能去吗？”罗杰问。

“你留在这儿。”提提说，“他要去和原住民谈。你去只会碍事。我这里还有个计划。”

“什么计划？”

“一个宏大的计划。”

“关于什么的？”

“关于寻找宝藏的。”提提说，“走吧，我们去送送船长。然后趁着大副替你缝纽扣的当口，我们去一个秘密的地方。”

约翰船长驾船前往霍利豪依农场。受到了弗林特船长不公正的怀疑，他的感觉糟透了，可是即便如此，他还是不能让妈妈给布莱克特太太写信。那会给亚马孙海盗们惹麻烦的。他找到妈妈的时候，她正在花园里写信。

“我说，妈妈，您不是在给布莱克特太太写信吧？”

“不是，”妈妈回答，“除非得到你的同意，否则我不会写的。昨天我之所以去岛上就是为了这件事。你昨晚什么时候回来的？和提提告别之后，我和保姆一直在船屋附近等你们，想问问你是不是要写信。”

约翰吃了一惊。他满脑子都是弗林特船长，反倒忘了好些事。

“我们今天早上才回来。”他一五一十地说。

“这么说，布莱克特一家把你们留下过夜了，”妈妈说，“可怜的提提！”

“提提一点都不可怜，”约翰说，“她比我们都做得好。她凭借一己之力俘获了亚马孙号。”

“布莱克特家的孩子们在哪儿？”

“她们在野猫岛上。”

“那你们呢？”

“我们在亚马孙河上，就是她们住的地方，后来天实在太黑了，我们不得不停在小岛旁边等待天亮。”

“你不觉得这是傻瓜的行为吗？”

“是的，”约翰承认，“确实很愚蠢。可是您瞧，这是战争，也是我们唯一的开战机会。我保证我们再也不会那么做了。我是说，晚上出海。也没必要了。明天，亚马孙海盗们会来岛上跟我们一起露营。我们之间的战争已经结束了。我们获得了胜利。至少提提赢了。罗杰昨晚穿了两套衣服，睡在了燕子号上。没人感冒。可是，妈妈……”约翰欲言又止。

“怎么了？”

“这可是高度机密，只能你知我知，一定不能告诉别人。”这时他想起亚马孙号的海盗们连夜逃跑、发动夜间突袭的事。

“没问题。”妈妈保证道，“布莱克特太太应该很了解自己的女儿。我不会告诉她的。不过，我还是很高兴一切都结束了。以后再也不能在夜里航行了。你能保证吗？”

“我保证。”

“你们在岛上只能再住三天，这个周末我们就要回家了。要是这几天你们中有两三个溺水，那可就糟了。”

“只有三天了。”约翰喃喃自语。

“这样的好天气持续不了多久了，只要一变天，你们就得从岛上回来。变成落汤鸡可就不好玩了。我经历过。好好利用这三天的时间吧。我们明年再来。你确定不用我写信告诉他们，你没有碰过那座船屋？”

“非常确定。”

“好的。现在，进屋看看维姬，我们再一起喝点茶。”

燕子号的棕色船帆刚刚经过岗哨、消失在岛屿的北端，一等水手提提和实习水手便离开登陆点，向港湾走去。

“这又不是什么秘密的地方。”实习水手不以为然。

“只要四下无人，任何地方都是秘密的，”提提说，“而且我们还要去那块岩石，就是我看见那只鸟点头又飞入水下的地方。”

“那只鸟还会在那儿吗？”

“不知道。也许吧。”

“那就不算秘密地点啦。”

“当然是啦。鸟儿又不能算。整座岛上只有我们和大副，她还在缝纽扣。她得缝多少扣子？”

“十几颗，”罗杰回答，“我想一次把两件衬衫都脱下来，袖子和前胸上的纽扣都被扯掉了。”

“那得花很长时间，”一等水手说，“而且这个地方很隐蔽。走吧，把你的鞋子和袜子脱下来。”

他们脱掉鞋袜，把它们留在岸上。接着，他们涉水穿过浅滩，来到港湾旁的大岩石处，爬上石头，坐在上面，在阳光下晃荡着双腿，看着远处泛着涟漪的湖面。

“谁都能看见我们在这儿。”实习水手说。

“但是没人能听见我们说什么。”一等水手说。

“你的计划是什么？”

“寻找宝藏，”一等水手说，“不过除非你答应独自一人跟我去，否则我才不告诉你呢……”

“不带别人？”

“不带。”

“苏珊也不带？”

“谁都不带。我们要去一座荒岛，一座真正的荒岛，不是我们这座岛，我们要挖出被海盗埋葬的宝贝。那可不是轻易能找到的，得花很长时间。他们永远也找不到。最后我们的铁镐下会挖开一个空洞，成千上万枚金币会在沙子里打滚。”

“那座岛在哪儿呢？”

“你还没回答要不要去呢。寻宝人只把秘密告诉同伴。要是我告诉了你，说不定你就告诉海盗或是别人了。”

“我不会的。”

“那你去吗？”

“我去。”实习水手说。

“你发誓。我们应该拿张纸来，你得按个血手印才行。你要不把手指刺破吧？”

“我不干。”罗杰拒绝了。

“好吧，你答应跟我走？”

“是的。”

“那你先弯下身子。低一点，这样就能从那根大树枝下面看过去了。就是那座岛。”

“可那是鸬鹚岛。”

“也是金银岛。”

“你怎么知道？”

“昨晚我在亚马孙号上听见海盗们在那里埋葬宝藏了。”

“真正的海盗？”

“当然啦。他们骂人骂得可凶了。”

“真正的宝藏？”

“当然啦。我听见他们说可重了。”

“要是那么重，我们怎么搬呢？”

“一点一点地搬。肯定有金条。当然，还有许许多多的金币、银币和其他宝贝，比如宝石、钻石。我们每次搬一点。”

实习水手听着一等水手将她所知道的关于金银岛的一切娓娓道来。她知道得可真不少。她说海盗们如何接二连三地夺取船只，将船上的宝贝洗劫一空，还逼迫船员们走上跳板跳进海里喂鲨鱼。然后海盗们把这些船弄沉，如法炮制地继续打劫其他船只。提提告诉罗杰，当海盗船被宝藏塞满的时候，甲板上连跳舞的地方都没有，海盗们也没法走进自己的船舱睡觉。于是他们便把船开到一座岛屿，将所有的宝贝埋在一个安全的地方。他们会画一张藏宝图，等到他们厌倦了当海盗的生涯，就去把宝藏挖出来，在海边的房子里安度余生。到时候，他们就可以每天用望远镜眺望大海，回想自己曾经犯下的罪恶。（“或者住在船屋里，就好像弗林特船长。”罗杰补充道。）据提提说，海盗们经常把藏宝图弄丢，有时候找到宝藏的是寻宝人（“也就是你我。”）而不是海盗。她还说，海盗之间也会互相残杀，一旦无人幸免，就再也没有人知道宝藏的下落了。（“可我们知道，因为我听见他们把东西藏在哪里了。”）当苏珊在营地喊他们的时候，她还在滔滔不绝。他们蹚水上岸，穿上鞋袜后跑回营地喝茶。

他们喝了茶，清洗了茶具。一切都依照原住民的习惯行事，也许是因为苏珊还在为昨晚大家熬了夜的事介怀吧。就在这时，约翰船长回来了。

他的第一句话是：“我把我们昨晚彻夜未归、今天早晨才回来的事告诉妈妈了。”

“她是不是担心坏了？”苏珊问。

“我想是吧。可她没有表现出来，现在没事了。不过，我已经答应再也没有下一次了。”

约翰的话终于让苏珊放下心来，她又从原住民变回大副了。

“最麻烦的是，”约翰说，“妈妈说我们只能在岛上再待三天，到时候就算没变天也得离开了。”

“三天可以做很多事呢。”苏珊说。

“有件事我们现在就得做，”约翰说，“那就是画一张我们自己的航海图。明天亚马孙海盗们就来了，她们已经替所有的地方取了名字。我们今天必须绘制自己的航海图。谁来帮忙？”

每个人都自告奋勇。几分钟后，约翰船长趴在地上，面前放着《海员手册》和地图，其他人蹲在他的周围，看着他在练习本的两页纸上临摹湖泊的轮廓。练习本原本是为了写日志准备的。

“这本本子太小了，不够画，”他说，“不过这只是一张草图，我们回家后可以画一张更好的。”

“一张巨型的航海图，”罗杰说，“就像爸爸的中国海地图一样。”

“我们可以把它挂在教室的墙上，告诉大家我们去过哪些地方。”苏珊说。

“并且制定新的探险计划。”提提说。

“要涂颜色吗？”罗杰问。

“灯的位置要涂颜色。我们在灯塔和两盏导航灯的地方涂上黄色颜料。”

“那陆地用什么颜色表示？”

“航海图上的陆地都是白色的。陆地不是重点，除非你在海上行船时能看见的陆地，才会做标记。而且，即使这样的目标再小也要做记号。比如，他们会标记上达里恩峰，因为它很高，可是他们不会标上霍利豪依农场。”

“但我们会标，不是吗？”

“我们把它标记为原住民定居点。航海家们有时候就这么做。”

“要画幅小图吗？”

约翰画了一座小屋、三棵树和三个人，小图有六厘米宽，里面的三个人分别代表身为原住民的妈妈、维姬和保姆。然后他在船屋港的位置写上它的名字，再画上船屋。还有迪克逊农场，他在那里画了一个小人和一头奶牛，将农场的特点表现出来。

“把野蛮人的棚屋和他们的蛇也画上。”提提说。于是一条蛇、一只代表棚屋的黑色三角形出现在航海图上。还有一团火，代表这是烧炭人的地盘。

在里约港的位置，约翰画了许多小房子和栈桥。里约港外围的群岛也被画上去了，不过只有一座岛屿拥有自己的名字：约翰在禁止登陆的那座岛屿旁写下了“登陆岛”三个字。那晚，燕子号曾在那里停泊，在夜色中摆荡在一根木头桥墩旁。

“应该把我的那座岛也画上去。”提提要求道。

“哪座岛？”

“就是我们第一次发现亚马孙海盗的那天，我监视她们的地方啊。”

约翰满足了她的要求，并且标明了“提提岛”。

野猫岛连同灯塔树、登陆点、港湾和营地都被做了记号。他们还在钓过鱼的鲨鱼湾上画了一条鱼。接着，船长将燕子号从野猫岛至亚马孙河的来回航线用虚线画了出来。

“你们在河上走了多远？”提提问。

“我们一直把船开到了潟湖，”约翰说，“我已经标出来了。”

“把章鱼也画上。”罗杰提议道。

“我不擅长画章鱼。”约翰说。他已经尽力啦。

现在，航海图上的标记越来越多了。湖的北面和南面、他们熟悉的地方，都画上了虚线，其他地方则用“未探索区域”标明。

“没必要画上我们没去过的地方，”约翰说，“可是毫无疑问，我们不能把群山漏了，我们去过的地方都能看见它们。”约翰动笔在燕子号去过的每座港口画上小小的船锚。里约港外、里约港内、霍利豪依港，以及罗杰曾放走过一条大鱼的鲨鱼湾都画上了小船锚，就连他们拜访烧炭人时登陆的岬角和迪克逊农场的登陆点也不例外。

“我抛锚亚马孙号的地方呢？”提提问。

“没错，也得画上。”约翰说着在鸬鹚岛北端附近画上了一只小船锚。

“应该写上‘金银岛’，”提提说，“不过有宝藏的那座岛已经有名字了。”

“哪座岛？”约翰问。

“鸬鹚岛。”

“可那里只有鸬鹚啊。”

“这是秘密，”提提说，“那里有宝藏。罗杰和我打算去寻宝。我昨天在亚马孙号上听见海盗们把宝藏放在那里了。”

“什么海盗？”

“他们是天黑以后划船来的。我听见了。”

“说不定是渔夫。”约翰说。

“不是，”提提说，“他们差点撞到了船，还骂骂咧咧的。”

“你在胡说八道。”苏珊说。

“你当时一定是睡着了，在做梦。”约翰也不相信，“这样吧，要是你喜欢，我们将另外一座岛命名为‘金银岛’。里约港外最大的那座岛还没有名字。”

“可是鸬鹚岛上真的有宝藏，无数的西班牙金币。罗杰和我要去寻宝，我们现在就去。”

“慢着，提提。”苏珊说。

“现在去太晚了，”约翰说，“那里真的不可能有宝藏。”

“他们是深夜埋在那里的，”提提说，“无数的宝贝。”

“好吧，提提，”苏珊说话的样子俨然又变成了一位原住民，“该吃晚饭了。今天大家都要早点睡觉。记住，明天一早，亚马孙号的船员们就要来了。”

第二十四章

来自船屋港的重大消息

好好睡了一觉，燕子号的船员们恢复了体力。他们早早地起床，去湖里洗了个澡，然后又为早餐捕了一打鲈鱼。要是亚马孙号的船员们来早了，无疑也需要充足的食物。“谁也不知道她们什么时候出发，”苏珊说，“我猜她们一定赶不上早餐，不过要是她们来得准时，我们也有够六个人吃的早饭。以防万一，我们要多做一些，现在得有人去农场取牛奶啦。”

因为在鲨鱼湾钓鱼，于是船就停在了那里，离迪克逊农场的登陆点并不远。他们划船上岸，罗杰和提提拿着牛奶罐穿过田野，与此同时，船长和大副则在湖边清洗鲈鱼。

“提提一定想带着罗杰一起去寻宝，”船长说，“那里肯定没有，可她不会死心的。”

“有时候她分不清现实和幻想，”大副说，“他们可以今天下午去。可我希望亚马孙号海盗们的到来能让她忘了这件事。”

“今天早上我们有很多事要做，”船长说，“我想在她们来之前，把船帆上的破洞都补好。其实昨天就应该做了。燕子号也得洗刷一下。”

“我也想让营地焕然一新，”大副说，“我的壶和锅都脏了。”

鲈鱼全都洗好了，整整齐齐地在船底排成一排。这时候，罗杰和提提也带着牛奶回来了。

“坏了，”提提还没下船就忙不迭地报告，“弗林特船长又开始造谣了，比之前的还糟糕。我们还没来得及跟迪克逊太太说早上好，她就责怪我们不该去船屋捣乱。我告诉她我们没有。她说：‘好吧，反正有人去过了。’然后她就不说话了。后来我就说弗林特船长是个坏蛋，我希望他的船屋沉没。”

“你不该这么说。”苏珊说。

“我忘了她是个原住民。”提提也很懊悔。

“她既没给我们蛋糕也没给我们糖浆，连只苹果都没给。”罗杰说。

“他为什么不肯放过我们呢？”约翰说。

“哪条鱼是我抓的？”罗杰看着船底那排收拾好的鲈鱼问，“是这条吗？肯定不是那条最小的。那是苏珊抓的。我看见了。”

他们划船回到了野猫岛。苏珊把火烧旺，把黄油放在煎锅里融化，用来煎鲈鱼。罗杰在一旁看着她。约翰出发去岗哨。提提跟着他。

“吃完早饭，我可以和罗杰去寻宝吗？”提提问道。

“亚马孙号的船员今天就要来了，”约翰说，“我们得先把甲板洗刷干净，在她们到达以前把所有的东西收拾停当。全部搞定以后，也许可以去。对了，”他说，“提提，快去我的帐篷里把望远镜拿来。那已经是我看到的第三艘驶入船屋港的船了。”

“遵命，长官。”一等水手说着跑回营地。到了营地，她被大副抓了个正着。苏珊需要一个人在自己忙着煎鱼的时候给面包涂黄油。

“船长让我来拿望远镜。”一等水手说。

“告诉他早饭已经做好了。”大副说，“望远镜可以等，鱼可等不了，得趁热吃。”

提提拿着望远镜溜出营地，把大副的话告诉了约翰。

“马上就来。”约翰大声说，他举起望远镜，边观察边说，“有艘船正驶向船屋港。是艘汽艇，上面有很多人。”

营地传来了大副的哨声。

“来了，来了。”船长高声回应。

“要是原住民向弗林特船长发起进攻，”提提说，“真希望我们也能参战。”

“船屋港有情况，”约翰说，“船只接连入港。我猜，他正在昭告天下，说是我们碰了他那艘令人讨厌的船屋。”

“别管弗林特船长了，”苏珊说，“要是他认定是我们干的，我们也无能为力。谁都阻止不了他这么想。别忘了妈妈的话，我们知道不是我们干的就行了。别管他了。我在你的茶里放了糖，这是你的鱼。吃完还有一条。要是亚马孙号的船员还不来，你还能再吃一条。”

燕子号的船员每人吃了两条鱼，于是锅里还剩下四条鱼，苏珊打发实习水手去岗哨瞧瞧亚马孙号来了没有。不一会儿，罗杰就回来了。

“没看见船，”他说，“倒是有艘大船从船屋港出来了。”

“看来，她们吃了早饭才会来，”苏珊说，“每人再吃一条鱼吧。”

“不知道出什么事了。”约翰说。

“别管他了。”苏珊说。

“好的，不管了。”约翰说。

一吃完早饭，大家就开始打扫卫生。“要是你想清洁燕子号，”大副说，“那我就负责收拾营地。把实习水手和一等水手带上，让他们刷甲板，再把船上的金属擦擦亮。”

“船上没什么金属啊。”罗杰说。

“系索栓就是啊。”提提说。

“嗯，把它们擦亮，”大副说，“你们可以用沙子和湿布。这里有两块抹布，拿着。把所有的灰尘都打扫干净，再用湿布擦亮，让燕子号看起来像艘新船。”

“我要把船帆拿去营地，”约翰说，“得把帆桁再系紧一些。把船帆弄平整了，我才能把收帆索系好。”

“随你，只要你别妨碍我，”苏珊说，“我得把所有的壶都洗干净。”

“我们要把燕子号停到港湾里去，这样等亚马孙号到的时候，我们的船已经稳稳当当地停好啦。”约翰说。

他带着一等水手来到登陆点。实习水手已经先他们一步上船了。他们把船推下水，划桨来到港湾处。早饭前去钓鱼的时候，他们把桅杆和船帆都留在了那里。约翰立起桅杆，把提提的船旗升到桅顶。实习水手和一等水手则留在船上打扫。约翰在船尾系上拖船绳，又用系船索固定好船头，于是燕子号漂浮在港湾的一侧，给亚马孙号留下了足够的空间。

“要是你们想上岸，就松开船尾的拖船绳，再把系船索往上拉就行。”他说。

“遵命，长官。”一等水手和实习水手异口同声。他们正忙着擦洗划手座，清理船底板的污垢。

船长拿起卷好的船帆和帆桁，扛在肩头，带回了营地。到了地方，他把东西铺在地上。这时候，苏珊刚洗完餐具。

“我这就去岗哨，看看那些船走了没有。”他说。

苏珊抬起头来。

“别老想着弗林特船长了，一点用都没有，”她说，“把他忘了吧。”

“你说得对，”约翰说，“可我控制不住。”

“过来帮我晾毯子。”苏珊说。

“亚马孙号的船员可能快要到了。”约翰说。

“那有什么关系？”苏珊说。

他们从帐篷里拿出毯子，晾在帐篷和树之间的绳子上。接着他们拍打已经凹凸不平的干草袋。他们又摇又压又拉，直到它们更像床垫而不是干瘪的荷兰奶酪。

接着，苏珊开始洗刷炖锅和煎锅，又用细沙除去锅底的黑垢。说实话，这沙子不够细，不过已经是她能找到的最细的沙子了。

“水壶底就这样吧，”她说，“看起来还不错。”

约翰将船帆平铺在地上，解开绳结，将帆布从帆桁上取下来。他专心致志地用一些细绳之类的小东西将破损的地方修补起来，再用小刀去除磨损的边缘。

这项工作耗时良久，后来他又注意到船帆的一个接缝处松了。约翰走进帐篷，在盒子里东翻西找。

“幸好我们带了一根补帆的针。”回来的时候他说。

过了一会儿，大副抬头看见船长正在吮着自己的大拇指，说：“要是你知道该怎么用，那就更幸运了。”

“这可不是我的错，”船长解释道，“真正的补帆工干活的时候手掌上都有一块皮革，把针顶过去。”

“让我看看。”大副说。

两人齐心协力将裂缝处修补得完好如初。约翰的收帆绳也编得很好。“要是生活就像编绳那样容易，”父亲去年曾经说过，“你就不用学别的了。”

在苏珊的帮助下，他将帆布沿着帆桁铺开，把它们系在一起。他们俩都专心工作，谁都没注意到一艘船正驶向他们的登陆点，直到听见岸边传来嘎吱嘎吱的声音。

他们抬起头，看见一个身着衬衫的大个子警察正在收桨。只见他站起身，费力保持着平衡，走上了湖岸。他拿起放在船头的外套，径直向营地走来。只见他热得满头大汗，边走边在外套里寻摸着什么东西，最后终于拿出一块红色的大手帕擦了擦脸。他低头看着船长和大副。

“早上好。”约翰礼貌地打招呼。

“早上好，”大个子警察说，“忙着呢？”

“是的，忙坏了。”约翰说。

“在这样的天气里，干活要比划船凉快。”

“您从很远的地方来的吗？”苏珊问，一边思忖着是不是要给他倒点喝的。

“是的，”警察说，“很远。我想知道你们在这儿干吗？”

“这是我们的营地。”约翰回答，“您要不要坐下歇歇？很抱歉，我们没有啤酒，不过那棵树上还有一两根香蕉。”

警察咕哝了一声，并没有道谢。他又在外套里掏摸了一阵，扯出了一本笔记本和一支铅笔。

“报上姓名和住址。”警察说。

“我叫约翰·沃克，”约翰说，“这里就是我们的住址。”

“沃克，约翰。”警察边说边记，又擦了擦脸，问，“住址呢？”

“这里。”

“哪儿？”

“这里。”

“那可不行，”警察说，“得说你们住在哪里。”

“住在这两顶帐篷里。”

警察走到帐篷边探头张望。

苏珊不乐意了。

“我们还没有收拾好床铺呢。”她说。

就在这时，从小岛的另一边传来了欢快的口哨声。

“这里不止你们两个？”警察问。

“有很多人。”约翰说。

“现在，听好了，”警察说，“直接回答我。你们什么时候去过特纳先生的船屋？”

“我们从来没靠近过，”约翰说，“只有一次，我去找特纳先生谈事。”

“得啦，得啦，”警察说，“别撒谎了。那里面乱得……”

“萨米！”

声音如银铃般清脆，引得警察立刻回过头。

“萨米，我可真替你害臊！要是你再不走，我就去告诉你妈妈。”

“请原谅，露丝小姐，”警察说话的时候，脸比刚才更红了，“我以为他们一定知道一些盗窃案的事，因为以前我看见他们去过船屋。我不知道他们是你的朋友。”

“他们当然是我的朋友。”南希船长说着走进营地，随手将一捆帐篷支柱扔在地上，“他们跟吉姆舅舅的船屋毫无关系。你回去就这么告诉吉姆舅舅。或者，我们去抢夺他的船，把他变成我们的俘虏？”她转向约翰，又加了一句。

“那可不行，露丝小姐，”警察似乎慌了，“今天不行。我得划船去湖的下游。”

佩吉·布莱克特扛着一大包白色的东西从港湾沿着小路走来，提提和罗杰拿着毯子和钓竿跟在她的身后。

“喂，萨米，”她说，“你在这儿干什么？”

“就是个误会，小姐。”警察说。

“走开，萨米，别再犯错啦。”南希说。

大个子警察只好走回停船的地方，准备驾船离开。

“露丝小姐，佩吉小姐，”他央求道，“千万不要告诉我妈妈啊。”

“好的，萨米，只要你听话。”

他赶紧划船走了。

“他想干吗？”提提问。

“他为什么那么害怕？”罗杰问。

“你们认识他吗？”苏珊问。

“当然啦，”南希船长说，“他的妈妈以前是我妈妈的保姆，也是我们俩小时候的保姆。他是我们这儿的警察。除了他妈妈，他谁都不怕……当然，他还怕我们。我说，你们知道出什么事了吗?”

“什么事?”

“比利父子让你们转告我们，让吉姆舅舅把他的船屋锁好，他们真的说对了。”

“吉姆舅舅的船屋失窃了。”佩吉说。

“今天早上看到那些船，我就知道出事了。”约翰说。

“有别的海盗趁弗林特船长不在的时候袭击了他的船。”南希船长说，“他的确走了，你们说对了。我们错了。我们驾船来这里的路上，看见船屋里有灯光，但不是他点亮的灯，而是那些窃贼开的灯，别的海盗。当时他们正在行窃。”

“看见灯的可不止我们，还有别人。”佩吉说，“有个司机知道吉姆舅舅不在，于是他一早跑去船屋查看，发现舱门开着，里面一团糟。他就来告诉妈妈，于是妈妈就给吉姆舅舅发了封电报。他是昨晚回来的，去了船屋，可是那里糟透了，于是他带着鹦鹉来我们家住了一晚。”

“他气疯了，”南希说，“鹦鹉也气坏了，连话都不会说了。”

“他有时候生气，有时候又闷闷不乐，”佩吉说，“他说他不介意窃贼拿走别的，可他们偏偏偷了他最在意的东西。他们偷走了他的旧箱子，里面有他的打字机和他写了整个夏天的书。就是为了写这本书，他才像变了一个人，都不跟我们一起玩了。他说他猜测他们之所以拿走箱子，就是因为它很沉。他不知道窃贼还偷走了什么。窃贼们把所有的抽屉都清空了扔在地上，又把船上的东西都砸了个粉碎。用他的话来说，比春季大扫除还要糟糕。有时候他痛苦不堪，一言不发，有时候他愤怒地在湖边转悠，咒骂坏小子，还有你们……”

“他一直认为是我们干的。”约翰说。

“我原本打算告诉他，那天晚上的事跟你们无关，”南希说，“因为我看到他的船上亮灯的时候，你们正在亚马孙河上，可是佩吉轻轻推了推我，我才想起当时我们应该在床上睡觉，于是我什么都没说。我想我们要是早点搬过来跟你们一起露营就好了。这下大家都焦虑不安，随时可能有人阻止我们。于是我们昨晚偷偷溜了出来，把东西都放在亚马孙号上，然后驾船沿河而上藏了起来。直到今天早上我们都一直躲在船上，后来看到吉姆舅舅划船回了船屋。我们出发的时候没什么风，不然我们早就到了。我们必须划船穿过群岛，途中我们还停船观察了一会儿，看见那些船只都去船屋港看窃案现场了。”

“你们昨天早上及时到家了吗？”苏珊问。

“差点就露馅了，不过我们还是赶到了。”南希回答。

“我们穿着衣服上床的时候，他们恰好来敲门。”佩吉说。

“我说，”约翰说，“他们就是在我们开战的那晚行窃的吗？”

“当然是啦，”南希说，“我刚才说了，我们看见船屋里亮着灯。早知道的话，我们就把他们通通逮住，吉姆舅舅一定会对我们感激不尽，心甘情愿地为我们当牛做马。”

“这么说，或许提提那晚真的听到了什么。”约翰说。

“也许我听见的那些海盗正是洗劫了弗林特船长的家伙。”提提说。

“你听到了什么？”南希问。

“他们划着船，”提提说，“当时我正在亚马孙号上抛锚。”

“也许就是那些小偷，”南希说，“我们看见了他们亮着的灯，而你听见了他们说话。我就是想不明白，为什么吉姆舅舅会认定是你们干的呢？”

“当然不是我们。”约翰船长说。

“我当然知道你们是无辜的，”南希船长说，“你不用告诉我。可让我困惑的是，为什么他觉得是你们干的。”

约翰船长看起来很不自在。

“那次我去把烧炭人的口信捎给他时，我告诉他我没有碰过他的船屋，可他不相信我的话。”

“他为什么不相信你？”

“哎呀，”约翰船长说，“听着，南希船长，这无关紧要。”

“当然有关系，”南希船长说，“老萨米要不是从吉姆舅舅那儿听到了什么，绝对不会到这儿来调查。”

“是我们第一次看见你们的那天，”约翰船长回忆道，“当时我们以为他向你们开了火。我们沿湖追赶你们的时候，被他看见了，于是他以为是我们在他的舱顶放的烟火。”

南希船长的脸一下子红了，尽管太阳已经把她的脸晒红了。

“我这就去向他解释清楚。”她说，“他当时很暴躁吗？”

“他说我是个骗子，”约翰说，“但是现在已经没关系了，真的。”

“有关系。”南希船长说，“佩吉！”

“船长。”

“把剩下的东西从亚马孙号上搬下来，把桅杆和船帆拿出来，把船驶到登陆点。大副、约翰船长，你们有纸和铅笔吗？我还需要从你们的营火里取一小块炭。”

约翰船长走进帐篷，拿出练习本和铅笔。南希船长趴在地上写了几分钟，每写一个字就舔一下铅笔，而且写得十分用力。她把笔尖弄断了两次，不得不重新削铅笔。

“舔过的笔头写出来的字才会黑。”注意到苏珊一脸惊讶地看着自己时，南希解释道。

提提和罗杰目瞪口呆地盯着她。

写完以后，她站起身，从营火里拿出一小块焦炭。她把写好的那张纸从练习本上撕下来，用黑炭把纸的背面涂黑。然后她把纸折起来放进衬衫口袋里。

“船备好了，船长！”佩吉在登陆点大声报告。

“我很快就回来。”南希船长说。

“可你要去干什么？”看着南希把船推入水中，约翰问。

“给他下‘最后通牒’。”南希说着划船走了，船桨激起一大片水花。

第二十五章

致弗林特船长的最后通牒

船屋的主人弗林特船长——有时也被称作吉姆舅舅，正和他的绿鹦鹉待在船舱里，表情冷酷地收拾着闯入者留下的残局。先是那些窃贼，接着今天早上又来了许多想要一探究竟的人，还有萨米和另一位警察，以及一位来自里约的警官，他派萨米去湖的下游调查，又派另一个警察去对岸调查。窃贼把船屋翻了个底朝天，所有的抽屉和橱柜都没能幸免，无一例外地被撬开了，里面的东西都被掏空了。南非土人用的长矛、印第安人的战斧、鲨鱼牙齿做的项链、回旋镖、红绿色的葫芦，这些弗林特船长的旅行纪念品原本都挂在船舱墙壁的显著位置上，现在都被扯了下来。这就像是经历了一场龙卷风后的整理工作。弗林特船长踩到了一只来自科伦坡的黑檀木雕刻的小象。他把它捡了起来，想着用胶水粘好，可是象牙、鼻子和两条腿都不见了，于是他绝望地把它扔出了窗外。

绿鹦鹉停在船舱里的桌子边缘，正想方设法地想把一尊小玉佛的脑袋咬下来，那是弗林特船长在香港买的。

“咬吧，波利，”弗林特船长说，“把它咬碎。”

“漂亮的波利。”鹦鹉说着用一只爪子摁住玉佛，用坚硬的喙啄个不停。

“真不明白，要是他们想劫财，为什么不拿这些呢？”独居惯了的弗林特船长习惯了自言自语，或者跟鹦鹉说话，“他们拿走的偏偏是对他们毫无用处、于我却十分重要的东西。永远都别上锁，波利，那样就什么都不会丢了。无论小偷是谁，他拿走那只箱子，纯粹是因为它很重，而他无法将它打开。如果真是那个男孩干的，他的力气一定很大。可说不定他有别人帮忙。好吧，等他打开箱子的时候，一定会后悔没有拿别的东西。‘《形形色色的苔藓》，作者滚石’，对他来说毫无用处。可是波利，这可是我的心血啊。”

“漂亮的波利。”鹦鹉又说，与此同时，佛像的脑袋掉在了地板上。

弗林特船长弯腰把它拾起，一只陶瓷鸸鹋在他的脚下摔碎了。

“国王所有的战马，国王所有的勇士，”弗林特船长说，“都不能把蛋先生拼回去。我再也不能坐下来重新写《形形色色的苔藓》了。”

当弗林特船长捡起小玉佛的脑袋时，绿鹦鹉生气地厉声尖叫起来。

“好了，你拿着吧。”弗林特船长说。鹦鹉沿着桌子摇摇摆摆地走向他，一只爪子牢牢地抓着桌沿，另一只爪子从他手里接过玉佛头。

“只是浪费了一个夏天，”弗林特船长说，“我所有的日记也不见了。”

“漂亮的波利。”鹦鹉说。

“可是有一点，”弗林特船长说着捡起一堆衣服，塞进一只柜子里，“我的那两个外甥女跟这件事毫无关系。她们确实淘气，不过从来不会来我的船上捣乱。但是那小子，他明明在我的舱顶放了烟火，却对我撒谎，我很不喜欢。男孩们什么事都做得出来，波利，就算是好男孩也会干坏事。我自己曾经就是个坏男孩，大家都那么说，可我至少不撒谎。”

就在这时，一张折叠起来的小纸片从窗口飞了进来，落在桌子上。鹦鹉踱步走了过去，把它捡了起来。看来啄这张纸片要比啄那尊小玉佛简单多了。弗林特船长探头张望。

“嗨，南希，”他说，“你是来幸灾乐祸的吧？”

“我不跟你说话，”南希说，“我已经给你发去最后通牒了。自己看吧。”

“怎么回事？”

“除非你道歉，否则我不会跟你说话的。看看最后通牒，你就明白了。”

弗林特船长及时把那张纸从鹦鹉的嘴里救了下来。纸片已经被撕成两半了。弗林特船长把纸抚平，拼在一起。纸的一面是一个用焦炭涂黑的大圆圈，另一面是封信：

弗林特船长（又名吉姆舅舅）：

约翰从未碰过船屋。你说他是个骗子，其实他不是。真正的骗子是你。他冒着生命危险来警告你，野蛮的原住民计划袭击你的船屋。是比利父子让他转告你的。但你不肯听，还说他撒谎。简直忘恩负义。现在你遭窃了。我很高兴。非常高兴。要是你想知道是谁公然挑衅你，在你的舱顶引爆了地雷（参见《西班牙的菲利普》），就是在这封信下面签名的这个人。一切都是你咎由自取。这是最后通牒。你已经不再是我们的舅舅了，别指望我们再尊敬你。

南希·布莱克特（亚马孙海盗）

“嗨！南希！”弗林特船长对着窗外大喊。

但是南希船长急于向燕子号的船员证明她没有跟敌人讲和，所以已经划船驶出了港口。

“天哪!”弗林特船长说，“所以，应该是那些冒失的年轻人。那个男孩一定觉得我是个粗鲁的人。而我的确如此，我还告诉警察他可能跟这件事有关。回你的笼子里去，波利。事情太多了，得把你关起来才安生。”

他把厉声抗议的鹦鹉关进了笼子，然后跑到甲板上，跳进划艇里，飞快地解开系船索，竭尽全力地追赶南希船长。无论发生了什么，他必须立刻见到那个男孩，把事情说清楚。

第二十六章

讲和与宣战

南希驾船离开后，佩吉和燕子号的船员们默默地注视着她远去的身影。没人知道她要去干吗。

“也许我不应该告诉她。”最后约翰开口了。

“别废话了，”苏珊说，“她迟早会知道的。我们得在她回来之前把亚马孙船员的帐篷搭好。”

“走吧，”佩吉说，“东西都在这儿了。南希把帐篷支柱也带来了。”

“我们是不是应该驾船去帮帮她？”提提不放心地问。

“最好别去，”佩吉说，“要是她需要帮忙，就不会一个人去了。”

说着，她解开了那一大捆白色的东西。是顶帐篷，只是跟燕子号船员的帐篷不一样。

“支柱在哪儿？”她说，“哎呀，都折成两半了。你们把它们拼成四根，长度要一样。然后插进帐篷的四条边里。你们会发现特别紧。头两根还挺容易，后面就困难了，因为很难让边缘保持平直。我说，如果你们的一等水手和实习水手能去另一边拉住帐篷，就容易多了。”

所有人都来帮忙。支柱接好了，就像钓竿似的，一一被插进帐篷的四条边。边缘顶端有套住支柱末端的小袋子，就像包裹着手指的手套，支柱进入小袋子之后，比帐篷高出十厘米左右。

“它们好像耳朵，”罗杰说，“驴耳朵。”

所有的支柱都安装完毕后，佩吉把帐篷拉起来，或者说试图把帐篷拉起来。约翰拉住绳子的一端，她拉住另一端。

“这边，”她指挥着，“幸好你们没把帐篷搭在这里，否则我们肯定要跟你们抢地盘。没有这两只树桩，我们没法搭帐篷。”

在燕子号船员们的帐篷对面，有两只树桩。它们之间是一块方形空地。佩吉在草地上摸索着，在空地的四只角上分别发现了一个洞。

“帐篷支柱恰好能插进那些洞里，”她说，“从帐篷顶上垂下来的绳子可以绕在树桩上，然后再用这些木块加以固定。”

木块的两端各有一个洞。绳子从一个洞中穿过，绕在树桩上，接着从另一个洞中穿出，再打一个结，这样就不会松脱了。要把绳子拉紧，只需把木块向上拉，然后拉紧绳子的末端，这样即便松手，绳子也不会松开了。

“五个人一起做就轻松多了，”佩吉说话间，帐篷已经搭好了，从“驴耳朵”上拉下来的绳子也绷紧了，“要是只有我们两个人，可得花好一会儿工夫。和毯子放在一起的那些铁钉去哪儿了？”

“在这儿呢。”提提说。

“地上也有钉它们的洞，”佩吉说，“不过得用槌子。糟了，我忘了带木槌。”

“把我们的木槌拿来，罗杰。”苏珊大副说。

帐篷两侧和背后的底边上有铁环，每只铁环的顶端各有一根带挂钩的铁钉。佩吉找到了她们上次露营时留下的洞，约翰将铁钉敲了进去。

“大功告成，”佩吉说，“就剩下防潮垫了，和睡袋一起放在港湾里了。”

“现在看起来就像一座真正的营地了，”提提边说边自豪地看着三顶帐篷和营火，还有苏珊刚刚洗过的煎锅和炖锅，“只要人们看到了船帆，就知道这里是荒岛上的营地。”

“我们把船帆系完吧。”苏珊说，可是约翰匆匆跑去岗哨，想看看南希船长和亚马孙号是否返航了。

过了一会儿，他跑回营地拿望远镜。

“我说，苏珊，”他大声说，“弗林特船长正跟着她往这儿来呢。”

“你怎么也淘气了，就跟提提整天念叨着那些宝藏一样，”苏珊说，“原住民才不会那么做呢。”

“可真的是他。”约翰说。

“吉姆舅舅并不总是像个原住民。”佩吉说。

“他比原住民还坏。”提提边跑向岗哨边回头说。其他人紧跟着她。

当弗林特船长划船冲出船屋港追赶南希的时候，她已经走到半路了。现在她离小岛已经很近了，而弗林特船长尽管一路追赶，依然落后了一小段。他的船太沉了。

“瞧，”约翰说，“他正跟着她呢，是吧？”

“也许是她邀请他来的。”苏珊说。

“那她还拼命划船？”佩吉说，“肯定不是。他在追赶南希。”

“快看他是怎么划船的。”约翰说。

“好像一台蒸汽机。”罗杰说。

“他就像要把船举起来似的，”佩吉说，“可是南希会打败他的。她遥遥领先着呢。加油，南希！划得很好！坚持！加油，南希！”

“加油，南希！”

大家在岗哨呐喊，仿佛正在观看一场比赛。南希听到了他们的声音，回头瞥了一眼。

“走吧，”佩吉喊道，“不用下水帮她。不过她肯定会先到，然后我们可以阻止他上岸。快。燕子号船员和亚马孙海盗万岁！”

“弗林特船长完蛋啦。”提提大喊。

他们奔向登陆点。南希气喘吁吁地靠岸了，依然领先弗林特船长六七个船身的距离。

“准备战斗，伙计们。”她一边跳上岸一边上气不接下气地说。

不一会儿，弗林特船长划着船在亚马孙号的旁边靠岸了。南希和佩吉二话不说，立刻把它推回水中。

弗林特船长原本已经把船桨收起来了，却感觉船又漂浮在水面上，于是又将桨叶插入水中，转身看着他的敌人们。他一改往日的暴躁。他的脸很红，不过全都是因为划船的关系。他的声音很温和。乍一看，甚至会觉得他有几分害羞。

“我可以上岸吗？”他问。

“你是敌是友？”南希气喘吁吁地问。

“我不是敌人，”弗林特船长说，“更像是一个落魄的英国水手。”

“你收到了最后通牒，”南希说，“我们跟你没什么关系了。”

“我是来道歉的，”弗林特船长说，“不是跟你，南希。”

“我们要让他上岸吗，约翰船长？”南希问。可是约翰听了弗林特船长说的最后一句话后，立刻走开了。

“你对他实在太过分了，”南希见状说道，“可是我们还是让你上岸。”

弗林特船长又一次划船靠岸，上岸后不理会任何人，径直尾随约翰船长而去。

约翰船长沿着小径走向港湾。弗林特船长疾步追上他。

“年轻人。”他的语气十分友好。

“嗯。”约翰回应。

“我有话对你说。请别用我那天对待你的态度对待我，请别拒绝听我说话。我大错特错。就算我没错，也不该那样粗鲁。我早该知道你说的是实话。我不该管你叫骗子。我很抱歉。你愿意跟我握手和好吗？”

约翰船长的喉头似乎被什么东西哽住了，但心里十分难受。他发现比起被弗林特船长冤枉，此刻的真相大白更令他感到难受。因为至少之前他还能生气，多少能发泄一些情绪。现在的情况反而更糟糕了。他咽了两次口水，使劲咬住嘴唇，伸出手。弗林特船长拉住他的手，用力握了握。约翰突然感觉好多了。

“现在没事了。”他说。

“我真的很抱歉，”弗林特船长说，“我当时之所以一口咬定是你干的，是因为我看见了你们和你们的船，压根没看见我那两个调皮的外甥女。但那也不能成为我的借口。”

“现在真的没事了。”约翰说。

他们向大伙走去。

“我已经为此付出了代价，”弗林特船长说，“南希告诉我，你当时来是为了警告我，给我捎口信什么的。要是我听你的话，而不是像一个固执又坏脾气的傻瓜，我就不会丢失我的书了。我一定会随身带着它。南希告诉你发生的事了吗？”

“是的，”约翰船长说，“可我去不只是为了警告你。我原本打算把烧炭人让我们转告南希和佩吉的话告诉你。我还要告诉你，你放在我帐篷里的那张纸完全搞错了。因为，我从未靠近过船屋。最后，我计划向你宣战。”

“我更愿意把它理解为友好的宣战，”弗林特船长说，“听见了吗，南希？”说话间，他们已经在营地跟大部队会合了，“听见了吗？他当时是要向我宣战呢。”

“当然了，”南希说，“我们都要向你宣战。我们已经结成了同盟，联合起来对抗你。我们计划亲自攻占你的船屋，给你两个选择——要么你自己走上跳板，从船上跳下去；要么像去年一样跟我们同呼吸共命运。他之所以讨厌你，是因为你跟原住民说他去了你的船屋，而他压根就没有。我们讨厌你，是因为你一直在写那本破书。反正现在说什么都没用了。你已经收到了最后通牒，我们跟你没有任何关系了。”

“我不知道原来已经为时过晚了，”弗林特船长说，“反正我再也不写书了。书稿和打字机都不见了，我也老了，已经没有精力从头再来了。只要你们愿意，我随时准备迎接你们的挑战。”

“我并不想占领船屋，”提提突然激动了起来，“我要把它给沉了。真希望我们一开始就这么做。”

“可是为什么呢？”

“提提！”苏珊的语气中充满了警告。

“因为再没有一个敌人像你这样可恶了，”提提说，“我们什么都没干，你却让原住民以为我们才是真凶，后来约翰船长想要去帮助你的时候……”

“是的，我知道，”弗林特船长说，“我是个混蛋，可是除了道歉，我实在不知道还能做什么。我真的很抱歉。”

“没关系，提提，”约翰说，“一切都真相大白了。事情到此为止。”

“听我说，”弗林特船长说，“我会尽最大的努力弥补。我把整个夏天的时间都浪费在写书上，也浪费了你们的夏天，我是指南希和佩吉的，可是我看到她们的帐篷在这儿，我猜你们要团结起来干些什么。收回你们的最后通牒，跟我和好吧，然后我们马上就开始战斗。如果你们想要占领船屋，尽管来吧。我会严阵以待的。我现在无事可干，要把浪费的时间补回来。”

“我们要原谅他吗？”佩吉说，“如果他愿意，他可以是一个很好的朋友。”

“如果可以在船屋上打响一场真正的战斗，”南希说，“那我们就原谅他。我们原谅他是因为他后悔了，也因为他遇到了麻烦。他的船屋确实失窃了。”

“好吧，那是他活该。”提提说。

“没错，”南希说，“可是除了我们几个，谁都不许去船屋捣乱。”

“真正的战斗，”弗林特船长说，“明天下午三点开战。我得回去收拾那些恶棍留下的残局。可是明天下午三点我会准备好的。”

“千真万确？”佩吉问道。

“诚实的海盗！”弗林特船长说。

“好吧。”南希说。

“那就收回你们的最后通牒。”弗林特船长说。

“你留着吧，”南希说，“提醒自己别再跟原住民为伍了。”

“我会的，”他说，“可是听着，我想知道我的敌人都叫什么名字。顺便问一句，为什么你们在最后通牒中叫我弗林特船长？”

“因为他们的一等水手提提说你是个退隐的海盗。”

“哦，的确如此。可哪个是提提？你是提提吗？”他看着苏珊说。

“当然不是，”南希说，“她是燕子号的大副，名叫苏珊。”

“你好，大副。”弗林特船长说。

“这位是燕子号的约翰船长。”

“船长和我已经见过了。尽管我罪不可恕，但他还是原谅了我。”

“这位是一等水手提提。提提，这是弗林特船长。”

“原来知道我不为人知的海盗历史的人是你。”

“我看见那只鹦鹉了。”提提说。

“这是罗杰，实习水手。”

“我也曾做过实习水手，”弗林特船长说，“真是段艰难的时光。”

“我们是亚马孙海盗。”

“我对你们这两个小无赖太熟悉了。”弗林特船长说。

“你真的打算明天在船屋开战吗？”提提问。

“没错。”弗林特船长斩钉截铁。

“我们一定能攻占船屋。”一等水手充满信心，“你的跳板够结实吗？”

“干吗？”

“为了在上面走路啊。”一等水手说。

“一切都会准备妥当。”退隐的海盗说。他当然知道要准备些什么。

“晚饭吃什么？”罗杰问。

“要是明天打仗，”苏珊大副对弗林特船长说，“今天你愿不愿意留下，跟我们共进晚餐？我这就去烧水。”

“那当然好，”他说，“我似乎身处敌人的营地中……”

“在正中间呢。”南希说。

“但这里真不错，我都想加入你们了。”

“太晚了，”南希说，“他们两天后就要离开了。我们也是。你现在唯一的作用就是做我们的敌人。不过如果你真的想加入，我们也不介意。”

“明天下午三点，船上将血流成河，”弗林特船长说，“不过我猜你们应该不介意我今晚留下吃饭。”

“一点也不介意，”南希说，“大副已经邀请你了。这里有好多吃的。我们带了一块圣诞布丁，要切好之后再炸一下。可好吃了。是厨娘给我们的。后来我们又找到了一块冷掉的牛舌，几乎没人碰过，于是我们也带来了。可因为怕被大人阻止，我们是偷偷跑出来的，所以忘了带酒。”

“水马上就烧开了。”苏珊说，“提提，你去把盘子拿出来。挑几只最好的土豆，罗杰，我们来烤土豆。火旁边还有很多热灰。”

“走吧，佩吉，我们把东西搬进营地。”南希船长说。

“要我帮忙一起系吗？”弗林特船长说着在铺开的船帆旁坐了下来，约翰正将绳子穿过船帆边缘的穿绳孔。一旁的苏珊正忙着烧火烧水，提提和实习水手则将盘子、杯子和餐刀一一取出。

“这比写书有意思多了。”过了一会儿，弗林特船长说，“船长，要是你在那儿绕两圈，再系紧，我就教你一个更好地完成这项工作的办法。”

考虑到弗林特船长正跟敌人们共进晚餐，于是晚餐气氛十分友好。最后就连提提的态度也缓和了下来。他一直都叫她一等水手，一次都没喊错。亚马孙号船员带来的牛舌棒极了。燕子号船员的香籽蛋糕也很好吃。大家几乎把牛舌吃得干干净净，连压缩牛肉干罐头也不用开了。原本最后一道菜是切片后油炸的圣诞布丁，但是烤土豆耗时太久，最后圣诞布丁就被当作了一道热点心。

大家围着火堆坐在一起，剥烫手的土豆吃，开始谈起船屋遭窃的事。

“我在想比利父子是怎么得到这个消息的？”弗林特船长说。

“他们说，他们在比格兰岛上听到了一些传言。”约翰说。

“那里离湖畔很远。”弗林特船长说，“如果我们能查出窃贼是从哪儿来的，也许还有希望能找回我的箱子。但是我们对窃贼的真实身份一无所知。我的船舱一片狼藉，就像有五十只野猫在那里混战过似的，那也就罢了，可他们还拿走了我的旧箱子。重要的东西都在里面。”

“箱子很沉吗？”提提问。

“是的，很沉。”

“里面有铁块吗？”

弗林特船长笑了。“恐怕没有，”他说，“里面有一台打字机、很多日记和航行日志，还有我写了整个夏天的书。他们拿走别的东西我倒是不介意。”

提提的心里正在做一番思想斗争，可她看弗林特船长的眼神比刚才温和多了。

“是你自己写的书吗？”她问。

“是的。”弗林特船长说。

“关于你的海盗经历？”

“嗯，有这部分内容。”

“是本很好的书吗？”

“仔细想想，”弗林特船长说，“好像也不怎么样。不管怎么说，我还是想把它找回来。你们不知道写书是一项多么艰巨的工作。坚持写航行日志就够不容易的了。”

“我明白。”提提说。

“现在真希望自己当时没有动笔。”

“然后整个夏天对我们更好点。”南希说。

“别哪壶不开提哪壶。”弗林特船长伤心地说。

亚马孙号的船员很快交头接耳了几句，最后南希说：“好吧，你愿意就告诉他吧。”

“听着，吉姆舅舅。”佩吉说。

“对不起，我想我叫弗林特船长。”

“是的。如果你真的想重新加入我们，我们有话要告诉你。我们知道窃贼的作案时间。我们看到他了。”

“天哪，真的吗？你们看见他往哪个方向走的？”

“我们只看见船屋里的灯光。我们还以为是你。我们昨天没法告诉你，因为你不是我们中的一员，而且那个时候我们原本应该在床上睡觉才对。”

“是吗？那你们当时在哪儿？”

“在湖面上。”

“也就是说你们本应该睡觉，却在湖上胡闹？”

“这当然是个秘密。”佩吉说。

“我们当时正驶向野猫岛作战。”南希说。

“如果那个人真的是窃贼，那么你们听见他的动静了吗？”弗林特船长问。

“没有。我们只看见船舱里亮着灯，以为是你。”

这时约翰开口了。

“一等水手提提认为那晚她听到了什么。”

“她当时在哪儿？”

“在亚马孙号上。”

“什么？跟你们两个在一起？”

“不，那是之后的事。我们当时在野猫岛上。我们被困住了。”

“谁把你们困住了？”

“提提。她划走了亚马孙号，让我们陷入了孤立无援的境地，”佩吉说，“燕子号的船员就是这样赢得战争的。”

“可其他人呢？”

“我们在亚马孙河上，或者正往回走。”约翰说。

“看来那晚的湖上十分热闹。”弗林特船长说，“你听到了什么，一等水手？”

“我听到有人划着船从我身边经过。”

“你当时在哪儿？”

“我抛锚了。”

“听着，”约翰船长说，“你最好看看我们的航海图。那样就能知道她当时的具体位置了。”

说完，他跑进帐篷，拿出那张崭新的航海图，指着位于鸬鹚岛北端的小船锚，那里正是提提停泊亚马孙号的地方。

弗林特船长看了看。

“他们是从你近旁经过的吗？”他问。

“很近。”提提说。

“有意思，如果他们要去湖畔，为什么要从这里走呢？他们肯定差点就撞到岛上了。”

“他们确实撞上了。”提提证实了弗林特船长的推测。

“然后又继续走了？”

“他们在岛上登陆，”提提说，“然后把财宝留在了那里，反正就是他们随身带的东西。他们说那东西很重。我听见了。”

“我的天哪！”南希惊呼。

“不会吧，提提。”苏珊不敢相信。

弗林特船长跳了起来。“一等水手，”他说，“要是箱子真的在那儿，你想要什么我都给你。快，所有人，我们划船过去看看。”

他一把抓过提提的手，握了握。提提吃惊地发现自己正用微笑回应他。他的手很大，无疑他是友好的。不管怎么说，即便他的宝藏不是西班牙金币，至少也是一本书，而且是一本关于海盗的书。她唯一遗憾的是，寻宝探险的队伍竟然如此庞大。不过那也是无可奈何的事。

“听着，”南希说，“如果箱子真的在那儿，你找回你的书以后不准重新投靠原住民。”

“绝对不会，”弗林特船长说，“快走吧。大家都上我的船。”

他们跑向登陆点，两个亚马孙号船员、四个燕子号船员，还有弗林特船长，通通挤在一艘船上。不一会儿，他就划船绕过小岛，向鸬鹚岛驶去。

弗林特船长划船的速度就好像他仍在追赶南希一样。每划一下，船就猛地前进，乘客们连带着向后倒。他们很快就抵达了鸬鹚岛，弗林特船长把船停靠在两块岩石中间。大家下船上了岸。

可是岛上除了光秃秃的树木、白色的岩石、上次涨潮时冲上岸的漂流物和几块大石头，什么都没有。他们四处张望。弗林特船长在岛上来回跑了两三次，一无所获。

“可我知道他们把它留在这儿了，”一等水手提提说，“我听到他们说他们没法把它放到摩托车上。他们还说下回到这儿来钓鱼，捕一些值钱的鱼回去。”

“要知道，当时已经是半夜了，提提，”苏珊说，“你可能听错了。”

“他们可能改主意了，”弗林特船长说，“又或者他们已经回来把东西拿走了。无论如何，我们至少知道他们是从湖的哪边来的。我想我的东西永远都找不回来了。”他又补充了一句。

他们难过地划船驶向野猫岛。

一等水手没有哭，但泪水已经溢满了眼眶。

“我知道他们把东西留在那儿了。”她说。

“没关系，”弗林特船长说，“我们已经仔细看过啦。”

“要是找到的话，说不定你又变成原住民了，又要为出版的事操心。”南希说。

“反正也没找到，”弗林特船长说，“我们想点别的事吧。比如说，明天下午三点。”

“真的开战？”南希说。

“真刀真枪，”弗林特船长说，“明天下午三点，我会做好准备。我要击退外敌，要么把燕子号和亚马孙号弄沉，要么就把你们挂在桁端上，要么像俘虏一艘西班牙双桅船一样攻占你们的船，要么把你们的船当作一艘葡萄牙奴隶贩卖船弄沉……随你们高兴。”

他送他们登上野猫岛，然后划船回去整理一片狼藉的船舱。

“再见。”他们友善地大声向他道别。

“再见，”他喊道，“三点整。到时候一决高下！”

第二十七章

船屋港之战

Arthur Ransome

鲜血已被洗去，我们无事可干，只能像老水手教我们的那样，跳一支安静的角笛舞。

梅斯菲尔德

第二天早晨，首先醒来的是亚马孙号的船员们，她们以往都睡在屋子里，还没有像燕子号的船员们那样习惯清晨洒进白色帐篷里的阳光。“快起床，快起床。”她们喊道，很快，整座营地都苏醒了。“记住，”她们高声说道，“下午三点准时开战。没时间了。”其实，在大家洗完澡、取完牛奶、吃完早餐和午餐之后，计时器的指针离两点还有好长一段距离，离三点就更远了。心急吃不了热豆腐，时针也似乎故意放慢了脚步。约翰船长最后看了眼时间，下令出发。联合舰队起航了。

“我们应该扬帆还是划桨？”约翰船长同南希船长商量，与此同时，亚马孙号和燕子号正乘着风，悄无声息地靠近船屋港的南侧。

“有经验的水手一般会扬起船帆。”南希船长说。

“他那里没有背风面，”约翰船长说，“船屋处于迎风的位置。我们的计划是进入港湾，分头从两侧上船。如果你们打算从右舷上去，我就带领燕子号船员从左舷上。”

“好极了，长官。”南希船长说。

“靠近的时候把船帆降低。以最快的速度强行登船。他只能对付一组人马，没法同时兼顾两边。其他人就从后面把他拿下。”

“从一开始就展开肉搏战。”南希说。

“把我们的旗帜钉在桅杆上怎么样？”一等水手提提建议。

“把升降索打个结，”南希船长说，“就行了。”

“快看他的旗。”罗杰说。他像往常一样坚守在船头。

他们经过了岬角，可以看见船屋港内的情况了。船屋就在那儿，停泊在它那巨大的桶形浮标旁边，原本悬挂英国商船旗的旗杆上，俨然挂着另一面不同寻常的巨大旗帜，此刻正迎风飘扬。这是一面绿色的旗帜，中间是一头巨大的白色大象，几乎占据了整面旗帜。船屋的主人弗林特船长特意把它找了出来。

“我知道那是什么，”约翰说，“是暹罗旗。”

“我以前见过，”佩吉大副说，“是他去年从东方带回来的。”

“只要我们一登船，”南希船长说，“它很快就会被降下来的。打倒大象！燕子号船员和亚马孙号船员必胜！”

“吹响哨子，大副，”约翰船长说，“舰队现在发起攻击。”

苏珊吹响了哨子。

“把哨子吹得又响亮又尖锐，就像歌谣里的人们那样。”提提说。

苏珊继续吹。

“让我来。”罗杰说。于是，吹得上气不接下气的苏珊把哨子递给了实习水手，他使出吃奶的力气，一直吹到身体几乎爆炸。

两艘船，一艘扬着棕色船帆，一艘扬着白色船帆，在掌舵人的操控下侧面迎风，船身略微倾斜。有那么一会儿，船头下的湖水泛起泡沫。接着，当他们来到岬角的隐蔽处时，水面平静了下来。罗杰吹着哨子，声音时断时续，体力一旦恢复就继续吹响。突然，一只戴着巨大白色遮阳帽的脑袋出现在船屋的前舱口。又一声哨声从湖面传来，比苏珊大副吹的声音更响亮。

“吹啊，吹啊，罗杰！”提提说。

燕子号和亚马孙号向着船屋急速驶去，亚马孙号略微领先一些。

“松开你们的主帆索，亚马孙号，”约翰船长喊道，“记住，我从左舷进攻。我们要同时在两侧登船。”

南希船长松开船上的主帆索，以减小船帆的受风力，燕子号迅速超过了亚马孙号。

“现在好啦。”约翰船长大声说。

巨大的遮阳帽渐渐地从前舱口冒了出来，最后身着衬衫和法兰绒裤子、腰间系着一条红色大手帕的弗林特船长费力地走上甲板。穿过舱口对他而言有些困难。

“他真是个胖海盗。”提提评论道。

弗林特船长在前甲板上向着某样在阳光下闪闪发光的东西俯下身来。是一门小铜炮。

“是炮，”罗杰说，“他打算开火了。”

弗林特船长猛地直起身。突然，一团巨大的蓝色烟雾遮住了他的身影，接着，耳畔传来一声巨响，在群山和湖岸之间回荡不去。

“万岁！”南希船长大喊。

“万岁！”佩吉大叫。

“万岁！”燕子号的船员们齐声欢呼。

弗林特船长又在忙着摆弄小炮了。他将一只罐子里的什么东西倒了进去，又往里塞了些什么。接着，他将铜炮摆放好，从罐子里取出一撮东西，放进铜炮的点火孔里。他划亮火柴，又一次弯下腰来，然后猛地起身，这一次还用手捂住了耳朵。又是一团烟雾和一声巨响。什么东西落进了船屋和前进的舰队中间的水里。

“只不过是炮塞。”南希大声说。

“在他开火前抓住他。”约翰大喊。

可是弗林特船长不是个一般的炮手。燕子号刚刚驶过船屋的船尾，小铜炮又发出了轰隆一声，烟雾和火药味弥漫在小船周围。

“解开升降索！”约翰和南希几乎同时喊道，燕子号和亚马孙号迅速来到船屋的两侧。

“抓住帆桁，苏珊，”约翰大声下令，“把它拉下来。罗杰，不管能够到什么，都抓紧了。把系船索拴好。上船！”

船屋的后甲板上有一圈栏杆。约翰牢牢抓住，跃上甲板，又翻过栏杆，把苏珊也拉了上来。就在这时，弗林特船长大吼着“为荣誉而战！”，冲到了舱梯处。此前他已经又一次从前舱口来到船舱，挥舞着两块鲜红色的靠垫。但在眼下这种白刃战中，重要的不是武器，而是双手。弗林特船长的手很大，但也只有两只。燕子号船员的手很小，却有八只。

约翰船长的脑袋遭到靠垫的一记重击，倒在甲板上。但是他马上就

一声巨响

站了起来，一头撞向弗林特船长。苏珊大副死命抓住一只靠垫。提提和罗杰也已经爬上了船，此刻他们就像两条小猎犬似的分别牢牢抓住弗林特船长的一条腿，他每移动一步都得拖着他们俩。即便如此，要是没有南希船长和佩吉大副的帮忙，这场战役依旧会以燕子号船员的失败而告终。亚马孙号船员从前甲板上船，冲上舱顶，大叫一声投入战斗之中。南希船长从舱顶直接跳到了弗林特船长的背上，紧紧抱住他的脖子。佩吉则和约翰、苏珊一起从前面拼命拉扯，最后，寡不敌众，弗林特船长重重地倒在了甲板上。

“投降。”南希大喊。

“只要我的旗帜还在飘扬，我就不会投降，”弗林特船长气喘吁吁地说，“大象，大象，大象必胜！”

可是一等水手提提早已经从船舱外的狭窄过道跑了过去。不一会儿，巨大的大象旗帜便飘落在前甲板上了。

“我们赢了，”约翰喊道，“你的旗帜被降下来了。”

“哎呀，还真是，”弗林特船长挣扎着坐了起来，看着光秃秃的旗杆，“动作真快，也真够野蛮的。我投降。”说完，他平躺下来，重重地喘息着。

“把他绑起来。”南希船长说。

佩吉捡起旁边的一卷绳子，约翰和她一起把俘虏的双腿捆了起来。接着，在其他人的帮助下，他们替他翻了个身，把他的胳膊也绑了起来。然后，他们拖着他来到船舱旁边，扶起他的上半身，让他背靠着船舱坐了起来。他往一边倒了下去，约翰把他拉了起来，他又从另一边倒了下去。“我再扶你一次，”佩吉说，“可要是你再倒下去，你就躺在那儿吧。”

这时提提回来了。

“要是我们打算让他走跳板的话，”提提说，“前甲板上恰好有一块。”

“没错，”南希叫了起来，“我差点忘了。可我们怎么把他弄过去呢？”

弗林特船长扭了扭双脚，又晃了晃脑袋。

“我不是蛇，”他说，“没有脚我走不了路。”

“我们必须想办法把他弄到前甲板去。”南希船长说。

“把他的腿松开，让他从舱顶走过去。”佩吉建议。

“舱顶承受不了我的重量。”俘虏说。

“让俘虏走下面不安全，”提提说，“他们可能会点燃弹药库，把船炸了。”

“那我们就带着他从过道走，”南希船长说，“他的手被绑着，挣脱不了。”

于是他们把他腿上的绳子解开，费了九牛二虎之力让他站了起来。但是他立刻又想坐下。

“不行，”南希船长说，“否则你就倒霉了，很倒霉，很倒霉。”

绳子的一头还缠绕在他的胳膊和身体上。他们把绳子绑紧，这样绳子就像系船索或导引绳一样。南希和佩吉拽住绳子的一头，带头穿过狭窄的过道。俘虏竭尽所能地保持着平衡，走在她们的后面。约翰和苏珊紧随其后。罗杰和提提沿着舱顶跑到前面去了。

前甲板上有只绞盘，上面的链子连接着固定船屋的大圆桶浮标。小铜炮也在这里。弗林特船长的白色遮阳帽落在了前舱口。短桅杆近旁有一只柜子，桅杆底部躺着那面绿底白象的大象旗。甲板的右舷有一块跳板，船屋主人心情好的时候，早晨就从这里跳下水游泳。跳板最初可能就是用来让俘虏们跳下去喂鲨鱼的。一看见这玩意儿，弗林特船长就害怕得簌簌发抖。要知道，这群不达目的誓不罢休的海盗俘获了他和他的船，现在正紧紧地抓住他，不让他逃跑。

“停！”南希船长大吼一声。其实约翰船长才是真正的舰长，但南希船长总是忍不住发号施令。

“把俘虏绑在桅杆上。”她说，大家依言照做。

“别笑。”她冲着俘虏咆哮。

“那就帮那个海盗摘下我的遮阳帽吧。”弗林特船长说。

原来是实习水手罗杰捡起了大遮阳帽，戴在了头上，整个脑袋都被帽子罩住了。苏珊大副帮他摘下了帽子。

“麻烦你替我戴上帽子，”俘虏说，“这是我最后的愿望。我的光头受不了这太阳。”

苏珊大副为他戴上帽子，俘虏晃了晃脑袋，把帽子摇到合适的位置。

“现在，约翰船长，”南希说，“我们得好好考虑一下他的罪行。最严重的罪行就是叛变罪。整个夏天他都跟原住民沆瀣一气。”

“背叛，”佩吉说，“他背叛了我们。”

“他还去了野猫岛，趁我们不在的时候进入了我们的营地。”提提说。

“他说约翰船长是个骗子。”南希说。

“那是个误会，”约翰船长急忙解释，“我们已经和解了。”

“好吧，那这条就算了，”南希船长说，“不过没关系。他的罪行已经够多了。同意让他走跳板的举手。”

她和佩吉立刻举起手来。提提也不甘落后。罗杰也一样。约翰和苏珊却犹豫了。

“喂，”南希说，“可别心软啊。这么好的跳板不用就浪费了。”

“我觉得我们应该给他一次机会，”约翰说，“把他的胳膊松绑，让他可以游泳。”

“没问题，”南希说，“我们同意。全票通过？”

每个人都举起了手。

罗杰从船舷往下看。

“水里有很多鲨鱼吗？”他问。

“成千上万。”俘虏叹息道。

“把他的眼睛蒙起来，”南希船长说，“这儿有条手帕。”

“干净吗？”俘虏问。

“那就用佩吉的吧。她的那条昨天还挺干净的。”南希说。

佩吉的手帕还没有打开过呢，它很快就变成了绷带的形状，蒙在了弗林特船长的眼睛上。

“把他从桅杆上解开，让他站到跳板上。”南希说。

苏珊大副和约翰把他从桅杆上解下来，又松开他胳膊上的绳子。俘虏步履蹒跚地向前走去。最后，由提提和罗杰在后面推，佩吉、约翰和苏珊带着他来到跳板旁。南希船长抱着胳膊看着他们。

“走！”她喊道。

被蒙住双眼的弗林特船长沿着跳板一点点地往前挪动双脚。跳板在他的重压之下开始弯曲，不停地颤抖。他停了下来，全身战栗。

南希船长跺了跺脚。“走啊，你这个混蛋。”她喊道。

弗林特船长又走了一两步，来到了跳板的尽头，高悬于水面之上。

“可怜可怜我，”他恳求道，“饶恕我吧！”

“快走，”南希不依不饶，“否则……”

弗林特船长绝望地向前走去，一脚踏空，头朝下掉进了水里。溅起的水花把甲板上的燕子号船员和亚马孙号船员都打湿了。弗林特船长不见了，只有那顶白色遮阳帽孤零零地漂浮在水面上，随着波浪轻轻晃动着。

“他可能不会游泳，”提提说，“我压根没想到这一点。”

可就在这时候，弗林特船长光秃秃的大脑袋冒出了水面。他大口吐着水，扯下蒙住双眼的手帕，又沉了下去。

很快，他又出现在众人的视野中，这一回就在遮阳帽附近。他一把抓住帽子，把它扔了出去，帽子转着圈地落在甲板上。

“看来他会游泳。”提提说。

突然，他大叫一声。“鲨鱼，鲨鱼！”他一边尖叫一边奋力扑腾，游向船屋的浮标。他爬了上去，尽管落了一两次水，最后还是跨坐在了上面。

“这地方的鲨鱼可真多，”他大喊道，“有一条正在啃我的脚呢。”

他从浮标的一侧滑了下来，游到船屋的一边，用力拍打着水花。

“绳子，绳子！”他大叫着在水里浮浮沉沉，胳膊拍打着水面。燕子

弗林特船长沿着跳板一点点地往前挪动双脚

号船员和亚马孙号船员低头看着他在水中挣扎。

“我们要不要给他一根绳子？”苏珊说，“他已经在水里待了好久了。”

“你再也不跟那些原住民勾结了吗？”南希问。

“再也不会了，狠心的海盗。”弗林特船长说着，像头海象冒出水面使劲呼吸了几口空气。

“那我们就给你根绳子。”南希说。

“我更想要一架绳梯，”弗林特船长说，“到了我这把年纪，绳子已经支撑不了我的胖身子了。跳板旁边就有一架绳梯，已经系结实了。你们只要把绳梯的一头扔下船就行了。”

约翰抛出绳梯，不一会儿，弗林特船长像只落汤鸡似的重新站在了自家船屋的甲板上，水从他的身上流进了排水口里。他坐在绞盘上，拍打着自己的胸口。“好了，就这样吧，”他说，“即便亚马孙海盗再残忍无情，也不能让人一天内走两次跳板。你好，罗杰，还在找鲨鱼？”

罗杰正从甲板上往水里看。

“我不信水里有鲨鱼，”他说，“反正肯定没有大鲨鱼。”

“我没给鲨鱼留条胳膊腿，这个小家伙还觉得挺遗憾。”弗林特船长说，“现在你们打算怎么处置我？”说完，他又补充道，“你们已经俘获了我的船，扯下了我那至高无上的大象旗，把我像只鸡似的捆了起来，还逼我走跳板。跳板我走了，躲过了鲨鱼的攻击，还上船来报到。你们觉得我的罪行洗清了吗？如果洗清了的话……”他顿了一顿。

“然后呢？”南希船长问。

“最精彩的海战都以一场宴会告终，”弗林特船长说，“船舱里已经一切准备就绪，只有鹦鹉看守在那里。让我先下去点上炉子，换件干衣服，然后就可以开始啦。”

没有人表示反对。

弗林特船长的身影消失在前舱口。过了一会儿，他的脑袋冒了出来。

“对了，”他说，“我猜你们想要升起海盗旗，以此作为对自己的嘉奖。柜子里就有一面。”说完他又不见了，只听到他在甲板下面发出乒乒乓乓的声音。佩吉打开桅杆旁边的柜子，最上层躺着一面黑旗，上面的骷髅图案跟大象旗上的大象一般大小。她和提提从升降索上取下大象旗，以海盗旗取而代之。接着，在所有船员的欢呼声中，佩吉把旗帜升到了桅杆顶端。

弗林特船长的脑袋又从舱口冒了出来。

“大伙下来吧？”他说，“你们最好从升降口走。小心你们的脑袋，尽管我猜你们的头都没我的危险。”

“你的头真的有危险吗？”提提饶有兴趣地看着他的脑袋说。

“不是因为叛变罪，”弗林特船长说，“只不过进船舱的时候容易撞到。”

南希的视线落在舱顶的一大块焦痕上。

“好吧，”她对弗林特船长说，“大家都身为海盗，很遗憾弄成这样。我绝没想到这件事给我们双方都造成了伤害。话说回来，不是就响了一声吗？”

“没错，声音还很大。”话音刚落，弗林特船长又不见了。

燕子号和亚马孙号的船员从船尾的升降口走进船舱。船长和大副走外面的舷门，一等水手和实习水手则走舱顶。

这完全就是一个退隐海盗的船舱。弗林特船长费了好一番功夫，将被盗后的狼藉打扫干净，墙壁上又挂上了奇形怪状的武器和来自五湖四海的奇珍异宝。所有没被打破和扔下船的东西都被放回了原位。船舱中央是一张又长又窄的桌子，两边摆着椅子。那只绿鹦鹉正站在其中一把椅子的椅背上。

“八个里亚尔，八个里亚尔，说八个里亚尔！”南希·布莱克特对鹦鹉说。

“漂亮波利。”鹦鹉说。

“你根本不配做海盗的鹦鹉。”南希说。

“这些椅子都被钉在地板上了吗？”罗杰问。

“没有。”佩吉回答。

“爸爸船上的椅子都被钉住了。”罗杰说。

“这个湾里的浪头并不很高。”舱门口传来了一个声音。

烧水炉突然停止了咆哮。穿了身干衣服的弗林特船长提着一只大水壶走了进来。

“大家坐好。”他说，于是所有人分坐在桌子的两边，宴会开始了。这是弗林特船长能从里约找到的最丰盛的食物了。看！有草莓冰激凌、麦片姜饼、巴思甜面包、岩皮饼、姜汁饼干和巧克力饼干。最先上桌的是像座小山似的三明治。还有一只蛋糕，打开上面的纸盖子，用粉色和白色糖霜绘成的两艘小船的图案赫然出现在眼前。

“是燕子号和亚马孙号。”罗杰说。

“正是这个意思。”弗林特船长说。

随着宴会的进行，燕子号、亚马孙号和退隐海盗之间的友谊迅速升温。的确，当弗林特船长正打算吃草莓冰激凌的时候，苏珊大副阻止了他。

“走完跳板后不能吃冰的，”她说，“妈妈说洗完澡后吃冰激凌，胃会受凉的。”

“天哪，我还是别吃了。”弗林特船长说着放弃了冰激凌，拿起一块蛋糕。

“你的跳板走得好极了。”提提说。

“我经常练习。”弗林特船长回答。

鹦鹉在每样食物上都咬了一口，不过似乎还是最喜欢吃方糖。提提向它伸出手，鹦鹉爬上她的手腕，顺着胳膊走到了她的肩上。

“明年我们要去一个地方旅行，那里的树上停满了鹦鹉。”她说。

“我们得好好想想明年的计划。”弗林特船长说，“现在我答应你们，我再也不写书了。除了当海盗，我什么都不干。可是，说到鹦鹉，我冬天打算去南方，如果你们想要，我可以带很多鹦鹉回来。”

“不是真的吧？”提提不敢置信。

“当然是真的。”弗林特船长保证。

“会骂人的鹦鹉吗？”南希问。

“一个彻头彻尾的小无赖。”弗林特船长说。

“猴子怎么样？”罗杰问。

弗林特船长拿出一本笔记本和一支铅笔。

“条目：一只猴子，”他边说边记，“有没有尾巴？”

“有尾巴，”罗杰说，“不然就是猩猩了。”

“别给我们带绿鹦鹉回来，”南希说，“要带灰色红尾巴的。这样我们就能把箭上的绿羽毛换成红羽毛了。”

弗林特船长简直目瞪口呆。他死死地盯着南希·布莱克特，接着把视线转移到架子上的一只果酱瓶上，那里面只有一根绿羽毛和几根崭新的烟斗条。南希·布莱克特感觉到了他的视线。

“你错就错在跟我们为敌，”她说，“说到底，除了几根羽毛，我们什么都没拿。我们原本可以把船沉了。反正不管怎么说，你现在又跟我们是一伙的了。”

“没错，”弗林特船长说，“不过我得好好算算究竟被偷了几次。”

“就一次，”南希说，“我们可没有行窃。纯属报复。”

“你们明天打算干吗？”过了一会儿，弗林特船长问，“最后一天了，是不是？”

“钓鱼怎么样？”佩吉提议，“我们好久没钓鱼了。如果你愿意，也一起来。”

“对，”南希说，“比起我们的船，你的船更适合钓鱼。而且你还知道在哪儿钓鱼最好。”

“一定要来。”约翰也盛情邀请。

“求你啦。”苏珊说。

“好吧，要是不起大风，我们可以钓一整天。我会去的，可就是没法太早。然后我们再为明年制定一个宏伟的计划。”

“我明天不去钓鱼。”一等水手提提说。

“为什么？”苏珊问。

“我要去寻宝。”

“去哪儿？”

“鸬鹚岛。我肯定宝藏还在那里。我是说那只水手箱。”

“这是浪费时间，一等水手。”弗林特船长说。

“我知道它就在那儿，”提提很坚持地说，“要是罗杰愿意，可以跟我一起去。”

“那明天就有两支探险队了，”弗林特船长说，“一支寻宝，一支捕鲸。你怎么想，罗杰？”

“我要跟提提一起去。”罗杰说。于是就这么决定了。可苏珊又说：“如果明天起风，他们就不能自己去。”

宴会持续了很长一段时间。结束后，佩吉说：“我说，吉姆舅舅。”

“他不是吉姆舅舅，你这个呆子。”南希说。

“他当然不是，”佩吉说，“我说，弗林特船长，你的手风琴还在吗？”

“为我们来上一曲吧。”南希船长说。

“要是你们会跳角笛舞，我就演奏一曲。”

“船舱里没地方跳舞。”

“那就去船尾。”

弗林特船长从前客舱里拿出一台体积巨大的手风琴。

“幸好窃贼没发现它，”他说，“否则肯定会把它带走。不过说不定他压根就不懂音乐。”

所有人都来到后甲板。弗林特船长坐在围栏上，演奏水手的角笛舞曲，南希船长跳起舞来。

“我们不是这么跳的。”提提说。

“让我们看看你们是怎么跳的。”弗林特船长说。

他不停地演奏，南希和佩吉跳着她们的角笛舞，约翰船长、苏珊大副、一等水手提提和实习水手则踏着他们的舞步。在这个寂静的傍晚，一千多米之外都能听到甲板上的跺脚声。弗林特船长弹奏得越来越快，燕子号船员和亚马孙号船员也越跳越快。直到曲子快得不成调了，大家才终于躺在甲板上，筋疲力尽。

“想想，我把整个夏天都浪费了。”弗林特船长说。

接着他奏起了歌曲，过了一会儿，当大家的呼吸恢复了正常，便齐声歌唱起来。他弹了《西班牙女郎》《鲸鱼》《阿姆斯特丹》《打倒那个人》《启程去里约》，还有其他许多歌曲。

终于天色渐渐黑了。

“我们没把港湾的灯点亮。”约翰船长说。

“我们必须赶在天黑前回去。”苏珊大副说。

“快要没有风了，”南希船长说，“趁还能扬帆，我们快出发吧。”

“明天一起捕鲸啊。”弗林特船长道别时说道。

“是去寻宝。”一等水手提提说。

几分钟后，燕子号和亚马孙号驶出了港湾。

弗林特船长靠在围栏上，看着他们远去。他弹奏的乐曲声越过水面，传到孩子们的耳畔，陪着他们驶过岬角，迎来海风。

“他是个不错的海盗。”约翰船长说。

“只可惜他太老了。”罗杰说。

“他没那么老。”提提说。

第二十八章

鸬鹚岛的宝藏

提提晚上睡觉的时候，脑子里只有一个念头，第二天早晨醒来的时候，她的想法依然如此。她爬出帐篷，想看看天气如何。如她所愿，天气晴朗，风也不大。因为她知道，要是刮起了大风，除非有船长和大副的陪同，否则她和罗杰是不会得到允许、单独驾驶燕子号出去的。

“醒醒，罗杰。”她喊道。

“怎么了？”约翰船长问。

“有人可能会抢先一步找到。”

“找到什么？”

“鸬鹚岛上的宝藏，罗杰和我现在要出发去找。”

“可我们已经去找过一次了，那里什么都没有。”

“这是我们待在这儿的最后一天了，”提提坚持己见，“你和苏珊也说过我们可以去的。我确定宝藏就在那儿。”

“可是弗林特船长要来，大家要一起去钓鱼。”

“罗杰和我去寻宝。昨晚就说定了的。而且今天没有风。”

“你会大失所望的，提提。”苏珊睡眼惺忪地说。

“不，我会找到宝藏的。”提提说。

“好吧，松开帆吧，罗杰，”约翰船长说，“你可以去对岸拿牛奶了，不过得洗了澡再走。”

“今天取双份回来，亚马孙号船员和弗林特船长也要喝，”大副喊道，

“我们去捕鲸的时候还要带一些。”

那天早晨，实习水手和一等水手用最快的速度洗了澡。一等水手无暇采拾珍珠，实习水手刚刚向她展示完仰泳和俯泳两种泳姿，就被她催着上岸擦干了身子。接着，他们匆忙驾船去对岸取牛奶。他们回来的时候发现每个人都忙着组装钓竿，只有燕子号的大副除外。

“你不会真的要去鸬鹚岛吧，一等水手？”佩吉问，“你要知道那里什么都没有。还是跟我们一起去捕鲸吧。”

然而一等水手提提并没有被说动。尽管捕鲸对实习水手罗杰来说十分诱人，但他还是打定主意跟随一等水手。

吃过早餐后，大家忙着捕捉米诺鱼，为弗林特船长的到来做准备。苏珊大副为提提和罗杰各装了一大袋三明治和圆面包，又给了他们一瓶牛奶。

“记住，罗杰，提提是总指挥，你要按她说的去做。”

“遵命，长官。”实习水手回答。

“我们用什么充当镐呢？”一等水手问。

“你们不需要镐。”大副说。

“我们当然需要，”一等水手说，“宝藏可能埋得很深。”

“带着这把锤子吧。”约翰说。

“我们还需要指南针、画着骷髅的航海图，还有树林的图。”

“你们可以把指南针带去，但必须妥善保管。”

“嗯，别去太久。”大副说，“你们能看到我们和弗林特船长的位置，要是你们在岛上待腻了，就过来。我们会带上你们的钓竿。”

他们拿着食物向港湾走去。约翰从燕子号上卸下了桅杆和船帆。大家祝他们好运，一等水手和实习水手出发了，提提划着船桨将燕子号驶出了港湾。

“别在那儿待太久。”苏珊大副在他们身后喊道。

“还不如去捕鲸呢。”南希船长喊道。

可是提提正思绪万千，根本顾不上回答他们。

刚驶离小岛，一等水手提提就把一支船桨递给罗杰。他们并肩坐在划手座上。

“你的节奏要跟我同步，实习水手。”一等水手说。

“好的。”

提提从水里提起船桨，罗杰则划了一下桨。

“实习水手，”一等水手说，“你不能说‘好的’。”

“遵命，长官。”实习水手说。

“我们要在一座荒岛上登陆，去寻找海盗的宝藏——海盗从弗林特船长那里夺走的宝藏。岛上可能有陆地蟹、鳄鱼，或者各种敌人。宝藏可能被深埋在死人的骨头下面。我们可能终其一生都在寻找……”

“苏珊说我们不能待太久。”

“大副的意思是，不要浪费时间。我们不会浪费时间的，可是寻宝要多久，谁都说不准，花一两年时间也不一定。我们必须面对危险，团结一致。你一定要听从指挥。”

“遵命，长官。”

“那么现在，跟我一起……使劲。”

两人一起发力，由于燕子号的形状和压舱物的缘故，小船有点重，不好划。现在，它正沿着“之”字形的轨迹穿过湖面。

一等水手提提知道不能一直回头看，可是不回头看，她又不知道该怎么划。船行距离过半，她一人负责两支船桨，让罗杰坐在船尾掌舵。

鸬鹚岛就像一小堆岩石和石块突出在水面上。岛上有几株石楠花、零星小草，还有两棵树，只不过都死了。其中一棵树倒在岩石上。很久以前它就被连根拔起，旁边只剩下大石头。另一棵树光秃秃的，上面落满了鸟粪，正是鸬鹚的栖息之地。

“很近了，”罗杰说，“我能看见鸟了。”

提提环顾四周。两只黑色的长脖子鸬鹚，喙上有一块白色，贴着水面快速飞走了。另外两只停在枯树最高的树枝上。

“它们正在守卫宝藏。”提提说。

“有一只正把一条鱼吞下肚，”罗杰说，“现在两只都飞走了。”

剩下的两只鸬鹚离开树枝，跟在其他鸬鹚的后面，在湖面上由低到高，向着远处的达里恩峰盘旋而去，最后落在罗杰和提提视野范围之外的水面上。

“弗林特船长在那儿。”罗杰说。他们看见他的大划艇正行驶在船屋港和野猫岛之间。他正赶去和捕鲸探险队会合。

他们挥了挥手，但是他正背对着他们划船，而且还在湖的另一边。

“这里就是我在亚马孙号上抛锚的地方，”一等水手说，“我还听见海盗划船从我身边经过，然后他们的船撞上了岩石。”

“真正的海盗？”一等水手问。

“我看不见他们，”提提说，“可是我听见他们的船桨划水的声音，还听见他们说话。他们骂人的样子就跟真正的海盗一样。后来我听见他们撞到了岩石。”

“这边全是岩石。”一等水手说。

提提划船慢慢绕岛而行。这里没有理想的停泊点。

“那是上次我们和弗林特船长登陆的地方。”罗杰说。

“他的船头窄，”提提说，“燕子号的船头进不去。”

她把船驶近岛屿北端。

“看来我们可以把船停在那块岩石旁边，”她说，“可是我们没法把燕子号拖上岸。约翰船长说过，登陆的时候一定要小心。所以留点神。”

燕子号靠近岩石的时候，轻轻撞了一下，还好不重。一等水手拿着系船索爬下船，扒住船舷，实习水手跟在她的后面。

“我要带指南针吗？”他说。

“不用，”一等水手说，“先留在船上，等需要的时候再拿。但得带上镐和食物。最好把瓶子留下。”

实习水手把装着三明治的袋子和锤子递给一等水手，然后从船上爬了下来。

“现在我们把系船索绕在那块岩石上，只缠一头就行了。今天刮的是南风，船漂浮在水面上，什么也碰不到。我们把食物留在岩石上。”

一切就绪，有那么几分钟，一等水手看着稳稳地浮在长长的系船索那头的小船，确定它安全无虞。

“那样就没问题了，”她最后说，“现在出发去寻宝。”

船屋港战役的前一天，所有人曾一起来这里寻找过那只失窃的大箱子。当时每个人都觉得在那些岩石上行走绝非易事，就连弗林特船长也不例外。对实习水手和一等水手而言则更加困难。形状各异的岩石从地上冒出来，到处都是。岩石之间有深深的缝隙，很容易踩进去，但又很难把脚拔出来。还有许多零散的石头，踩到就会脚底一滑。寻宝人从小岛的一端抵达另一端着实花费了不少时间。

“幸好我们住在野猫岛上，不是住在这儿。”罗杰说。

“这真是座荒岛，”提提说，“留神找找骷髅。”

“这里有很多骨头。”一两分钟后罗杰说道。

“真的骨头？”提提大声问。

“小骨头。”罗杰回答。

提提翻爬过一块岩石，来到罗杰所在的地方，他正低头看着一小堆鱼骨。她立刻抬起头来，果然不出所料，这里上方的岩石上有一个小洞，大小可以容纳一只网球。洞口溅满了略带绿色的白色物质，下面的岩石上也有。提提伸出手去，可就在这时，有什么东西飞了出来，翅膀上下翻飞，速度很快，在阳光下闪着亮蓝色。

“这是翠鸟的窝，”她说，“那些是被它吃掉的米诺鱼的骨头。根本不是海盗的骨头。”

他们继续搜索。鸬鹚岛上的骨头可真不少，只不过全都是鱼骨。实习水手和一等水手艰难地来到鸬鹚栖息的那棵树旁，发现树下有许许多多骨头。可是那些岩石实在太脏，气味也很难闻，他们很快离开了，连宝藏的一丝踪迹都没有找到。

罗杰的意志开始消沉，肚子也叫了起来。他们回到小岛的北端，坐在刚刚存放食物的那块扁平的岩石上。他们从燕子号上取下牛奶，吃着三明治，咕嘟咕嘟地轮流喝着瓶子里的牛奶。

“弗林特船长和其他人在那儿，”提提说，“他们都在他的船上。就在那儿，不是鲨鱼湾，就在我们去看养蛇的野蛮人时经过的那座小港湾。”

“不知道约翰他们捕到了多少鲸鱼，”罗杰说，“说不定还有鲨鱼。反正肯定有很多鲈鱼。”

“寻宝可比坐着捕鱼有趣多了。”提提说。

“可我们什么都没找到。”罗杰说。

“我们还没找遍呢。宝藏肯定在这儿，”提提说，“来吧。你在这边找，我去另一边找。找到就喊我。”

不一会儿，罗杰就喊了起来，可是并非因为他发现了宝藏。他在石头上滑倒了，擦伤了膝盖。

“哪只膝盖？”提提大声问。

“以前没受过伤的那只，”罗杰说，“不是上次擦破的那只，是另一只。”

一等水手提提作为探险队里的外科医生，替罗杰清洗了膝盖，用他的手帕包扎了伤口。罗杰想用手帕的一角擤鼻涕。

“你可以用我的手帕，”提提说，“粉红色的那条。”

罗杰用粉红色手帕大声擤了擤鼻涕，又高兴了起来。

时间一分一秒地流逝。上午过去了，下午也过去了，可是依旧不见宝藏的踪影。提提至少在岛上找了两圈。罗杰停止了寻找，坐在拴住燕子号的那块岩石上。他拉住系船索，燕子号听话地来到了他的脚边。他光脚在船尾蹬了一下，小船又漂了出去。

“我们上船吧，”他说，“站在岩石上看得到的东西，在船上也看得到。要是什么都没看到，我们就去捕鲸。”

没有人回答。他环顾四周，寻找提提的身影。她就在不远处，正沿着岛屿最边缘的岩石攀爬。突然，罗杰看到她跳了起来，手里有什么东西。

“嗨！罗杰！”她喊道。

罗杰站起来，顺着岩石向她爬去。

“我找到了一只烟斗，”她大声说道，“它一定曾属于其中一个海盗。这里一定就是他们登陆的地方。”

这是一只寻常的木质烟斗。她在水边的两块石头中间发现了它。这个发现让这座小岛突然变得不一样了。刚才就连提提也开始怀疑，那晚两个海盗在这里登陆也许真的只是自己的一场梦境，可是现在她的手上有了一项实实在在的证据，除了鸬鹚和翠鸟，还有别人来过这里。

“要是他们在这里登陆，”提提说，“宝藏一定就在附近。他们并没有走远，因为我听见他们一直在乒乒乓乓地砸东西。”

他们仔细看了看周围。他们就站在那棵老树原本生长的地方，现在老树倒在地上，腐烂、干枯的树根曝露在空气中。地面被零散的大石头覆盖。提提小心翼翼地越过石头，绕树而行。一无所获。她又绕着树走了一个更大的圈。依然毫无发现。她重新回到小岛边缘继续搜寻。

罗杰原本留在原地，后来开始收集小浮木和卡在石头里的枯死的芦苇来打发时间。那些芦苇自从上回下雨涨潮后就一直在那儿，现在早已经干枯了。

最后，提提也开始绝望了。她回到老树和罗杰旁边，罗杰已经收集了一堆芦苇，都可以当柴火用了。

“把它们点着，提提。”罗杰说。

一等水手看了看那堆东西。

“不是这样的，”她说，“我们得搭一个火灶，就像我们去见野蛮人和毒蛇的那天，苏珊在岸上搭的那种。然后我们在里面生一堆火，弗林特船长和其他人就会远远地看见荒岛上冒出的青烟。然后他们会赶来营救我们。”

她开始用小石头搭建火灶。

“后面得放一块大石头。”她说。

提提把目标锁定在老树树根附近的一块扁平的大石头上。没花太大力气，她就把这块石头搬动了，随着石头的移动，搭建火灶的想法也被提提抛到了脑后。

“快来帮忙，罗杰，”她喊道，“铁镐在哪儿呢？”

开始搭建火灶的时候，她把锤子搁在了地上。罗杰捡起来，递给她。石头移开的地方露出了一角黑铁，提提用锤子敲了敲那块铁。听声音应该是金属和木头。她又把石头拖开一些，这样便一目了然了。她发现的是一只箱子包着铁片的一角。

“我们找到了！我们找到了！我们找到了！”提提激动坏了。她把石头移到一边，箱子角上有个损坏的标签，上面画着一头骆驼和一座金字塔，还有以大写字母写就的“CAIRO”（开罗）。

“帮忙，罗杰，”一等水手说，“把石头一块一块搬开。”

他们把石头一块块地移走，每搬走一块，箱子带来的惊奇就多一分。

“我们找到了！”

箱子上全是各种标签。有的标签上写着“P.& O. 一等舱”，有的写着“毕比航运”“多拉尔航运”“日本邮船会社”。有一个标签上画着棕榈树、骆驼和一条河，那是上埃及的一家旅店。有的标签上画着地中海港口的蓝色港湾和白色房屋。有一个标签上写着“旅行必备”。有的标签上写着奇怪的文字，除了一个单词“Peking”（北京），其余都不是英语。还有一个中国东部铁路的标签。除此之外，还有各色旅馆的标签——旧金山、布宜诺斯艾利斯、伦敦、仰光、科伦坡、墨尔本、香港、纽约、莫斯科和喀土穆。有些标签互相重叠，有些则残缺不全，但是每一个标签都令一等水手和实习水手雀跃不已。箱盖的中央有两个字母“J.T.”。石头被一一搬走了。这只箱子原来就在树底下，藏在原本是树根的坑洞里，被零乱的大石头覆盖着。有些石头特别大，提提和罗杰一起搬都搬不动。而要移动这只箱子，难度相当于移动一座房子，一点都搬不动。

“我们把它打开吧。”罗杰说。

箱子被黑色的大三角铁锁住了。一等水手用锤子砸了一通。但它们的相交处是奇怪的双层扣，而且还被锁住了，简直坚不可摧。提提和罗杰埋头苦干，就像两只苍蝇想要冲进保险箱一样徒劳无功。

第二十九章

两种鱼

“没办法，”一等水手说，“我们应该去找其他人和弗林特船长。这是他的箱子。我敢肯定，他的海盗书也在里面。”

“我们划着燕子号过去吧。”罗杰说。

不过已经没必要了。很长一段时间里鱼儿都不咬钩，也许是因为船上的渔夫太多，又或许正如弗林特船长说的，鱼儿们知道很快就要变天了。此刻天气炎热，空气沉闷，尽管没有一丝风，但是大片的乌云正慢慢越过南边的山丘。捕鲸小组决定今天到此为止，准备回家。苏珊刚刚说：“他们俩在鸬鹚岛上待得够久了。”弗林特船长说：“我们把船划过去，把他们带回家。”他知道提提和罗杰正在寻找他的箱子，也确信他们会一无所获。于是当提提和罗杰看着湖面，寻找刚刚还在对岸的小岛南边钓鱼的众人时，捕鲸小组已经划船向他们稳稳地驶来，离他们也不远了。

提提爬上树，站在摇摇欲坠的树干上，挥舞双手大声喊着什么。湖面上也传来一声叫喊，只是一开始谁都没有听清对方喊了什么。

寻宝队员们听到第一句话就知道对方压根不知道他们在说什么。

“你们还没玩腻吗?”他们听见弗林特船长欢快的声音，“是时候回家了。”

“我们找到了。”提提喊道。

“该回家了，”弗林特船长又高声重复了一遍，“回家喝茶。”

“我们找到了。”罗杰尖叫。

突然，弗林特船长听清了他们的话。他弯腰划桨，几分钟后捕鲸小组抵达了鸬鹚岛。弗林特船长立刻上岸，跳过一块一块岩石。其他人紧随其后。

“你们什么都没找到，是吗？”他说，可是还没等提提和罗杰回答，他便看到了那只箱子。“干得漂亮，一等水手！”他欢呼。

“天哪。”南希惊叹。

“好样的，提提。”约翰船长说。

“这么说你当时不是在做梦。”苏珊说。

“谁能想到呢？”佩吉说，“南希船长自己也来找过，但什么都没找到。”

弗林特船长跪在箱子旁边，从口袋里掏出一串钥匙。“看起来他们没有把箱子打开，”他说，“但是他们确实费了不少力气。”

“那是我们干的。”一等水手说。

弗林特船长打开锁，松开锁扣，掀开箱盖。里面是一台装在一只黑盒子里的打字机、许多用帆布包好的日记和一大捆打字纸。

“太好了。”弗林特船长说着充满爱意地摩挲着那捆纸。

“真没劲，”罗杰说，“提提还说这是宝贝呢。”

“这真的是宝贝啊，”弗林特船长说，“这世上的人形形色色，无奇不有，各有所爱。提提，知道吗？我不知道该如何向你表达我的谢意。我原本以为自己再也找不到这只箱子了，那意味着我失去了所有记录着海盗生涯的日记，而且我把自己的毕生心血都倾注在了这本书里。要不是你，我就什么都没有了。”

“我听见他们说会回来拿这只箱子的，所以我知道它一定还在这儿，”提提说，“海盗们一贯如此。他们埋了什么东西，就一定会回来取。”

“就像埋骨头的狗一样，”弗林特船长说，“好了，他们失去了这根骨头，尽管对他们来说也没什么太大的用处。我无法想象他们会坐下来读《形形色色的苔藓》。”

“你打算如何对付那两个海盗？”南希船长问，“我们埋伏在这里，抓住他们吧。”

弗林特船长想了想，然后说：“我打算什么都不做。我已经告诉警察要在各个登陆点调查，因为我想抓住一切机会把箱子要回来。可是我不想把任何人送进监狱。”

“监狱！”南希说，“他们应该被捆上锁链去断头台，然后把他们挫骨扬灰。”

“如今只有对亚马孙海盗才会使用这样的刑罚。”弗林特船长说，“你听见他们是怎么说的，一等水手？他们打算怎样取回战利品？”

“他们说：‘下次来的时候得带上钓竿，这样还能钓点值钱货。’”

“他们一定会这么做的，”弗林特船长说，“大家看看能不能找到一些树枝，直一点的。”

“我们找到了一只烟斗。”罗杰说。

“太好了。”弗林特船长说，“我们要吓唬吓唬他们，让他们这辈子都不敢再偷东西。”

罗杰收集了一些冲上岸的树枝，原本打算用来生火的，弗林特船长在其中找到一根笔直的树枝。随后，他坐在岩石上，拿出一把大刀。木屑四散飞舞。

“你在干吗?”罗杰问。

“给他们点东西钓。”弗林特船长说。

经过他的一番打磨，很快，树枝的一头变窄了，上面出现了一只叉子状的大尾巴。树枝剩下的部分变成了一只瓜的形状，只不过这只瓜是扁平的，边缘冒出一块方片，犹如鱼儿的鳍。

“这是条鱼。”罗杰说。

“他们不是说要钓些东西回去吗?”弗林特船长说。

他用刀雕出鱼头，刻了大大的鱼鳃、张大的鱼嘴和一只又大又圆的眼睛。

“这条鱼真棒。”罗杰说。

“当他们真的捕到鱼，就不会这么想了，”弗林特船长说着从口袋里掏出一截绳子，“我们要把他们的烟斗绑在鱼尾巴上，然后把东西埋在他们藏我箱子的石头底下。等他们来到湖边假装钓鱼、其实是要上岸挖出战利品的时候，就会挖出这条鱼和他们丢失的烟斗。要是他们把两样东西联系起来，我料想他们就会以为有人一直在附近，而且听到了他们的谈话，也知道他们是谁，对他们的一切了如指掌。我猜到时候他们会落荒而逃，会希望自己那天就待在家里，哪儿都没去过。”

他抬起箱子，把鱼和烟斗放在原本存放箱子的坑里。

“稍等片刻，”他说，“他们可能还需要得到一些训诫。”说着他拿出铅笔，在木头鱼的一侧写下几个大字：“诚实最重要”。然后他把木头鱼放回洞里，在上面盖上石头。“再堆些石头在上面，”他说，“这样他们挖的时候就得多花点时间了。”于是亚马孙号和燕子号的船员们堆起石头，直到坑被填满。

“现在它又恢复原样了。”提提说。

“没错，就是那样，”弗林特船长说，“祝他们好运吧。对了，要不是那天晚上你们的举动（尽管你们应该乖乖躺在床上睡觉才对），我可能永远也找不回我的箱子了。失去了这只旧箱子令我难过，因为它已经跟着我走遍了全世界。而且我还会失去写了整整一个夏天的书，虽然南希和佩吉一直想方设法阻止我写作。你们大家永远都不要着手写书。一点都不值得。这个夏天我的辛劳超过了过往的三十年。要是那些坏蛋真的把箱子偷走了，我绝对不会从头再来。我亏欠了你们大家很多很多，尤其是一等水手。这样吧，一等水手，你告诉我，在这个世界上你想要什么，只要我做得到，我都满足你。”

“你说过会把鹦鹉带给我，”一等水手说，“在这个世界上我只想要它。如果你是认真的话。”她又补上一句。

“你是说你想要一只灰色的鹦鹉吗？”

“我最喜欢绿色的。”

“那得等到明年夏天，还得等很长时间。”弗林特船长说。

“我愿意等。”一等水手说。

就在这时，弗林特船长似乎突然想到了什么。

“听着，”他说，“我现在必须立刻出发，去告诉警察停止调查。我顺路把你们送回你们的岛上。”

“你会回来吃鲨鱼鱼排的，是不是？”苏珊问。

“鲨鱼？”罗杰说，“你们捉到鲨鱼了？”

“一条大鲨鱼。”佩吉说。

“我尽量，”弗林特船长说，“不过你们别等我。要划船走好长的一段路呢。走吧。”他把大箱子扛在肩上，带到船上。罗杰走在他的前面，看见一条绿白相间的大梭子鱼躺在甲板上。

“是你抓住的吗？”

“我们一起抓的。”

“这条跟上回我没抓住的那条差不多大。船屋港可没有那么大的鱼。”

“谁跟我一艘船，谁坐燕子号走？”弗林特船长问。

“我要跟鲨鱼坐一艘船。”罗杰说。

“这艘船有的是地方，能装下你们所有人，”弗林特船长说，“可是总得有人去燕子号掌舵，否则它就得留在这儿了。”

“我来吧。”提提自告奋勇，其实是因为她想独自待一会儿。她的心里原本有一个坚定的想法，即使每个人都觉得她错了，她仍然坚持己见；而现在，当大家知道她是对的时，又有那么一两分钟她却一句话都不想说了。

其他人都挤上了大船。弗林特船长在船头划船，一直看着他那只贴满了古老标签的箱子。罗杰坐在箱子上，看着梭子鱼的大下巴。约翰、苏珊、南希和佩吉坐在船尾。约翰攥着燕子号的系船索，小船稳稳地跟在大划艇后面，舵柄旁是快乐的一等水手。

弗林特船长划船走了，留下燕子号和亚马孙号的船员们待在野猫岛上，他们发现要做的事太多了。营火熄灭了，得重新生火烧水。这项工作由两位大副苏珊和佩吉负责。约翰和南希忙着把所有的钓竿和渔具从船上卸下来。罗杰只顾盯着梭子鱼看。提提划着燕子号绕过登陆点向港湾驶去。接着，两位船长走向港湾，同等在那里的一等水手会合。他们把燕子号的桅杆竖立在桅座上，然后将它停在亚马孙号的旁边，但又不会靠得太近，以免两艘小船撞到彼此。完工以后，燕子号和亚马孙号的船员便做好了过夜的准备，他们齐齐望向湖泊南端的那一片汪洋。

“从早晨开始，气压计已经下降了十分之二。”约翰船长说。

“要是晚上还像现在这么热，一定会变天，”南希船长断定，“可能还会打雷。”

“我一点也不喜欢这样的天气，”约翰船长说，“一丝风也没有，再看看那片云。”

提提的视线也落在从南面飘来的一大片乌云上。她心想，幸好白天没有下雨，拖到了这会儿，否则她就找不到宝藏了。

营地里响起了大副的哨声，他们三个急忙跑回去吃迟到的茶点，食物有圆面包和橘子酱。

刚喝完茶，才洗完杯子，罗杰就说：“我们晚饭真的要吃鲨鱼鱼排吗？”

“为什么不呢？”苏珊大副说。

“大副，”佩吉说，“你给鲨鱼刮过鳞片吗？”

“没有。”苏珊说。

“真糟糕。”佩吉说。

“我们最好立刻动手，”苏珊说，“已经晚了。”

她们来到登陆点。那条鱼长着巨大的脑袋和一双邪恶的眼睛，身上长满了绿白相间的斑点，此刻正躺在石头上。她们跪在大鱼旁边，一人手里拿着一把刀，开始刮鳞片。

“你从中间向鱼尾刮，我从脑袋往中间刮。”佩吉说。

其他人在一旁围观。罗杰尽可能近地凑在两位大副的身边。他目不转睛地看着这条大鱼。

就在罗杰试图用手测量鱼头的长度时，佩吉开口了：“无论如何，别把你的手伸进它的嘴里。我以前干过一次。那条鱼比这条小。然后一个月我连绳子都拿不起来。”

“为什么？”罗杰问。

“看看它的牙齿。”佩吉说着停下手里的动作，用一块石头撬开巨大的鱼嘴。

罗杰看见了一排排尖利的牙齿，下颚上也长着长长的牙齿，就像狗一样。

“也许船屋港没有鲨鱼是件好事。”他说。

“为什么？”佩吉问。

“嗯，因为弗林特船长答应要送给我一只猴子。”罗杰说。

鱼鳞轻轻松松就被刮了下来，只不过溅得到处都是。两位大副的胳膊上沾满了鱼鳞，就连头发上都有。一面的鱼鳞刮干净了，她们又把滑滑的鱼身翻过来放在石头上继续刮。接下来，还得把鲨鱼剖开，清洗干净，这项工作难度更大。刮完鱼鳞，大副们在湖水里清洗了鲨鱼，顺便把手也洗干净了。然后她们把大鱼带回了营地，苏珊大副砍断它的脊骨，横向把鱼切成了厚厚的鱼块。她一共切了七块，每块的厚度有五厘米。她们把剩下的部分扔到火里烧掉，接着在煎锅里放进许多黄油，开始煎鱼。她们不断地翻动锅里的鱼块，要是鱼块溜到锅的一边，她们就舀起黄油，淋在嗞嗞作响的鱼块上，直到黄油变黑，鱼排呈现出棕色。

鲨鱼排做好了，可是弗林特船长还是没回来。黄昏降临了。离日落还早，可是太阳早已经消失在了云层后面。

"弗林特船长说我们不用等他，"苏珊说，"不管怎么说，鱼闻起来太香了，我们等不及了。"

"我们开动吧。"南希船长提议。

"我饿了。"罗杰说。

"我们开始吃吧。"约翰也附和地说。

"我们可以把他那份热在锅里。"提提说。

"那就把盘子拿过来吧。"苏珊说。于是鲨鱼排大餐开始了。

经过试验，大家发现手比叉子好用多了。淡水鲨鱼里有许多鱼刺，不过这是条大鱼，鱼刺很容易被发现，直接用手把鱼刺挑出来，比用叉子方便多了。于是燕子号和亚马孙号的船员们围坐在火边，罐头盖上放着一点盐，大家拿鱼排蘸着盐吃，这景象更像野蛮人而非探险家了。

"真希望我们明天不用离开这里，"提提说，"我们还没来得及去最北边或最南边探险。航海图的两端还有很多我们没去过的地方。我说，"她突然想起了某件重要的事情，转向约翰船长，"现在我们可以把鸬鹚岛改名为金银岛了吧？"

"嗯，你的确在那里发现了宝藏。"约翰说。

"听着，"佩吉反对，"我们还是叫它鸬鹚岛吧。那里只是偶尔才有宝藏，可是鸬鹚一直都在那儿。"

"鸬鹚岛是个很好的名字，"约翰船长说，"不如我们还是把它称作鸬鹚岛，然后在发现宝藏的地方画一个叉，写上'宝藏发现地'，怎么样？"

提提同意了。

"那我们说干就干。"她说。约翰船长舔干净手指，走进帐篷，取出航海图，用小写字母写上"宝藏发现地"，又在鸬鹚岛上画了个叉，作为标记。

"是的，"提提说，"现在我们找到了宝藏，但它并不是名副其实的宝藏岛，只不过曾有过宝藏。"

"那里现在唯一的宝藏，"罗杰说，"就是木头鱼。等窃贼找到它，把它挖出来，他们连鱼排都做不了。他们太倒霉了。"

"这张航海图真不错，"南希船长和佩吉看着地图说，又把它拿到营火旁边，想要看得更清楚，"可是有好多地方你们没有标名字。"

"野蛮人画得还不错，"佩吉说，"鲨鱼画得也挺好，可是你们在我们的潟湖上画的是什么呀？"

"那是一只章鱼。"约翰说。

"明年你们可以在这张图上添上更多的东西，"南希船长说，"我们要做一件壮举。我们可以花整个冬天来制定计划。不上课的时候也可以想想。不管去最北边还是最南边都行。要是去南边，我们就划独木舟去冒险，然后去海上。一切都有可能发生。我们可以占领一艘船。"

“北边的群山峻岭后面肯定有什么东西。”提提说。

“你们可以沿河而上，长途跋涉到山里去，”佩吉说，“到了山里，我们可以步行。不过得带着帐篷。”

“我们可以让马驮帐篷，”南希说，“就这么说定了。我们去淘金。”

“越过高山。”提提说。

“你在山里走很久很久也看不到一个原住民。”佩吉说。

“弗林特船长说他明年会加入我们，”南希说，“有了他，那就更有趣了。他可能会租一艘大船，有亚马孙号的三四倍大，把我们都带上。他总说有一天他会这么做的。现在认识了燕子号的船员，我们真的可以开大船了。”

“他的鱼排怎么办？”提提问。

“我替他热着呢，”苏珊说，“不过有点变干了。”

“往上面再放一块黄油。”佩吉说。

天快黑的时候，他们终于听见了船桨声，随后船只碰上登陆点的鹅卵石发出的嘎吱声也传入了众人的耳朵。不一会儿，在篝火的映照下，弗林特船长的身影出现在营地。他拿着一只大笼子，外面包裹着蓝色的布套，从底部的形状能看出这是一只笼子。大大的铜质把手突出在顶端，在篝火的映照下闪闪发光。把手上有只圆环，既可以拎着，也能挂在横梁上。弗林特船长把笼子放在提提身边的地上。圆环上还系着一个白色的大标签。提提借着火光念出了上面的文字：

弗林特船长赠予一等水手——感谢她拯救了他的命根子

“可我并没有救你的命。”提提说。

“我的意思不是性命。我写的是‘命根子’，”弗林特船长说，“《形形色色的苔藓》就是我的命根子，它和我的命一样宝贵。”

“非常感谢，”提提说，“我会把笼子挂在教室里，替鹦鹉准备着。”

可就在这时候，蓝色的布套下面发出一阵刮擦声。

“看看笼子里。”弗林特船长说，“我想，要等我明年春天从南方回来，那将会是相当漫长的一段时间。”

提提掀起蓝色的布套，底下响起一阵响亮的欢呼，声音酷似南希·布莱克特。

“八个里亚尔！”绿鹦鹉说，“八个里亚尔！”

“它以前从来没说过这句话，”南希说，“但现在这句话变成了它的口头禅。”

“这是给我的吗？”提提问。

“当然了，”弗林特船长说，“这是你应得的，而且早就应该送给你了。”

“这下妈妈肯定会相信我们是从太平洋回家的，”提提说，“真的太谢谢你了。”她跳起来，伸出手。弗林特船长握住了她的手。

“该说谢谢的人是我。”他说。

“那我的猴子要等明年了。”罗杰说。

“如果你能征得你母亲的同意，”弗林特船长说，“我立刻就去办。不一定非要去非洲，这里附近就有猴子。现在我的书失而复得了，我要带着它去趟伦敦。我可以在见出版商的空当去找找猴子，权当休息了。这样下个礼拜就能满足你的愿望。”

“有尾巴的？”罗杰问。

“有长长的尾巴。”弗林特船长说。

“你的鱼排已经干透了，”苏珊大副说，“不过还是很烫。”

弗林特船长用手代替餐具消灭了鱼排，并且说这是他品尝过的最美味的鲨鱼排。

接着，他们又谈论起了明年的计划，讨论到底是去爬山、驾船去亚速尔群岛，或者去波罗的海，还是来一次去往大海的独木舟之旅。

“要是去山地，”南希说，“我们能带匹马吗？”

“我们完全可以带两匹啊。”弗林特船长说。

让毛茸茸的小马驮着探险者的行李，大家都觉得这是个好主意。但紧接着，大家又倾心于驾船去波罗的海的计划。于是最后什么都没决定下来。

“不管怎么说，”弗林特船长说，“明年夏天我有时间，只要你们愿意带上我，我很乐意加入。如果我们要驾船去波罗的海，你们肯定需要抛锚的帮手；要是我们去淘金，小马又要驮金子，又要拖帐篷，那也太辛苦了。”

“猴子也可以去啊，”罗杰说，“它可以待在桅顶放哨，或者骑在马上。”

最后弗林特船长说：“我得回去了。你们的营火烧得很旺，不过你们几个还不睡觉吗？”

“没有了鹦鹉，你会不会孤单？”提提问。

“我一定会想念它的。”弗林特船长说，“它还年轻，对它来说，我是个无聊的同伴。现在它找到更好的主人了。”

他起身向自己的船走去。

“对了，”他说，“你们的帐篷够坚固吗？我看天亮前天气会很糟糕。”

“妈妈说只要不刮大风，我们的帐篷就没问题。”约翰船长说。

“嗯！不过看起来要刮大风了。好吧，我想你们不会有事的，就算刮风也不要紧。”

他划船走了。

不久之后，燕子号和亚马孙号的船员们便上床睡觉了。今晚天气炎热，而且没有星星。

“哇，”南希说，“我都喘不上气了。”

“气压又下降了百分之十，”约翰船长大声说，“从今天早上开始，已经下降百分之三十了。”

“这算很多吗？”佩吉问。

“很多。”约翰说，“准备好了吗，罗杰？我要熄蜡烛了。”

在大副的帐篷里，提提把鹦鹉笼子放在自己的身边。

她摘下蓝色布套。“现在不用布套了，”她说，“它和我们一样都待在黑暗里。晚安，波利！”

“八个里亚尔，”鹦鹉兴高采烈地说，白色帐篷里的烛光令它兴奋不已，“八个里亚尔，八个里亚尔，八个里亚尔。”它不停地重复这句话，速度快得像在数钱一样。

南希·布莱克特的大笑声从营地另一边的帐篷里传了过来。

苏珊大副吹灭了蜡烛。帐篷里一片漆黑，伴随而来的是突然的安静，仿佛鹦鹉也像烛火一样被吹熄了。

“晚安！”“晚安！”燕子号船员和亚马孙号船员互道晚安。他们在岛上的最后一夜拉开了序幕。

第三十章

暴风雨

这段时间天气都不错，几天来只下了几个小时的毛毛雨，起了几个小时的雾，还有就是那个发生可耻的行窃和大冒险的黑夜了。但日复一日，空气干燥，晴空万里，即便有云，阳光依旧灿烂，阵阵和风驱散了阴霾。云彩互相追逐着，飞过明亮的石楠花和山上的蕨类植物。现在燕子号该离开小岛回家了，天气却猝不及防地变了脸，提醒大家夏季很快就要结束了。在岛上的最后一天，空中不时传来沉闷的雷声。太阳一眨眼便落山了，尽管风不大，但狂暴的乌云已经占据了南边的天空。到了晚上，天上的星星都被乌云遮住了。

一声巨雷伴随着暴风雨惊醒了船员们。一道闪电将营地照得亮如白昼。鹦鹉尖声惊叫起来，仿佛它正和同伴们在飓风中的棕榈树林里目睹了这一切。接着，黑暗和寂静将营地笼罩。大颗的雨滴落下来，啪啪地打在帐篷上。

提提醒了，觉得有一丝不适，但很快就恢复了过来。她没有动，只是伸手摸了摸鹦鹉笼子。“苏珊。”她轻声说道。

“没事的，提提。”苏珊说。

船长的帐篷里，罗杰突然坐了起来，大喊一声：“他开火啦！他又要开火啦！”他梦见自己回到了船屋港战役中，上气不接下气地大叫约翰的名字，醒来的时候才发现自己身处于黑暗中。

“没事的，罗杰，”约翰说，“只是打雷罢了。”

“你要去哪儿，南希？”佩吉问。听到第一声雨滴声的时候，南希就坐了起来，点亮了提灯。

“当然是去搬些柴火进来啦，”南希说，“上回下雨的时候所有的木柴都湿了，我们没法生火，难道你忘了吗？”

不一会儿，她抱着一捆木柴回到了帐篷里。

“雨下得不大，”她说，“不过雨势很快就会变大。”

她钻进了睡袋。

天空中又划过一道闪电，照亮了帐篷，在白色的帐篷壁上留下跳跃的影子，那是头顶的树枝落下的。

“别怕，波利，”提提说，“马上就结束了。”

“漂亮的波利。”鹦鹉说，此刻它已经彻底苏醒了。

闪电一道接着一道，又响起了三声震耳欲聋的雷声，略微轻一点的雷声此起彼伏，仿佛天空已经被撕成了碎片，又像一块巨大的铁皮屋顶正摇摇欲坠一般。

“这是为你准备的舷炮齐发。”南希·布莱克特在她的帐篷里大喊。

“八个里亚尔。”鹦鹉说，接着它可能想起了棕榈树，于是又厉声尖叫了好一会儿。

“你想让我把布套盖上吗？”提提问。

“几点了，约翰？”苏珊大声问。

“表中间四个铃铛。”约翰船长回答，他刚才借着手电筒的光看了看计时器，然后把读数转换成了船上的时间。

“到底是几点？”佩吉问。

“凌晨两点。”约翰船长回答。原来也有亚马孙号船员不知道的事。

一阵狂风袭来，帐篷上的雨点声越来越响，后来雨像一块块固体似的落在帐篷上，仿佛要将这层薄薄的帆布砸穿。

“漏雨了，”罗杰说，“我能感觉到。”

“别碰帐篷壁。”约翰说。

“我没碰，可是它一直在渗水。”

“我们的帐篷也漏雨了。”苏珊说，“提提，你最好把鸟笼盖起来。”

“我已经盖好了，可我觉得它不喜欢这样。”

闪电和雷声更多了。有那么一会儿，雨停了，可很快又瓢泼而下。

“约翰。”苏珊喊道。

“我在。”

“我们最好把衣服穿上，这样躲在毯子下面就不会被雨淋湿了。你有油纸吗？”

“有。你呢？”

“我马上就去拿。我正在点灯呢。把油纸铺在你的毯子上。罗杰也是。”

苏珊手忙脚乱地替提提穿好衣服，自己也穿好。罗杰和约翰穿上灯笼裤。亚马孙号船员的帐篷里传来争吵声。

“别把脑袋埋在毯子底下，佩吉，像其他人一样穿好衣服。”

一道闪电划亮天空的同时传来隆隆的雷声，紧接着很长一段时间电闪雷鸣，大家都搞不清楚哪道闪电伴随着哪次雷声了。营地上空布满了闪电，头顶轰鸣的雷声让一切都显得那么急促，那么迫在眉睫。提灯被点亮了，尽管灯光在短暂的黑暗中显得那么明亮，但无法与刺眼的闪电匹敌。

黑暗和寂静又一次将营地笼罩，似乎连暴风雨都屏住了呼吸。接着，远处传来一阵急促的声音，而且动静越来越大。

“那是什么声音？”提提问。

“是风声。”苏珊说。

“我觉得，”提提说，“这是暴风雨。”

话音刚落，风便吹到了营地。

小岛一端的什么地方传来大树枝落地的声音。树木被大风吹得沙沙作响。不过这可不是营地里唯一的声音。燕子号船员们的帐篷就挂在树木之间的绳子上，底部边缘处的口袋里装着石头，用来固定帐篷。现在树木被吹得左摇右晃，绳子一会儿松一会儿紧，于是船长帐篷底部的石头在口袋里滚来滚去，咔嗒声不绝于耳。

“喂，苏珊，”约翰喊道，“你那边压帐篷的石头够吗？我们的帐篷越变越小了。”

“我们的没事，”苏珊大声回答，“石头没动。”

“什么？”约翰扯着嗓子说，“我听不见。”

“我们的石头没事。”苏珊大声喊道。可是这话她说得为时过早了。突然传来噼啪一声巨响，石头虽然够沉，但是支撑帐篷的绳子猛地一扯，潮湿的绳子应声而断。整顶帐篷塌了下来，一大块湿帆布盖住了苏珊和提提，连鹦鹉也未能幸免。提灯被撞翻了，烛火也灭了。

其他人在帐篷里只听到一阵噼啪声，笼子倒在地上，鹦鹉发出愤怒的尖叫，随之而来的是沉闷的呼救声："救命！救命！"

约翰和南希立刻冲出帐篷。约翰拿着手电筒，可派不上用场，借着一道长而耀眼的闪电，他看见一顶湿漉漉的灰色帐篷倒在地上，底下有什么东西正在挣扎。他们找到帐篷门，将它掀开。苏珊大副和一等水手提提手脚并用地爬了出来，一等水手还提着鹦鹉笼子，但蓝色的罩布已经不见了。

"快到我们的帐篷里来。"南希在咆哮的风中大声说。

"我们的东西怎么办？"苏珊喊道。

"还有波利的蓝斗篷呢？"

"反正都湿了，别管了。"南希大声说，不过这的确是现在唯一的办法。

提提竭尽全力地替鹦鹉遮风挡雨，跑进亚马孙船员的帐篷里。佩吉也在帐篷里，看到提提十分兴奋。苏珊紧随其后。

"我们应该把提灯拿出来，"她说，"你们只剩一截蜡烛头了。"

"你们觉得树会倒下来吗？"佩吉问。

"要倒的话早就倒了。"苏珊说。

"可怜的波利。"提提说，不过鹦鹉马上纠正了她。它正忙着梳理刚才被风吹乱的羽毛。

"漂亮的波利。"它说。

"我想它应该不介意弄丢了它的蓝斗篷。"提提说。

"你们的帐篷也要倒了吗？"南希船长在风中大喊。

“希望不会。”约翰船长说。

“什么?”

“希望不会倒。”约翰冲着她的耳朵大声说。

阵阵狂风席卷整座小岛，将小树吹得像草一样东倒西歪。头顶上方那棵高高的松树，也就是他们的灯塔树，咯吱作响，发出阵阵叹息。有那么一会儿，周围伸手不见五指，接着一道闪电划破天空，整个天幕亮如白昼。每一阵风袭来，约翰船长的帐篷就像暴风雨中船上松了的一张船帆，在风雨中飘摇，帐篷底部的石头也被风吹得滚来滚去。

罗杰从帐篷里爬了出来。

“帐篷越来越小了，”他说，“口袋里的石头都掉出来了。”

南希和约翰听不见他在说什么，但他们能看见帐篷正在风中摇摆。

南希一把抓住罗杰的衣领，带着他跑向亚马孙号船员的帐篷，把他推了进去。“一会儿就干了。”她说。接着她又跑回去找约翰船长，约翰正艰难地钻进摇摇欲坠的帐篷里取计时器和气压计。天空又划过一道闪电，他举起气压计。

“气压下降了百分之四十。”他大声说。

“快到我们的帐篷里来，”南希高喊，“如果可以的话，就把大提灯带上。”

约翰船长把气压计递给她，把计时器塞进自己的口袋。他又一次钻进自己的帐篷，此刻它已变成了一堆乱七八糟的帆布。他找到了提灯，费劲地钻了出来。

“抓紧时间，”南希喊道，“快啊。”

他们钻进亚马孙号船员的帐篷，里面的烛光正逐渐微弱下去。约翰点亮大提灯，将它放在帐篷的中央。南希又一次匆匆跑出帐篷，松了松系帐篷的绳子。她很快便回来了，同时关上了帐篷门。

“我们的帐篷背对着风，”她说，“大风是从南边吹过来的。这正是我们选择在这里搭建帐篷的原因。支撑杆也起到了很大的作用。我们的帐篷什么都不怕。”

“你是不是湿透了？”苏珊大副问。

“湿得像只落汤鸡。”约翰船长说。

“我也湿透了，”南希说，“太棒了。”

亚马孙号船员的帐篷要容纳六个人，外加一只鹦鹉笼子，显得十分拥挤。每只睡袋上坐三个人。在他们中间、正对着帐篷后部的是一堆干燥的木柴，那是南希为了早上生火从风雨中抢救出来的。其次还有鹦鹉笼子，大提灯则放在中间的地上。为了留神不碰到帐篷壁，两侧的船员们紧紧地挨在一起。就连最不喜欢闪电的佩吉都重新高兴了起来，部分原因是不想让罗杰知道她的恐惧吧。不过在南希面前就不一样了。南希什么都知道，所以跟她在一起的时候无须装腔作势。东西都被淋湿了，苏珊不免有些担心，可是想到更坏的情况没有发生，还是很高兴。约翰暗自庆幸暴风雨等到他们在岛上的最后一晚才来袭。南希则为自己结实的帐篷感到骄傲，津津有味地看着大风猛击帐篷的情形。鹦鹉整理完了羽毛，时不时冲着身边明亮的提灯高兴地吹几声口哨。

有那么一会儿，大家就坐在那儿，听着暴风雨在岛上肆虐的声音。突然，约翰想起了他们的小船，惭愧自己没能早点想起来。“我要去看看燕子号。”他说。

“见鬼，”南希船长说，“还有亚马孙号呢。幸好我们晚上把船停好了。”

两位船长立刻站了起来。南希解开了帐篷门。

“最好等我们出去以后把门系上。”她说。

“我也去，”提提说，“鹦鹉应该没事了。”

“你会被淋湿的。”苏珊说。

“我已经湿了，”提提说，“不怕再湿。我想去看看。我们可能再也遇不上比这更棒的暴风雨了。”

“我也去。”罗杰不甘落后。

“不，你不许去，”大副说，“你的衣服是干的。”

“我要交给你一项任务，罗杰，”约翰说，“你可以把手电筒借给南希船长。她的提灯不好用，你们在帐篷里可以用那盏大提灯。”

“遵命，船长。”罗杰一口答应。即便他不能去，至少他的手电筒可以代替他去，这总比谁都去不了强。

提提、约翰和南希钻出帐篷，来到暴风雨中。他们打开手电筒，弯腰躲避大风和暴雨，沿着小径向港湾走去。船上积了许多水，湖面的水位也上涨了一些，可是燕子号和亚马孙号一如往常静静地停泊着，平安无事。

“我去把燕子号船头的系绳松开一点，”约翰船长说，“绳子被雨水浇透后绷得太紧了。”

“我也去把亚马孙号的系绳松一松。”

狂风、暴雨和灯光

他们把系船索松开了一些。

“这座港湾真棒，”南希喊道，“听听外面的动静。”

这座隐蔽的港湾里起浪了，可是并无威胁。浪花还没有触到船只，就被两边的大岩石打散了。不过，他们依然能听见从外侧的浅滩以及陡峭的西岸传来的碎浪的撞击声。提提从众人身边溜走，悄悄爬上岸边低矮的峭壁，迎风蜷伏在那儿。下方飞溅的浪花打在她的脸上。手电筒的光束照亮了整个湖面，能看见巨浪在湖面上汹涌，激起一道道旋转的白色浪花。接着周围又变成了漆黑一片，随之而来的是猛烈的闪电，为她照亮了汹涌波涛对岸的田野、树林和山丘。

其他人没发现提提不见了，要不是南希看见小径左侧透出一束时隐时现的微光，他们一定扔下提提回营地去了。

约翰找到提提，拉了拉她的袖子。

“快点，”他喊道，“还以为你已经回去了呢。”

“遵命，船长。”提提说，只是约翰听不清她的话。他们回到小径，和南希一起返回营地。

“这下好了，”苏珊说，“刚才你的衣服就是湿的，现在彻底变成一只落汤鸡了，而且也没有干衣服可以换。”

“出去一趟真是太值了。”提提说。

“船没事吧？”罗杰关切地问。

“安然无恙，”南希船长说，“只不过船员们明天一早要排不少水。”

“现在几点了？”佩吉问，“苏珊说现在差不多凌晨三点了。”

“快五点了。”约翰回答。

大家都睡不着。他们俨然已变身为失事船只的船员了。

“两艘船的桅杆都倒在甲板上了。”南希船长说。

“在此之前，后桅的纵帆已经遭到了闪电的袭击。”约翰船长说。

“你们看到帆桅两头闪烁的蓝光了吗？”南希说，“那就是后桅遭到袭击的瞬间。”

“后来我们打开了一块甲板，”约翰说，“水就灌进来了。”

“大副跑到甲板上大喊：‘所有人都去抽水，船上水深一点五米。’说的是你，苏珊。”南希说。

“为什么不是我？”佩吉不明白。

“因为你是第二大副。你当时正忙着锯断漂在水面上的残骸，制作一只救生筏呢。哦，不对。我们没有做救生筏。我忘了。你正在割断缠绕的漂浮物以清理甲板，还负责放下小船。”

“一艘小船叫燕子号，另一艘叫亚马孙号。”罗杰说。

“浪花打在大船上，”提提说，“所有人都在船上，行进的时候船头都向下倾斜了。有人在此之前杀了一只信天翁。”

“八个里亚尔，八个里亚尔。”鹦鹉大声喊道。

“是的。船上装满了西班牙古银币，”提提说，“那就是船为何沉得那么快的原因。”

“我们划动小船，”南希说，“大船很快便沉没了，我们在汪洋中孤独无援。”

“有时候有浪袭来，我们甚至看不见彼此，”约翰说，“可有时候又能看到。”

“船上除每人有一块饼干和一点水以外，什么吃的都没有。”苏珊说。

“我们在暴风雨中漂泊了一天又一天，”南希说，“我们朝着西北偏北方向航行。这是我们离开大船之前就决定的。”

“我们吃了饼干，喝了水。”佩吉说。

“雷电和暴雨一刻都不曾停歇，”提提说，“罗杰和我不停地为燕子号排水，佩吉则负责亚马孙号。”

“后来雨停了，好多天我们既没有东西吃，也没有水喝。”南希说。

“在燕子号上，我们打算抽签决定先把谁吃了。”提提说。

“就在这时候，我们看见了陆地。”南希说。

“恰好这时候我们也看到了。”罗杰说。

“岸边有巨大的碎浪。”南希说。

“只有天上划过闪电的时候，我们才能看见陆地，”提提说，“棕榈树猛烈地摇摆着。”

“空中每时每刻都有闪电，”南希说，“我们在碎浪间奋力划船。我们的船翻了，我们只能紧抓着船舷。巨浪把小船冲到了岸边。我们浑身是伤，但我们得救了。”

“鹦鹉也一样，”提提说，“现在我们要在这里待二十年。每一天我们都望着海面，希望能看见一艘经过的船。”

“可我们怎么会有帐篷的？”罗杰问。

“幸好两艘小船上各有一顶。”南希说，“我说，佩吉，来块巧克力怎么样？还剩下不少呢。”

天终于亮了。有一段时间，雷声在闪电出现后才姗姗响起。一道闪电划过天际，隔了好久，远处才传来隆隆的雷声。风停了。雨落在帐篷上的声音越来越小，渐渐停止了。曙光从东边的山丘后面溢了出来。帐篷里不再只有提灯的亮光了。光线透过帆布照了进来。燕子号和亚马孙号的船员们走出帐篷，看着一片混乱的营地。头顶上露出一块块湛蓝的天空，山上阳光洒了下来。乌云被风吹走了。空气中弥漫着潮湿的泥土特有的好闻的气息。暴风雨结束了。

约翰回到帐篷里，轻轻拍了拍气压计。气压升上来了。

苏珊把营火堆里湿透的灰烬拨出来。南希抱出来一捆干木柴。其余的木柴都被雨淋湿了，于是他们花了很长时间才把火点着。要是没有南希的干木柴，他们可能没法重燃营火。提提钻进她和大副的帐篷，取出鹦鹉的蓝布套，把它挂在两根树枝之间晾干。

第三十一章

水手返航

原住民来了。

第一个到的是迪克逊太太。失事船员刚把火点燃，就看到她从鲨鱼湾上面的农场穿过田野走来，一只手提着一只牛奶罐，另一只手拎着一只大桶。迪克逊先生也来了，肩上扛着一对船桨。迪克逊先生装好船，把它推下水，载着迪克逊太太向着小岛驶来，激起阵阵浪花。尽管风已经停了，湖面上仍然浪花朵朵，就连小岛和湖岸之间也有一些。

“他们想干吗?”南希问。

佩吉和提提已经跑去岗哨观察湖面上的动静了。很快，她们跑回了营地。

“弗林特船长来了，”佩吉大声宣布，“他快要到了，除了他，湖面上还有一艘划艇，远处另有一艘汽艇。我想是我们的人。”

“妈妈就在那一艘划艇上，船上还有一个原住民。”提提说。

“如果是汽艇的话，我们的妈妈一定在上面，我敢打赌。”南希断定。

“湖面上的浪头还是很大，”提提说，“不过妈妈已经安全地穿越了。”

所有人都跑到登陆点，到的时候迪克逊先生刚好下船，正把船拉到岸上。迪克逊太太提着大桶、抱着牛奶罐爬下船。她在大桶上盖了只托盘当盖子，热气正从下面冒出来。

“不，这不是厨房的剩菜，”她说，“你们可能会这么想。这是为一群落汤鸡准备的麦片粥，我猜你们就是这群落汤鸡。你们能把火点燃，已经很棒了。昨晚一想到你们在那样的暴风雨中受苦我就睡不着。天哪，怎么能下那么大的雨呢。你们还找到了特纳先生被偷走的箱子。我原本还以为箱子是被你们拿走的呢。昨晚迪克逊从村里回来后，就把这个消息告诉我了。”

燕子号船员和亚马孙号船员面面相觑。所有人都知道了吗？

“麦片粥。”罗杰说。

“是的，麦片粥，”迪克逊太太说，“要是喝上一碗热粥，就能把体内的寒气赶跑，我常这么说。你们有勺子吗？”

“有很多。”

“我把牛奶倒进桶里搅拌一下。我在农场的时候已经在牛奶里加过糖了。”

不一会儿，四名燕子号船员和两名亚马孙号船员就用勺子从桶里舀出热乎乎的麦片粥和牛奶，狼吞虎咽地吃了起来。

“这才是真正的光盘行动。”提提说。

这时，弗林特船长来了。

“做得好，迪克逊太太，”他一开口就说，“我应该想到才对。他们现在最需要的就是麦片粥了。一，二，三，四，五，六，没错，昨晚没人被吹走。”

“七，”提提说，“你把我的鹦鹉忘了。闪电的时候，它说‘漂亮的波利’，打雷的时候它说‘八个里亚尔’。”

“七。”弗林特船长说，“我看见你们的两顶帐篷都塌了。我原本就担心它们经受不住这样的暴风雨。风雨中又没法过来。尽管现在湖面上风平浪静，要在湖上航行依然不容易。还好风停得很快。”

后来妈妈也从霍利豪依农场赶来了，为她划船的是那个强壮的原住民杰克逊先生。她带来了三只保温瓶，里面装满了热可可。

“早上好，迪克逊太太，”她说，“您真是太好了，还想着过来。我还担心他们没法生火呢。”

“他们创造了奇迹。”迪克逊太太说。

“我们还没把水烧开，”苏珊说，“要不是南希想到留一些干木柴，我们就没法生火了。”

“所以你们就是亚马孙海盗？”妈妈看着南希和佩吉问。

“是的，”南希说，“这位是弗林特船长。他的另一个名字叫特纳。”

“您好。”妈妈说，弗林特船长则为自己以前没能和燕子号船员交朋友感到抱歉。“您不知道我亏欠了这些孩子多少。”他由衷地说。

“这些孩子？”南希·布莱克特气哼哼地说。

“是探险家和海盗们，”弗林特船长马上纠正道，“要不是他们，我今年夏天的辛劳将付诸东流。”

“昨晚我从杰克逊太太那儿听说了一些，”妈妈说，“我很高兴他们能帮上忙。他们的爸爸不会再觉得他们是小笨蛋了，可是有时候我自己倒有些不确定。”

“妈妈！”约翰说，妈妈开怀大笑。

“他送了只鹦鹉给我。”一等水手提提说，妈妈走过去看了看鹦鹉。

“他还要送我一只猴子呢。”罗杰说。

“什么？”妈妈吃了一惊。

弗林特船长解释了一番，妈妈说必须是只小猴子才行。

“我保证，夫人。”弗林特船长说。

妈妈看了看破破烂烂的帐篷。

“它们扛不住大风，”她说，“我记得有一次在灌木丛里……我当时就待在这样的帐篷里，结果它被风撕成了碎布条，吹到九霄云外去了……还好，”她说，“你们今晚不用睡在里面了，要是你们昨晚回家就好了。”

“我不这么认为，夫人。”弗林特船长说。

“要是我们回家了，就找不到宝藏了。”提提说。

“当务之急是换上干衣服，”妈妈说，“我为你们四个人都带了一套干净衣服。”

“罗杰没有被雨淋湿。”苏珊说。

“那太好了，”妈妈说，“可是你被淋湿了，约翰也是，提提看起来就像块抹布。快去船上问杰克逊先生要那只包裹吧。”

就在这时，汽艇嘎嘎地来到登陆点，船头轻轻地靠在岸边，同其他三艘船挨在一起。现在登陆点的拥挤程度不亚于里约港。弗林特船长跑过去迎接汽艇，布莱克特太太跳上岸，扑进哥哥的怀抱中。她是个小个子女人，不比南希高多少，两人长得也很像。在接下来的原住民之间的交谈中，她的语速特别快，弗林特船长和沃克太太偶尔才能插上一句话。

“真高兴你在这儿，”布莱克特太太对弗林特船长说，“那么现在，露丝……”

“她做海盗的时候叫南希，亲爱的，”弗林特船长说，“用正确的名字称呼她。”

“那么南希、佩吉，快上船，你们这两个冒失鬼，去换件干衣服。船舱里有干净的衣服。您好，沃克太太。看来您已经见过我的哥哥了，还有我的两个疯丫头。这就是燕子号的船员吧？事实证明，他们的表现比某些人以为的好多了。”

尽管住在湖对岸的里约，布莱克特太太已经听说了燕子号的事迹。

“好了，”迪克逊太太说，“要是你们用完了木桶，我想我该走了。我还得喂鸡，迪克逊还要去照管他的绵羊。”

两位母亲、弗林特船长、燕子号和亚马孙号的全体船员一致感谢她带来如此丰盛的早餐。

“是啊，再没有比麦片粥更好的了。”迪克逊太太说，“我猜以后早上应该见不到你们了。我会非常想念你们的。我来这儿就是为了看看你们。不过，说不定明年你们还会再来。”

“我们每年都会来。永远如此。”提提说。

“好的，”迪克逊太太说，“我们年轻的时候都这么想过。”

迪克逊先生正等在船上，来的时候他已经跟大家说了“早上好”，现在他一边载着迪克逊太太划船离开，一边说：“祝你们度过愉快的一天。”他一直都是一个沉默寡言的原住民。

其他人却并非如此。他们不停地交谈，全都是原住民之间的交流，话题围绕着暴风雨和入室行窃。有时候他们会提几个问题，尽管有弗林特船长帮忙，亚马孙号的船员依然有些不知该如何作答。就连来自霍利豪依农场、强壮的原住民杰克逊先生都想知道，燕子号船员究竟是如何找到那只箱子的。

最后，原住民的交谈终于告一段落了。

“我们开始打包吧？”布莱克特太太对亚马孙号的船员们说，“你们可以把所有东西都放到汽艇上，跟我一起坐上去，我们可以用汽艇拖着亚马孙号走。”

“拖着亚马孙号？！”南希大惊失色地说，“我们要扬帆航行回家。我们不需要海上救助。”

“这里的一切都湿了，”燕子号船员们的妈妈说，“你们最好跟我回霍利豪依去。”

“现在不行，”提提恳求道，“我们都换上了干衣服，我们还有一大罐压缩牛肉干和许多圆面包，这是我们在岛上的最后一天。”

被一大群原住民带回家实在太可怕了，即便他们是最好的原住民也不行。长途旅行的乐趣有一半来自返航，而且她还要跟小岛告别呢。约翰、苏珊和罗杰也请求妈妈允许他们留下。南希和佩吉也坚决不肯回家。

“要是再刮风怎么办呢？”燕子号船员们的妈妈问。

这时弗林特船长开口了。

“不会再起风了，”他说，“这只不过是秋天的第一场雷暴。现在风已经停了，我想夜晚降临前都会风平浪静的。明天也许又会下雨，但我保证今天是个晴天。”

于是大家达成了一致。燕子号的船员把所有用不上的东西都装在杰克逊先生的船上，由他运回霍利豪依，亚马孙号的船员则把东西放在汽艇上。汽艇会拖着杰克逊先生和他的船抵达霍利豪依港湾，这样两位母亲就能一起坐在船舱里了。“我们两个有很多话要说。”布莱克特太太说。

“是关于明年再来的事吗？”佩吉和提提异口同声地问。

“也许吧。”妈妈们说。

先打包要搬上杰克逊先生的船的东西。有弗林特船长帮忙，很快就完成了。被雨水浸透的帐篷被卷了起来。“待会儿我把它们铺开晾干。”杰克逊先生说。毯子通通被塞进了一只麻布袋里。南希想把干草袋里的稻草用来烧火，让营火最后旺一把。“不行，”杰克逊先生说，“这些都是上好的稻草。”因此这些草要被省下来喂奶牛。燕子号的船员们把所有的东西都堆在杰克逊先生的船上，只留下用来煮茶的大水壶、今天的食物、鹦鹉笼子和约翰的锡盒。

“你们用不着锡盒。”妈妈说。

“里面有‘船员雇佣合同’。”约翰船长说。

“我们把帐篷留着，”南希船长说，“可是睡袋和其他东西都用不着了。”

最后原住民准备离开了。

弗林特船长向船员们道别。

“你也要走吗？”提提依依不舍。

“我跟他们一起坐汽艇走，”他说，“关于明年的事，我有话要跟你们的妈妈说。而且我还有很多事要做，我明天就要去伦敦了。我要去找找猴子。不过到傍晚之前，我会一直关注你们的。”

最后汽艇嘎嘎地离开了小岛，船尾拖着两艘划艇，弗林特船长在短船索那边，杰克逊先生在长船索那边，分别位于左舷和右舷的后部。随着汽艇起航，原住民挥手告别。

“再见，燕子号的船员们，”布莱克特太太喊道，“期待下次见面时，你们带来更多惊喜。”

“别回来得太晚，”妈妈喊道，“如果你们七点前回家，我就带着维姬去船库。她看到水手们带着一只鹦鹉远航回家一定会很高兴。再见，亚马孙号的船员们。”

“再见，再见，”南希和佩吉喊道，“您保证明年会再来？”

“我们一定会来的。”妈妈承诺。

他们走后，燕子号和亚马孙号的船员们互相看了看，闷闷不乐。

“都怪原住民，”南希说，“人太多了。他们可以把任何事情都变成一次野餐。”

“我妈妈没有。”提提说。

“我妈妈一个人来的话也不会。”南希说。

“弗林特船长独自一人的时候，一点也不像个原住民。”提提说。

“他们聚在一起的时候，”南希说，“就控制不住了，可怜的家伙们。”

“好了，他们现在都走了，”佩吉说，“我们把遭遇海难的故事继续下去吧。今天是我们被扔上岸的第二天。现在我们要在这里待上二十年，终日等待过往的船只。”

“可我们今天下午就要回家了。”罗杰说。

“你不用说出来。”提提说。

但是这压根就没用。每个人心里都清楚，他们再也不能恢复原来的心情了。

“我们该去替船只排水了。”约翰说。

大家的精神又振奋了一些。这可是非做不可的事。两艘船里都积了不少水。湿漉漉的划手座冒着水蒸气，正在太阳底下烘干，此刻已经晒得热乎乎的了，可是船帆依然十分潮湿。他们升起船帆，让它能够晒到更多的阳光，然后回到营地。

营地看起来更小了。原本燕子号船员搭帐篷的地方现在空荡荡的，防潮垫盖住了小草，遮挡了阳光，只留下一片斑驳的阴影。亚马孙号船员的帐篷孤零零地立在那里。

“来吧，”南希说，“我们得把帐篷收了——我的意思是得拆掉——动手吧。”

要把帐篷支柱从湿乎乎的帆布边缘弄出来不是件容易的事，可是大家齐心协力一块儿帮忙。帐篷被松松垮垮地卷了起来。支柱被拆分成了一段段的，然后所有的东西被捆在一起，用防潮垫包裹起来。

燕子号和亚马孙号的船员们忧伤地环视着他们的营地。现在除了燃着微弱火苗的营火、帐篷原本所在的方形空地、阳光下的鹦鹉笼子、苏珊的水壶、几只杯子、一听压缩牛肉干罐头、圆面包和约翰的锡盒，什么也没有了。这些剩余的东西证明，这里曾是探险者和他们的海盗朋友的家园。

“我们走了以后，”提提说，“也许别人会发现这里。看见营火，他们就会知道这里是座营地，可他们会以为是原住民搭建的。”

“要是有人敢把这里当作他们的地盘，我们就把他们烤了吃掉，”南希·布莱克特说，“这是我们的小岛，属于你们和我们，我们要保卫它。”

“夏天结束的时候，我们就要上学了。”佩吉说。

“我们也是。”苏珊说。

“我们不会一直待在学校的，”南希说，“我们会长大，然后我们就可以一年四季都住在这儿了。”

“我们也是，”提提说，“冬天我们就坐着雪橇在冰上寻找食物。”

“总有一天我还要出海，”约翰说，“罗杰也去。但是放假的时候，我们会经常回到这儿来。”

“我要把猴子也带来。”罗杰说。

“还有我的鹦鹉。”提提说。

“老在这儿徘徊也没意义，”南希说，“我们起航吧。”

剩下的东西被带去了港湾，堆在船上。苏珊把水壶里的水都倒在了火堆上。提提带着鹦鹉在岛上走了一遭，这样等他们回家的时候，鹦鹉就会记得这个提提最喜爱的地方。最后一刻，约翰想起了灯塔树上吊提灯的绳子。他跑了回去，松开绳子的一头。绳子从高高的树枝上掠过，砰的一声落在潮湿的地面上。他把绳子盘成圈，带去了港湾。

接着，两艘小船起航了。湖面上风平浪静，不过依然遇到了一波强劲的浪潮。

“风是从南面吹过来的，”南希船长说，“我们迎着风走。我们知道一个理想的停泊点。到了那里以后，我们就能顺着风用最快的速度回家了。”

“我们跟着你们。”约翰船长说。他希望燕子号最后一个离开小岛。

燕子号上，罗杰站在船头，一等水手提提和鹦鹉笼子待在桅杆后的船底，苏珊和约翰站在船尾。约翰掌舵。

他们很快便驾驶着燕子号离开了港湾，小船左舷受风。刚刚一直在跟鹦鹉聊天的提提这时说道："约翰船长，我们该怎么把波利加到'船员雇佣合同'上呢？"

"我们已经有了一位船长和一位大副，还有一个一等水手和一个实习水手。我就把它列作船上的鹦鹉吧。"约翰船长说。

"船员合同在这里吗？"提提问，"绝对不能等航行结束以后再让它签字。"

约翰把舵柄交给大副，打开他的锡盒，拿出大家都签过字的合同。那还是很久以前他们在达里恩峰签署的。合同上还有空处再加一个手印。他写道："波利，船上的鹦鹉。"然后他把合同交给一等水手。

"你得替它签字。"他说。

可是一等水手已经打开了鹦鹉笼子，鹦鹉举止庄重地迈出鸟笼，仿佛知道自己有公事要办。

"其实你不会签名，"提提说，"不过很多水手都不会。你得把你的脏爪子弄湿，然后按上爪印。"

"八个里亚尔。"鹦鹉说。

"它在问自己的报酬呢。"约翰说。

一等水手把鹦鹉的脏爪子蘸上水，放在合同上。鹦鹉迈出坚定的一步，踩的正是地方，留下了一个完美的爪印，可是一根脚趾却把合同划破了。

提提在脚印旁边写道："波利：按手印画押。"

"准备转向。"苏珊大喊，帆的下桁调头的同时，约翰和提提赶紧低下脑袋，燕子号转了个圈，变成了右舷受风。小船一刻都不曾犹豫，继续兴高采烈地乘风破浪。

"亚马孙号看起来是不是很棒？"苏珊看着前头那艘白色小帆船说，船上黑白相间的旗帜迎风飘扬，还有两个戴着红帽子的水手。

"燕子号丝毫不逊色。"约翰船长说。

"比亚马孙号更棒，"提提说，"我们有棕色的船帆。"

他们继续航行，一路上不停地换舷，最后来到离湖岸边的码头不足一千六百米的地方。

小船在这里与一艘大轮船擦肩而过，大船上载满了乘客，人们都挤在船舷边，对着小船指指点点。掌舵的船长拿出望远镜，透过镜片仔细打量着小小的燕子号。现在燕子号的事迹已经传遍了里约，传遍了沿湖各地，人们都知道燕子号找到了特纳先生船屋上失窃的箱子。

突然，水面上传来一声响亮的欢呼，声音此起彼伏。乘客们挥舞着他们的帽子，大声呼喊。

"蒸汽船上的原住民怎么啦？"罗杰不明所以。

这时，一名船员跑到船尾的旗杆旁，将巨大的红色旗帜降到旗杆一半的位置，接着又将它升起。

"他们在朝我们欢呼，"约翰船长说，脸涨得通红，"太可怕了。"

"他们在向我们致敬，"苏珊说，"难道我们不该回应他们吗？亚马孙号的船员正在回应。"

他们看见佩吉操纵着吊索，忙着降下海盗旗。

提提把鹦鹉关进笼子，也把燕子号的船旗降半，然后又升了起来。

“幸好我们要走了，”约翰船长说，“等到明年，人们就会把这一切通通忘记。”

大蒸汽船匆匆离去。亚马孙号朝着湖泊西岸的一座小港湾驶去。燕子号跟在它的后面。小港湾周围树木环绕，一条小河流入其中。燕子号和亚马孙号在河口附近靠岸了。

“这座小湾真是太完美了。”约翰船长说。

“这是我们最私密的老巢，”南希船长说，“绝对不会有原住民来打扰。树林另一边好几千米的地方才有路。除了我们，从没有人来过这儿，也没人能看到我们在这儿，就算在水面上也看不到，除非他们恰巧找对了方向。”

他们在小河边生火烧水，经历了昨晚的大雨，小河水流湍急。被河水冲上岸的木头都湿透了，不过他们发现树林里散落着一些干木柴。他们用一把干苔藓点着了火。生火并不是一件容易的事，不过一旦点着了，火苗就能把水壶里的水烧开。在这个远离小岛的地方，他们度过了最后一天，直到南希船长注意到湖面已经风平浪静了。

“看来返航需要不少时间。”她说，“舰长，您有什么命令？”

约翰开口了。刚才他一直在考虑别的事。

“舰队起航，向北行进。”他说。

两艘小船慢悠悠地驶出港湾，来到开阔的湖面上。风势很小，不过南方不时吹来一股微风助他们一臂之力，同时也吹散了湖面拂起的微波。

“昨晚的我们绝对想不到今天的风会这么吹。”罗杰说。

小船扬帆航行。高高的山坡上有片树林，从树林上空飘出袅袅烟雾。在一片静谧中，他们能听见烧炭人的伐木声。

“我们走了以后，他们还会留在这儿。”提提说。

“谁？”苏珊问。

“野蛮人。”提提回答。

风渐渐停了。船帆的下桁摆向船尾，主帆索不时触到湖水，拖曳在水中。

“坐到背风面去，一等水手，”约翰说，“这样船帆的下桁就能伸出去了。”

亚马孙号上的南希也出于同样的原因坐在了背风面。

“是不是改用划桨更好？”罗杰提议。

“你想要一艘摩托艇。”约翰船长说。

“不，我没有，”罗杰说，“还是扬帆航行更合适。”

舰队慢慢地经过野猫岛。正如提提很久以前从达里恩峰眺望它时一样，小岛又一次变成了一座无人岛。不过，它已经不是以前的那座小岛了。约翰看着它，想起港湾、导航灯、他环岛游泳的场景，还有爬大树的经历。而对于罗杰来说，这里永远都是他人生第一次游泳的地方。于苏珊而言，这里意味着营地、主持家务、为一大家子做饭。提提则把小岛当作鲁滨孙的小岛。比起其他人，这座小岛更属于她，因为她曾独自待在岛上。她还记得自己清理出来的那条小径、在黑夜中行走、听见猫头鹰的叫声。她记得那只河乌。她记得自己把亚马孙号驶出了港湾。突然，她把视线投向湖对面的鸬鹚岛，然后又看向与燕子号隔着一条船缆的距离静静航行的亚马孙号。她真的在黑夜里将亚马孙号停泊在那里了吗？

当他们经过船屋港的时候，弗林特船长划船过来，再一次同他们道别。

“再见。”他们高喊。

“明年见。”他大声回应，倚着船桨，看着舰队慢慢地驶向达里恩峰。

在达里恩峰下，舰队面临着解散。

道别的声音此起彼伏。

“再见！”

“别忘了我们的盟约！”

“明年再来！”

“为野猫岛欢呼三声！”约翰提议。大家齐声欢呼起来。

“为燕子号欢呼三声。”南希提议。

“为亚马孙号欢呼！”燕子号的船员们大声回应。

约翰调转航向，朝着霍利豪依船库的方向行驶。亚马孙号则继续向前航行，很快便绕过了港湾的最远处，消失在视野中。

“真希望这次探险没有结束。”罗杰说。

“可是牛肉干都吃完了。”苏珊说。

“我们一起唱首《咸牛肉之歌》怎么样？”提提说。于是大家一起唱道：

咸牛肉，咸牛肉，这是我们的慰藉，

咸牛肉和小圆饼，噢！

咸牛肉，咸牛肉，这是我们的慰藉，

咸牛肉和小圆饼，噢！

在岸上的时候食物充足，

美味佳肴把我们喂饱，噢！

不要忘记老船伴，

傻瓜，傻瓜！

“苏珊就是那个老船伴。”罗杰说。

“我们都是。”约翰说。

“航行结束时，水手们唱什么歌？”苏珊问。

提提起了个头，大家立马加入，因为他们都知道这首歌：

噢，很快我们就会听见老水手说，

离开它，约翰尼，离开它。

你可以上岸，取走你的报酬，

我们是时候离开它。

离开它，约翰尼，像个男人一样离开它，

离开它，约翰尼，离开它。

噢，离开它，约翰尼，勇敢地离开它，

我们是时候离开它。

“约翰尼是谁？”罗杰说，“喂，妈妈和维姬正穿过田野向我们走来。”

燕子号和亚马孙号万岁！

“再见!”

作者的话

我常常被问及创作《燕子号与亚马孙号》的灵感来自哪里。答案是源自很久以前的童年时代，当时位于科尼斯顿南端的一座农场是我和兄弟姐妹的度假胜地。我们在湖上、在水里、在山丘玩耍，在农夫、牧羊人和烧炭人中寻找朋友。烧炭人的烟雾从沿岸的灌木林中袅袅升起。我们钟爱这个地方。我们经常跑到湖边，将手浸入水中许愿，仿佛眼前才刚刚映入一轮新月。离开农场的时候，我们总是伤心不已。在远离农场的日子里，不管是孩提时代还是长大成人以后，我们都为它魂牵梦萦。无论我身处地球的哪个角落，夜晚时分都会寻找北极星的身影，星空之下崇山峻岭勾勒出的那道挚爱的天际线跃然出现在我的脑海中。《燕子号与亚马孙号》便来自那些旧日的回忆。我情不自禁地写下这个故事，仿佛说故事的是记忆本身。

亚瑟·兰塞姆

于哈佛怀德

一九五八年五月十九日

主要人物

约翰·沃克：沃克家的老大，燕子号船长

苏珊·沃克：沃克家的老二，燕子号大副

提提·沃克：沃克家的老三，燕子号一等水手

罗杰·沃克：沃克家最小的水手，燕子号实习水手

布里奇特·沃克：（因为长得像画像中垂暮之年的维多利亚女王，而被冠以“维姬”的绰号，书中也这么叫她）沃克家的老幺，燕子号上的宝宝

南希（露丝）·布莱克特：亚马孙号船长

佩吉（玛格丽特）·布莱克特：露丝的妹妹，亚马孙号大副

吉姆·特纳：南希和佩吉的吉姆舅舅。孩子们叫他“弗林特船长”

妈妈：约翰、苏珊、提提和罗杰的母亲，世界上最好的妈妈，也是最棒的原住民

测　试

《燕子号与亚马孙号》万岁！你能通过测试成为一名船员吗？试试吧。

（答案在后面。不许作弊！）

1）如果不是 __________ 就不会被淹死。

2）南希·布莱克特的真名叫什么？

3）燕子号的营地建在哪里？

4）吉姆舅舅被孩子们叫作什么？

5）弗林特船长船屋的旗帜上是什么图案？

6）当燕子号经过亚马孙号海盗藏匿的河口处的芦苇时，佩吉发出了什么声响？

7）埋藏宝藏的岛屿叫什么？

8）是谁发现了宝藏？

9）__________ 就是半跳半跑着走，用这个办法可以迅速下山。

10）苏珊大副是用什么办法把大家召回营地吃饭的？

真的有这些地方吗?

真的有野猫岛这个地方吗?有但又没有。亚瑟·兰塞姆有一次在给一位粉丝的回信中写道:“如果你对一个地方十分熟悉,那么它就会融入你的作品中……《燕子号与亚马孙号》拥有一个属于自己的国度……其中的河流和道路都经过了一定的艺术加工,但每一个地方确实都存在于某处。”

伊芙吉尼娅,亚瑟·兰塞姆的妻子,也曾写道:“你们一定要明白,在现实生活中是找不到与书中的湖泊一模一样的地方的,因为它是两片湖泊的混合体——温德米尔湖和科尼斯顿湖——融合了两片湖泊的优点。”

真的有这些人物吗?

亚瑟·兰塞姆的朋友爱德华·埃尔图扬曾经携全家从叙利亚来到科尼斯顿湖旁消夏。他们以行船为乐。亚瑟·兰塞姆曾写道:“他们不待在船上的时候,便沉浸在再次与船为伴的期待中。即使没有更好的工具,这些孩子宁愿坐在木桶里也要出海。”

埃尔图扬一家回叙利亚前夕,拜访了亚瑟·兰塞姆,送给他一双红色皮革的叙利亚拖鞋,并且大声祝他“长命百岁”。亚瑟·兰塞姆思忖,要是自己能将他们的小船燕子号、这片湖泊以及被他们当作度假胜地的小岛作为素材为这家人写一本书,该多有意思。他说:“我要写一本书,书中真正的英雄将是一艘小船。可是就在开始制定计划的时候,情节一下子变了。毕竟书里的小船没有那么神通广大。必须有人物登场，当然了，最佳人选应该就是那些驾驶小船并且送我拖鞋的孩子们。”

你知道吗?

亚瑟·兰塞姆最喜欢的游戏是下棋。是他的祖母教他的，他还跟诸如列宁这样的名人对弈过。

一七〇〇年左右，法国海盗伊曼纽尔·韦恩首次在沙漏上使用骷髅图案。有的海盗将骷髅图案用在红色背景上，有的则衬以黑色。

《燕子号与亚马孙号》中孩子们喝的“格罗格酒”是姜汁啤酒与柠檬汁的混合物。并不含酒精！压缩牛肉干就是咸牛肉。

提提的人物原型是梅维丝·埃尔图扬，亚瑟·兰塞姆朋友的女儿。她十分喜欢“老鼠提提和老鼠泰提”的故事，觉得自己就是老鼠提提。

一九三六年，亚瑟·兰塞姆凭借《鸽子邮差》获得首届卡内基文学奖。此后获得该奖的作家有C.S.路易斯、菲利普·普尔曼和安妮·范恩等。

船只信息

燕子号

船员：约翰、苏珊、提提和罗杰

长度：四米左右

特点：有一根十五厘米左右粗的深龙骨，单桅杆，没有活动船板

船帆：一张棕色斜桁四角帆

灵感来源：一九二八年亚瑟·兰塞姆和他的朋友欧内斯特·埃尔图扬购买了两艘小艇——燕子号和梅维丝号，专为待在科尼斯顿湖东北岸的班克·格朗德农场时使用。

亚马孙号

船员：亚马孙海盗南希·布莱克特和佩吉·布莱克特

长度：四米左右

特点：一块活动船板，涂漆的松木甲板，单桅杆

船帆：一张白色斜桁四角帆

灵感来源：以埃尔图扬家拥有至今的梅维丝号（见上文）为原型。

目前它被公开展示于科尼斯顿的拉斯金博物馆。

弗林特船长的船屋

船员：南希·布莱克特与佩吉·布莱克特的吉姆舅舅，即弗林特船长

特点：这艘外形怪异的深蓝色船用一根短旗杆取代了桅杆，船体同一只大型浮标固定在一起。船上还有一块跳板和一门小型铜炮，以及来自世界各地的奇怪武器和古董装饰。

船帆：无

灵感来源：一八六九年，专为名叫亨利·施耐德建造的近二十三米长的蒸汽游艇埃斯佩兰斯号诞生了。施耐德搭乘埃斯佩兰斯号从他位于鲍内斯湾的宅邸前往停在温德米尔湖岸的私人火车。二十世纪三十年代，埃斯佩兰斯号已被改造成一艘船屋，停泊在温德米尔湖中的斜坡岛附近，兰塞姆应该是在航海途中认出了它。

测试答案

你答对了吗？

1）傻瓜

2）露丝（她之所以选择“南希”这个与众不同的名字，是因为吉姆舅舅说海盗一定要冷酷无情[①]）

3）野猫岛

4）弗林特船长

5）大象

6）鸭子的叫声

7）鸬鹚岛

8）提提

9）跳跃前进

10）吹响她的哨子

① “露丝”的原文为 Ruth，意思是怜悯。